NOSSO PARA SEMPRE

O PERSEGUIDOR: VOLUME 4

ANNA ZAIRES

♠ MOZAIKA PUBLICATIONS ♠

Zaires, Anna

Nosso Para Sempre. Anna Zaires. Tradução: D. Dias. 1ª edição. Rio de Janeiro, BR. Independente, 2019.

Publicado por Mozaika Publications, uma impressão de Mozaika LLC.

www.mozaikallc.com

e-ISBN: 978-1-63142-484-7

ISBN: 978-1-63142-485-4

PARTE I

CAPÍTULO 1

*H*enderson

— O QUE VOCÊ ESTÁ FAZENDO?

A voz ansiosa de Bonnie me assusta dos meus planejamentos e olho para ela recolocando rapidamente a pasta que estava estudando numa pilha de pastas na minha mesa enquanto me preparo para responder com uma mentira plausível.

Só que minha esposa de há vinte e um anos de casados não está olhando para mim.

Ela está olhando para o computador atrás de mim, onde uma foto de uma bela noiva de cabelos castanhos que sorri para um belo noivo toma quase toda a tela.

Caralho. Achei que tinha fechado aquela janela. Os músculos do meu pescoço doem com a tensão, a bile voltando à minha garganta quando vejo que Bonnie começa a tremer.

— Por que você tem a foto dele? — A voz dela ficando histérica enquanto seus olhos viram-se para mim, em tom acusador. — Por que você tem a foto do monstro na sua tela?

— Bonnie... Não é o que você está pensando. — Levanto-me, mas ela já está se afastando, balançando a cabeça, seus brincos longos balançando nas suas feições magras.

— Você prometeu. Você me disse que ficaríamos em segurança.

— E ficaremos — Digo, mas é tarde demais. Ela já se foi.

De volta ao refúgio da sua cama, suas pílulas, sua TV de realidade irracional.

De volta onde as crianças e eu nunca podemos alcançá-la.

Afundando na minha cadeira, movo minha cabeça de um lado para o outro, liberando o pior da rigidez agonizante enquanto pego a pasta novamente. O nome dentro me fita, cada letra me insultando, mexendo o fogo amargo do ódio.

Peter Sokolov.

Sou a última pessoa restante na sua lista. O único que não matou ainda pelo que aconteceu naquela merda de vila em Dagestan. Um erro, uma ordem descuidada e esse é o resultado. Por anos, ele tem caçado a mim e minha família, torturando nossos amigos e pessoas amadas num esforço de me pegar, vigiando nos pesadelos dos meus filhos, destruindo nossas vidas a cada dia.

E agora, graças às influências do seu amigo Esguerra, ele pode andar livre. Casar-se com sua doutora bela de cabelos castanhos e morar nos Estados Unidos como se tudo estivesse perdoado e esquecido.

Como se sua promessa de não me matar fosse algo que eu pudesse acreditar.

Meu olhar passa para os outros nomes na pasta.

Julian Esguerra.

Lucas Kent.

Yan e Ilya Ivanov.

Anton Rezov.

Os aliados de Sokolov – monstros, todos eles.

Eles têm que pagar pelo que fizeram.

Como Sokolov, eles têm que ser neutralizados.

Então, só então, estaremos verdadeiramente seguros.

CAPÍTULO 2

Sara

Acordo com a surpreendente percepção de que estou casada.

Casada com Peter Garin, também conhecido como Sokolov.

O homem que matou George Cobakis, meu primeiro marido, depois de ter invadido minha casa e me torturado.

Meu perseguidor.

Meu sequestrador.

O amor da minha vida.

Meus pensamentos voltam-se para ontem à noite e o calor espalha-se pelo meu corpo – uma mistura de tesão e vergonha. Ele me puniu ontem. Puniu-me por quase tê-lo deixado no altar.

Ele me possuiu brutalmente e, no processo, fez-me admitir.

Ele fez-me confessar que o amo – *tudo* dele, as partes sombrias incluídas.

Que eu preciso da parte sombria... preciso que seja apontada para mim para que eu possa resistir à vergonha e culpa de saber que me apaixonei por um monstro.

Abrindo os olhos, eu olho para o teto branco. Ainda estamos no meu apartamento minúsculo, mas acho que iremos nos mudar em breve. E depois? Filhos? Caminhadas no parque com meus pais?

Será que realmente irei construir uma vida com o homem que ameaçou matar todos na recepção do nosso casamento se eu não aparecesse?

Ele deve estar fazendo café, porque sinto cheiros deliciosos vindo da cozinha. É algo tanto doce quanto saboroso e meu estômago pula quando me sento, fazendo uma cara feia pela dor nos músculos das minhas coxas.

Se vamos foder muito em posições exóticas, preciso começar a fazer yoga.

Balançando minha cabeça pelos pensamentos ridículos, vou tomar um banho e escovar os dentes e quando saio, vestida num roupão, ouço a voz grossa e com um leve sotaque de Peter me chamando.

Ou mais precisamente, chamando sua 'ptichka'.

— Estou aqui — Digo, indo para a cozinha, apenas para me ver puxada por braços fortes e beijada tão profundamente que fico sem fôlego.

— Sim, está — Murmura meu marido quando finalmente coloca-me em pé de novo. — Você está aqui e não vai a lugar algum. — Seus braços fortes possessivamente na minha cintura, seus olhos cinza brilhando como prata em seu rosto escurecido pela barba por fazer. Apesar de ele estar vestido com uma camiseta e jeans, não deve ter se barbeado ainda porque aquela barba parece deliciosamente áspera e arranhando, fazendo-me imaginar como seria esfregá-la por toda a minha pele.

Impulsivamente, levanto minha mão para segurar sua mandíbula. Está arranhando tanto como eu imaginava e eu abro um sorriso enquanto ele fecha os olhos e esfrega seu rosto na palma da minha mão, como um gato grande marcando seu território.

— É domingo — Digo, abaixando minha mão quando ele abre os olhos. — Então, sim, não vou a lugar algum. O que tem para o café?

Ele abre um sorriso, largando-me. — Panqueca de ricota. Você está com fome?

— Realmente poderia comer algo — Admito e vejo seus olhos metálicos brilharem de prazer.

Sento-me enquanto ele pega os pratos para nós dois e os coloca na mesa. Apesar de ele ter voltado apenas na última terça-feira, já está sentindo-se completamente em casa na minha cozinha minúscula, seus movimentos precisos e confiantes como se já estivesse aqui por meses.

Olhando para ele, tenho novamente a sensação desconcertante de que um predador perigoso invadiu meu pequeno apartamento. Parte é pelo seu tamanho – ele é pelo menos uma cabeça maior que eu, seus ombros impossivelmente largos, seu corpo de soldado de elite cheio de músculos duros. Mas é também algo sobre *ele*, algo mais do que as tatuagens que decoram seu braço esquerdo ou a cicatriz tênue que divide sua sobrancelha.

É algo intrínseco, um tipo de crueldade que existe mesmo em seu sorriso.

— Como está se sentindo, ptichka? — Pergunta ele, juntando-se à mesa e eu olho para o meu prato, sabendo por que ele está preocupado.

— Bem. — Não quero pensar sobre ontem, sobre como a visita do Agente Ryson me fez literalmente passar mal, mas não foi até quando o agente do FBI jogou os crimes de Peter na minha cara que pus para fora o conteúdo do meu estômago – e eu quase deixei Peter no altar.

— Nenhum efeito ruim por ontem à noite? — Esclarece ele, e eu o olho, meu rosto esquentando quando vejo que está se referindo à nossa vida sexual.

— Não. — Minha voz presa. — Estou bem.

— Ótimo — Murmura ele, seu olhar quente e sombrio, e eu escondo meu rubor aumentado pegando uma panqueca de ricota.

— Toma, meu amor. — Ele profissionalmente coloca duas panquecas para mim e empurra a garrafa de xarope de bordo na minha direção. — Quer mais alguma coisa? Talvez uma fruta?

— Com certeza — Digo e o vejo indo à geladeira

pegar algumas cerejas lavadas.

Meu assassino doméstico. Será que é assim que nossa vida juntos sempre será?

— O que você quer fazer hoje? — Pergunto quando ele volta à mesa e dá de ombros, seus lábios esculpidos abertos num sorriso.

— Você escolhe, *ptichka*. Estava pensando que poderíamos sair, aproveitar este belo dia.

— Então... andar no parque? Jura?

Ele franze. — Por que não?

— Sem motivo. Estou dentro. — Foco nas minhas panquecas para não começar a rir histericamente.

Ele não entenderia.

COMEMOS RÁPIDO — ESTOU COM FOME E A PANQUECA DE ricota (*sirniki*, como ele as chama) estão de morrer — e, então, vamos ao parque. Peter está dirigindo e quando estamos a meio caminho, noto um SUV nos seguindo.

— É Danny novamente? — Pergunto, olhando para trás.

Desde a volta de Peter, os federais nos deixaram em paz e Peter está bem calmo por quem está nos seguindo para ser qualquer um além do nosso guarda-costa/motorista que ele contratou.

Para a minha surpresa, Peter balança a cabeça. — Danny está de folga hoje. São dois outros caras da equipe.

Ah. Viro-me no assento para estudar o SUV. As

janelas têm vidro escurecido, então, não consigo ver dentro dele. Franzindo, olho de volta para Peter. — Você acha que ainda precisamos de toda essa segurança?

Ele dá de ombros. — Espero que não. Mas melhor prevenir do que remediar.

— E este carro? — Olho em volta para o sedan Mercedes luxuoso que Peter comprou na semana passada. — Tem alguma segurança extra? — Passo as dobras dos meus dedos na janela. — Isso parece bem grosso.

Suas feições não mudam. — Sim. O vidro é à prova de balas.

— Oh. Uau.

Ele olha para mim, um sorriso fraco nos lábios. — Não se preocupe, ptichka. Não tenho razão para pensar que alguém irá atirar em nós. É só precaução, só isso.

— Certo. — Só precaução – como as armas que tinha dentro do paletó no nosso casamento. Ou o guarda-costa/motorista que está lá para me pegar quando Peter não pode. Porque os casais suburbanos normais sempre têm guarda-costas e carros à prova de balas.

— Fale-me sobre a casa que você achou — Digo, retirando os pensamentos ruins face a tantas medidas de segurança. Dada sua profissão anterior e os tipos de inimigos que fez, a paranoia de Peter faz todo sentido e não devo rejeitar quaisquer precauções que ele ache necessárias.

Como ele disse, melhor prevenir do que remediar.

— Vou te mostrar a lista num segundo — Diz ele e vejo que já estamos no nosso destino.

Ele para o carro e dá a volta para abrir a porta para mim. Eu dou minha mão a ele, deixando-o me ajudar e não estou nem um pouco surpresa quando ele aproveita a oportunidade para me puxar num beijo.

Seus lábios são macios e calorosos quando eles tocam os meus, sua respiração com gosto de xarope de bordo. Não tem pressa nesse beijo, não é sombrio – apenas ternura e desejo. Mesmo assim, quando ele levanta a cabeça, meu pulso está tão rápido quanto se ele tivesse me arrebatado, minha pele quente e pinicando onde suas palmas repousam nas minhas bochechas.

— Te amo — Murmura ele, olhando para mim e eu abro um sorriso largo para ele, meu desconforto trocado por uma sensação de leveza.

— Também te amo — As palavras saindo até mais fáceis hoje – porque são verdadeiras. Eu realmente amo Peter.

Eu o amo apesar de ele me horrorizar.

Ele sorri e me leva a um banco. — Aqui. — Ele me puxa para sentar-me e pega seu telefone, passando o dedo pela tela algumas vezes e me dando. — Essa é a lista do que achei — Diz ele, olhando para mim com um olhar prateado caloroso — Diga-me quais casas você gosta e iremos vê-las.

Passo as fotos enquanto o sentimento de felicidade aumenta.

Será que é assim que se sente ante a real felicidade?

— Vamos andar e conversar — Digo quando termino de olhar as fotos e ele concorda feliz, segurando firme na minha mão enquanto andamos pelo parque e discutimos as vantagens e desvantagens das diferentes casas.

— Você não acha que a com quatro quartos é muito pequena? — Pergunta ele, olhando para mim com um sorriso inquiridor e eu balanço a cabeça.

— Por que você acha assim?

— Bem... — Ele para e olha para mim. — Você já pensou em quantos filhos gostaria de ter?

Meu estômago dá um pulo. Aqui estamos – o assunto que tenho evitado desde Chipre, quando Peter admitiu que estava tentando me engravidar e eu bati o carro na tentativa de fugir. Eu estava esperando esse assunto aparecer em alguma hora – não usamos preservativo desde que Peter voltou e ele disse diretamente aos meus pais que gostaria de começar uma família em breve. Mesmo assim, meu coração martela no meu peito e minha palma sua na pegada de Peter enquanto tento imaginar como seria ter um filho com ele.

Com o assassino implacável que me ama obsessivamente.

Respirando, tento tomar coragem. Peter não é mais um criminoso e sou sua esposa, não sua prisioneira. Ele desistiu da sua vingança para que pudéssemos ter isto – uma vida real juntos.

Caminhadas no parque, filhos e tudo.

— Tenho pensado em três — Digo com firmeza,

olhando nos olhos dele. — Mas acho que ficaria feliz com um. E você?

Um sorriso terno floresce nas suas belas feições. — Definitivamente pelo menos dois – se tudo correr bem com o primeiro. — Ele coloca sua palma grande na minha barriga. — Você acha que há uma chance...?

Eu rio, afastando-me. — Você está brincando comigo? É muito cedo para falar. Você voltou há menos de uma semana. Se eu soubesse que estava grávida, seria problemático.

— Muito — Concorda ele, pegando minha mão e apertando. Voltamos a andar e ele me dá um olhar de lado. — Presumo que você esteja ok sobre isso?

— Ter um filho agora, você quer dizer?

Ele assente e eu respiro fundo, olhando para frente para um grupo de adolescentes andando de skate. — Acho que sim. Eu ainda gostaria de esperar um pouco, mas sei que isso significa muito para você.

Ele não responde e quando olho para ele, vejo sua expressão ficar mais sombria, suas mandíbulas presas enquanto olha para frente. O sentimento de leveza evapora quando noto que inadvertidamente o lembrei da tragédia no passado.

— Desculpe-me. — Levanto nossas mãos dadas e pressiono no meu peito. — Não tive intenção de te lembrar da sua família.

Ele olha nos meus olhos e parte da agonia passa. — Tudo bem, ptichka. — Sua voz é rouca enquanto levanta nossas mãos unidas para dar um beijo carinhoso nas dobras dos meus dedos. — Você não precisa se sentir pisando em ovos perto de mim. Pasha e Tamila sempre estarão nas minhas memórias, mas *você* é minha família agora.

Meu coração se aperta numa bola dolorida. Ele tem razão. *Sou* sua família – e ele é a minha. Porque o casamento aconteceu rápido, eu não tive chance de realmente pensar sobre o assunto, para articular essa realidade na minha mente.

Estamos casados.

Realmente casados.

Não posso mais pensar em George como meu marido porque Peter tem o título agora – assim como ele não pode pensar em Tamila como sua esposa.

— E você tem razão — Continua ele enquanto processo a informação. — Família é importante para mim. Quero que tenhamos um filho e quero em breve. Contudo... — Ele hesita, então, fala baixinho: — Se você quiser esperar, não vou fazer pressão.

Parei e olhei para ele de boca aberta. — Verdade? Por que não?

Um sorriso rápido passa pelas suas feições. — Você quer que eu pressione?

— Não! Eu só... — Balanço a cabeça, tirando minha mão da sua pegada. — Eu não entendo. Pensei que fosse parte disso, casamento e tudo o mais. Você forçou o casamento, então...

Todos os traços de humor fugiram do seu olhar. — Você quase morreu, meu amor. Em Chipre, quando você achou que eu queria forçar um filho em você, tentou fugir e quase morreu.

Mordo meu lábio. — Aquilo era diferente. *Nós* éramos diferentes.

— Sim. Mas o nascimento de um bebê em geral pode ser perigoso. Mesmo com todos os avanços médicos de hoje, uma mulher arrisca sua saúde, se não sua vida. E se algo acontecer contigo porque eu insisti... — Ele para, suas mandíbulas apertadas enquanto olha para o outro lado.

Olho para ele, meu coração batendo pesado no peito. A possibilidade de algo sério acontecer comigo num parto é bem pequena e meu primeiro instinto como médica é falar-lhe isso, reconfortá-lo. Mas no último momento, penso melhor.

— Então, você esperaria? — Pergunto com cuidado.

Peter vira-se para me encarar, seu olhar sombrio. — Você quer esperar, meu amor?

Agora é a minha vez de olhar para o lado. Eu quero? Até este momento eu concluiria que a volta de Peter e o casamento apressado significavam que um filho estava num futuro iminente. Eu havia me resignado ao pensamento, até acolhido em certo nível.

Se não fosse por nada, meus pais poderiam ter o neto que têm esperado – um lado positivo que não havia considerado até nosso jantar no outro dia.

— Sara? — chama Peter e eu olho nos seus olhos.

Aqui estamos.

Minha chance de protelar.

Fazer a coisa certa, a coisa sábia.

Ter um filho quando tiver certeza de que podemos, que Peter pode viver esse tipo de vida.

Tudo o que posso fazer é dizer sim, usar a escolha que ele me deu, mas minha boca se recusa a formar a palavra. Em vez disso, enquanto o encaro, vendo a tensão lá dentro, ouço-me dizer: — Não.

— Não?

— Não, não quero esperar — Esclareço, sufocando a voz gritando na minha mente enquanto vejo seus olhos se curvarem num sorriso feliz e brilhante.

Talvez essa seja a decisão errada, mas, neste momento, não parece. Peter estava certo quando disse que a vida é curta. Ela *é* curta e incerta, cheia de armadilhas. Sempre vivi com cuidado, planejando o futuro nos assuntos em que havia um futuro, mas se tem uma coisa que aprendi nos últimos dois anos, é que não tem nenhuma garantia.

Existe apenas o hoje, apenas o agora.

Somente nós, juntos no amor.

Passamos mais outra hora no parque, então, fomos ao mercado juntos, armazenando comida para a semana. Peter compra o bastante para alimentar dez pessoas e quando eu pergunto por quê, ele fala que pretende convidar meus pais nesta sexta - e preparar almoço para eu levar para o trabalho todos os dias.

Quando chegamos em casa, ele desaparece na cozinha e eu vou para o meu computador responder os emails de parabéns e cartões-presentes - uma escolha popular dentre a maioria dos convidados no nosso casamento, visto ninguém ter tido tempo de comprar um presente real. Imprimo todos os cartões-presentes, separo em categorias, coloco os códigos dos vendedores quando necessário e retorno com agradecimentos. Todo o processo leva menos de quarenta minutos – outra vantagem do nosso casamento simples e rápido.

Com George, gastamos duas semanas direto só nessa tarefa.

Estou quase fechando o computador quando vejo outra mensagem na caixa de entrada – esta de um remetente desconhecido com o assunto: 'Parabéns'.

Abro, esperando outro cartão-presente, mas dentro tem apenas uma mensagem curta.

Parabéns pelo seu belo casamento. Se quiser falar conosco, use este endereço de email.

Tudo de bom,

Yan

Eu pisco, olhando para o email. Não tenho ideia como o antigo colega de trabalho de Peter conseguiu meu email, ou por que ele decidiu escrever para mim, mas coloco seu endereço de email nos meus contatos, só para caso precise.

Terminado com os presentes, sigo o cheiro delicioso até a cozinha, onde Peter está preparando o almoço.

Talvez seja muito cedo para dizer, mas estou otimista.

Essa coisa de casamento vai funcionar.

Nós dois nos certificaremos de que dê certo.

eter

ENQUANTO ALMOÇAMOS, EU QUASE NÃO SINTO O GOSTO da comida, toda a minha atenção está em Sara enquanto ela fala sobre os presentes de casamento e no estranho email de Yan. Seus olhos de avelã parecem quase verdes enquanto ela animadamente gesticula com seu garfo, sua pele como creme pálido sob a luz clara entrando pela janela da cozinha. Num vestido casual azul, com seu cabelo castanho ondulado e solto por sobre seus ombros finos, ela é todos os meus sonhos se realizando e meu peito se aperta ao me lembrar da minha vida sem ela por todos aqueles meses.

Eu nunca a deixarei ir novamente.

Ela é minha, até que a morte nos separe.

— Por que você acha que ele decidiu me dar seu email? Você acha que ele só quer se manter em contato? — Pergunta ela, enfiando o garfo num pepino na sua salada estilo russo e me esforço para manter o foco na conversa em vez de em quanto quero abri-la na mesa e fazer uma festa com ela em vez da comida que preparei.

— Não tenho ideia — Respondo, e é verdade. Yan Ivanov ficou com nosso negócio de assassinato depois que saí, então, não posso imaginar que ele me queira de volta. Por meses antes, havia uma tensão entre nós e eu suspeitava que se eu não tivesse saído voluntariamente como o líder do grupo, ele teria feito o máximo para tomar meu lugar.

E, então, novamente ele não acha que a vida de civil seja para mim; ele falou isso no meu casamento. Talvez ele espere que eu volte e está de olho na situação como prevenção.

Com Yan, nunca se sabe.

— Bem, espero que ele nos visite — Diz Sara —, os caras, quero dizer. Eu não tive chance de falar com eles no casamento e não me sinto bem por isso.

Eu levantei minhas sobrancelhas. — Verdade? É *disso* que você não se sente bem?

Ela olha para a tigela de salada. — E quase te abandonar no altar, obviamente.

As beiradas de metal do garfo cortam minha palma e vejo que estou apertando o talher com muita força. Não estou mais com raiva da minha ptichka, apesar de que parte da ferida ainda dói. Entendo o quão difícil foi para ela admitir que me ama, me aceitar por completo depois de tudo o que fiz. Ela precisava que eu não deixasse escolha para ela e eu atendi, ameaçando seus amigos para fazê-la aparecer na cerimônia.

Não, a fonte do meu ódio não é Sara, mas o homem que tentou manipulá-la a não ir ao nosso casamento.

Agente Ryson.

O fato de ele ousar aparecer dessa maneira me enche de total fúria. Eu deixo Henderson em paz, eles deixam a mim e Sara em paz – esse foi o trato. Sem vigilância do FBI, sem assédios, apenas o simples trato para que possamos levar nossas vidas em paz.

Ele também ameaçou Sara. Acusou-a de conspirar comigo para matar seu marido. Eu não tenho ideia do que ele falou para ela exatamente, mas deve ter sido algo muito ruim para ela ter reagido com tanta intensidade.

Sob qualquer outra circunstância, ele já estaria apodrecendo com os vermes, mas espera-se que eu seja um cidadão obediente às leis agora. Não posso passear por aí matando agentes do FBI – não sem abrir mão da vida que lutei para conseguir, a vida civil que Sara precisa. Mas, tão tentador quanto possa ser, Ryson vive – por enquanto, pelo menos. Mais tarde, quando tempo suficiente tiver passado, ele poderá se deparar com um acidente infeliz ou um criminoso demasiadamente agressivo, como o padrasto da paciente de Sara... mas pensarei nisso outro dia.

Hoje, tenho Sara toda para mim e pretendo tirar proveito.

— Não se preocupe, meu amor — Digo quando minha esposa continua a comer quieta, evitando olhar para mim. —, acabou. Está no passado – assim como quaisquer outros erros que tenhamos cometido. Vamos apenas focar no presente e futuro... viver nossas vidas sem olhar para trás toda hora.

Ela olha para mim, seus olhos incertos. — Você realmente acha que podemos?

— Sim — Falo com firmeza, pego sua mão e levo aos meus lábios para um beijo terno.

Depois de almoçarmos, vamos ver as casas que listei para ela e Sara se apaixona por uma casa – uma Vitoriana com cinco quartos que foi construída nos anos oitenta, mas completamente renovada no ano passado. Tem um quintal dos fundos grande – para o cachorro e as crianças, ela fala alegremente, e uma lareira maravilhosa na sala de estar. Não fico louco pelo fato de ser tão perto dos vizinhos e do quintal ser completamente aberto, mas imagino que se pudermos plantar algumas árvores e levantar uma cerca, teremos suficiente privacidade.

De qualquer forma, é melhor do que morar no atual imóvel alugado de Sara.

Antes de sairmos, ofereço um valor acima do mercado e à vista e o corretor nos liga alguns minutos mais tarde dizendo que a oferta foi aceita.

— Fechado — Falo para Sara quando desligo. — A assinatura será na próxima semana.

Ela arregala os olhos. — Verdade? Desse jeito?

— Por que não?

Ela ri. — Oh, não sei. Suponho que as pessoas não comprem casas com a facilidade como compram sapatos.

Sorrio e pego na sua mão. — A maioria das pessoas não é a gente.

— Não — Ela concorda ironicamente olhando para mim. — Não é.

Voltamos para casa e preparo o jantar para nós – vieira grelhada com purê de batata doce e brócolis no vapor. Enquanto comemos, Sara fala sobre a logística da mudança e digo que tomarei conta de tudo, assim como fiz durante a preparação do casamento.

— Tudo o que precisa fazer é aparecer no novo lugar — Digo, colocando para ela uma taça de Pinot Grigio. Então, lembrando-me do fato de ela ter inexplicavelmente ficado chateada com a venda da seu Toyota, acrescento: —, a não ser que haja algo que você queira que decidamos juntos? Talvez queira escolher a nova mobília ou decoração?

Ela sorri arrependida. — Não, acho que está bem. Não sou muito exigente com as coisas de casa. Se quiser cuidar disso, tudo bem para mim.

— Ao nosso novo lugar então. — Levanto minha taça de vinho e toco levemente na dela. — E a uma nova vida.

— À nossa nova vida — Ecoa ela calmamente e

enquanto toma de sua taça, não consigo evitar pensar no tempo em que ela tentou drogar meu vinho, no início da nossa relação. Ela havia sido tão desafiadora naquela ocasião, tão certa de que me odiava.

Será que ainda odeia? De um jeito bem pequeno?

Meu humor ficando mais sombrio, ponho o vinho na mesa e levanto-me. Dando a volta na mesa, coloco Sara de pé.

— O que você... — Ela começa, mas já estou beijando-a, provando o vinho dos seus lábios.

Seus lábios macios e carnudos que me roubaram a atenção o dia todo.

Tenho feito o melhor para agir como um bom marido, fazer as coisas normais com ela em vez de acorrentá-la à minha cama e fodê-la o dia todo como exigem meus instintos. Tenho estado calmo e paciente, deixando-a se recuperar da noite de ontem, mas não consigo fazer a coisa civilizada por mais tempo.

Eu preciso dela.

Aqui mesmo.

Agora mesmo.

Seus braços passam pelo meu pescoço, seu corpo esbelto se arqueando contra mim enquanto a puxo com meus braços incapaz de ter o bastante do seu gosto e cheiro, de sentir sua língua delicada contra a minha própria. Porra, ela é deliciosa e meu pau fica duro, meu coração furioso no meu peito quando empurro os pratos com uma braçada, sem me importar com a bagunça que estou fazendo.

Precisamos comprar novos conjuntos de jantar de qualquer forma.

Ela ofega quando a estico na mesa e levanto a saia do seu vestido, expondo as coxas pálidas e uma bela tanga azul de renda. Incapaz de me controlar, rasgo a tira de seda e mergulho minha cabeça entre suas coxas, minha língua afundando faminta entre suas dobras, meus lábios se fechando no seu clitóris numa chupada forte e ávida enquanto coloco suas pernas sobre os meus ombros.

— Peter... Oh Deus, Peter... — Seu quadril levanta-se da mesa, suas mãos apertando forte meus cabelos e parece que meu pau vai explodir no jeans quando sinto seu gosto, o cheiro quente e feminino e sua carne sedosa sob minha língua. Eu amo tudo isso, do jeito que suas pequenas unhas afiadas arranham meu crânio e suas coxas tonificadas apertam minhas orelhas, ao som ofegante saindo da sua garganta e do jeito que sua boceta escorregadia se contorce e contrai sob minha língua.

Isso é o paraíso, a porra do céu, e não acredito que fiquei sem isso, sem *ela*, por nove meses.

Continuando a festa no seu clitóris, enfio o dedo e sinto suas paredes internas se apertarem em volta do intruso enquanto seu quadril se levanta e remexe suplicando por mais, sem palavras.

— Quase lá... só mais um pouco — Rosno dentro das suas dobras, acariciando-a por dentro e quando acho a parte do seu tecido esponjoso que significa seu ponto-G, todo o seu corpo se arqueia e ela goza com um grito forte, suas mãos apertando com espasmos meu cabelo e sua vagina pulsa em volta do meu dedo.

A esta altura, meu pau está ameaçando explodir dentro do jeans, então, eu retiro o dedo e a coloco de bruços. Puxo-a para mim até que ela fique tombada na mesa, seu vestido na cintura, expondo os globos do seu traseiro e uma vagina brilhando de molhada pela excitação e minha saliva. Incapaz de esperar um segundo sequer, abro o jeans e abaixo junto com a cueca, liberando meu pau pulsante.

— Pronta? — Digo com voz rouca, tombando enquanto me guio para a entrada dela e sua respiração pula audivelmente enquanto empurro sem esperar a resposta.

Dentro, ela é macia e aveludada, sua carne tenra me apertando com força, embainhando-me tão perfeitamente que minhas bolas sobem e um gemido baixo escapa da minha garganta enquanto meus dedos se afundam no seu quadril.

Isso é uma porra de loucura, total e completa insanidade. Depois da nossa conversa ontem à noite, fizemos sexo mais duas vezes antes de dormirmos e eu não deveria estar me sentindo assim, com uma fome tão desesperada por ela que estou quase perdendo o controle. Mas estou desse jeito, com fome. Estou esfomeado por tudo de Sara. A necessidade de possuí-la até meus ossos, a luxúria sombria subindo e descendo pela minha espinha. Sinto isso queimar nas minhas veias, me incinerando de dentro para fora.

Ela é meu vício e não consigo ter o bastante.

Liberando sua cintura, eu pego seus cotovelos, puxando-os para fazê-la arquear antes de entrar nela com mais força, sentindo seus músculos internos se apertarem quando começo a fodê-la com força.

Ela grita com cada enfiada, seu corpo saindo da mesa pela minha pegada nos seus cotovelos e sinto o orgasmo aumentando em mim, o prazer subindo como um maremoto. Gemendo, jogo minha cabeça para trás, martelando dentro dela com mais força e seus gritos aumentam, sua vagina se apertando em volta de mim enquanto todo o seu corpo fica rígido. Sinto seus espasmos começarem e, então, chego lá, meu pau expelindo enquanto sua carne molhada pulsa ao meu redor, me molhando, apertando-me até que não sobre nada.

Até que colapso sobre ela, apertando-a na mesa enquanto respiro pesado, inalando o inebriante cheiro de sexo e do suor dela.

Minha Sara. Minha esposa.

Minha obsessão.

Poderíamos passar a eternidade juntos e, mesmo assim, não seria o bastante.

CAPÍTULO 4

*H*enderson

Estou deitado na cama, olhando para o teto. Pela segunda noite não consigo dormir, pensamentos sombrios vindo à minha mente enquanto meu pescoço continua travado.

O plano que estou formulando é extremo, até monstruoso, mas não vejo outra saída. Não posso atacar Sokolov diretamente – ele e sua noiva estão muito bem vigiados. Se tentar e não conseguir, vou pagar caro.

Além disso, Sokolov não é o único que quero eliminar.

Seus aliados são igualmente perigosos... para mim, minha família e o mundo como um todo.

Esse é realmente o único jeito.

Ele e os outros têm que ser obrigados a pagar.

ara

EU ACORDO COM O BIP BAIXO DO MEU ALARME. Desligando, viro nas minhas costas e me espreguiço, sentindo-me tanto dolorida quanto satisfeita. Depois que arrumamos a cozinha e tomamos banho, Peter me possuiu mais uma vez antes de dormirmos e, então, novamente durante a noite.

Alguém tem que engarrafar o desejo sexual desse homem e vender como droga. Eles vão ganhar uma fortuna.

Rindo pelo pensamento, pulo da cama e corro para o chuveiro. Já sinto o cheiro delicioso de o que quer que Peter esteja cozinhando e meu estômago está mais do que pronto para começar o dia.

— Bom dia, ptichka — Ele me cumprimenta quando

entro na cozinha depois de uma ducha rápida e vestir-me para o trabalho. Na mesa estão dois pratos com torrada de abacate e ovo e no balcão, a lancheira – imagino que seja para eu levar para o trabalho.

— Oi. — Minhas batidas do coração aceleram quando olho para ele. Ele está sem camisa hoje, seu jeans escuro indo até o quadril e as tatuagens do seu braço brilhando na luz da manhã. Seu corpo é um obra de arte, com músculos perfeitamente definidos e ombros largos estreitando-se até um quadril fino. Mesmo as cicatrizes no seu torso têm um tipo de beleza perigosa e violenta – assim como o próprio homem.

— Você tem tempo para comer? — Pergunta ele, e eu assinto, lutando contra a vontade de lamber meus lábios quando seus músculos se flexionam na minha frente.

Talvez Peter não seja o único com uma libido insana.

A condição deve ser contagiosa.

— Eu tenho quinze minutos — Digo rapidamente, forçando-me a ir à mesa em vez de para ele. Se eu der um beijo de bom dia nele agora, terminamos de volta à cama.

— Ótimo. Vou levá-la ao trabalho esta manhã — Diz ele, juntando-se a mim à mesa. Pegando sua torrada, ele dá uma mordida e faço o mesmo com a minha, saboreando o gosto forte de limão combinado com o de ovos fritos e de centeio crocante.

— Vai ser uma semana cheia para você? — Pergunta

ele quando estou quase terminando com a torrada, e assinto, limpando meus lábios com um guardanapo.

— Sim, realmente. Bem cheia. Wendy e Bill – meus chefes, você sabe – acabaram de sair de férias, então, estou com alguns dos seus pacientes, além dos meus próprios. Oh, e eu vou induzir uma das minhas pacientes amanhã de tarde, então, provavelmente vou chegar tarde em casa. Além disso, tenho uns turnos na clínica na segunda metade da semana.

— Entendo. — A expressão de Peter é neutra, mas sinto uma mudança súbita de humor. Ele não está feliz com isso e eu não posso culpá-lo.

Eu também preferiria passar o tempo com ele a ir trabalhar.

— Você vai estar em casa para o jantar? — Pergunta ele e eu sorrio, feliz de poder dar boas notícias para ele neste respeito.

— Devo estar. Se não houver emergências.

— Certo. — Ele se levanta. — Deixe-me pegar uma camisa e vou levá-la ao consultório.

— Obrigada – e obrigada pelo delicioso café da manhã — Digo, mas ele já está dentro do quarto.

CAPÍTULO 6

eter

O CONSULTÓRIO DA SARA É A UMA DISTÂNCIA QUE DÁ para ir a pé do seu apartamento, então, de carro é apenas alguns minutos. Breve demais, estou encostando no meio-fio e dando o almoço para Sara, sempre com o sentimento de que preferiria ficar mordendo meu braço a deixá-la sair do carro.

Odeio o fato de que não a verei o dia todo, de que não serei capaz de tocá-la até de noite. É até mais difícil do que na semana passada porque passamos o domingo juntos – e agora sei o que é o paraíso.

É o que tínhamos lá atrás no Japão, apenas sem a animosidade amarga – sem que Sara estivesse ressentida pelo fato de eu tê-la roubado da sua carreira e de todos que ela amava.

Preciso de toda minha força para ficar sentado calmamente enquanto ela beija minha bochecha e sussurra: — Te amo. Te vejo em breve — Antes de pular para fora do carro.

Fico olhando sua figura esbelta desaparecer no prédio de escritórios, então, envio uma mensagem para a equipe com as instruções de vigília de Sara para o dia.

Se não posso ficar com ela, pelo menos sei onde está e o que está fazendo.

Pelo menos terei certeza de que está segura.

PASSO A MANHÃ TRANSFERINDO OS FUNDOS PARA O fechamento do negócio nessa quinta, e organizando a mudança que se aproxima. Planejo estarmos na nova casa na próxima semana, o que significa que tem muito trabalho a ser feito. Apesar de o local ter acabado de ser renovado e não exigir grandes melhorias, tenho que instalar medidas de seguranças apropriadas.

Suburbana ou não, nossa casa será um forte e ninguém – muito menos o Agente Ryson – será capaz de assediar Sara em casa novamente.

É meio da tarde e estou lavando os vegetais para o jantar quando o telefone vibra no balcão. Pressionando a tela com um dedo meio seco, vejo a mensagem de Sara.

Mil desculpas. Acabei de receber uma ligação da clínica. Eles estão completamente lotados e implorando que eu vá lá esta noite. Só será até às dez mais ou menos. Novamente, sinto muitíssimo.

A abobrinha que estava lavando se parte ao meio e eu empurro o telefone com o meu cotovelo para evitar dar a ele o mesmo destino.

Porra, eu devia saber. 'Se nenhuma emergência aparecer' é o código para 'uma emergência está para aparecer'. Era assim antes do Japão e apesar do trabalho atual de Sara ser menos focado no lado de obstetrícia e ginecologia, sua mentalidade não mudou.

O trabalho ainda vem primeiro, até trabalho voluntário na clínica.

Eu levo uns sólidos vinte minutos para me acalmar e começar a pensar racionalmente. A carreira de Sara é uma das razões por que enfrentei todos os problemas com Novak e Esguerra, por que concordei em desistir da minha vingança contra Henderson. Ser uma médica – ajudar pacientes – é importante para ela; ela precisa da sua carreira tanto quanto precisa estar perto da sua família e amigos. Eu sabia disso quando a roubei, isso não importava para mim naquela hora.

Tudo o que importava era mantê-la comigo.

Agora que a tenho e ela está feliz, não posso voltar àquele jeito de pensar, não posso esquecer como eu era a razão da sua infelicidade, quando toda vez que ela olhava para mim, eu via sofrimento nos seus olhos.

Agora é diferente. Apesar das suas reservas no assunto, ela admite que me ama – me ama o bastante para ter um filho meu.

Uma filha ou um filho... como Pasha.

Por um momento dói respirar novamente, mas, então, a dor passa, deixando uma angústia amarga. Eu tenho pensado em Pasha desse jeito mais e mais nos últimos meses, sem a ira envenenando minhas memórias. E sei que é tudo por causa dela.

Meu pequeno pássaro cantor que eu quero tanto engaiolar novamente.

Respirando fundo, solto o ar vagarosamente e foco na tarefa calmante de preparar o jantar.

Se Sara não pode vir para casa esta noite, eu simplesmente terei que ir até ela.

ara

EU ESPERO QUE ALGUÉM DA EQUIPE DE PETER VENHA ME levar à clínica, mas o próprio Peter está me esperando na calçada.

Eu abro um sorriso, parte do meu cansaço desaparecendo quando seus olhos passam pelo meu corpo antes de pararem famintos no meu rosto.

— Oi. — Vou direto a ele e inspiro com força quando seus braços fortes se fecham em mim, pressionando-me firmemente contra o seu peito. Ele tem um cheiro quente, limpo e distintivamente masculino – um cheiro familiar de Peter que associo agora a conforto.

Ele me segura por um momento, então, se afasta e

me olha. — Como foi seu dia, meu amor? — Pergunta ele calmamente, retirando o cabelo do meu rosto.

Sorrio para ele feliz. — Uma loucura, mas melhor agora. — Eu fico ridiculamente feliz pelo fato de ele próprio ter vindo para me levar à clínica.

Ele sorri de volta. — Sentiu minha falta?

— Senti — Admito enquanto abro a porta do carro e ele me ajuda a entrar. — Senti mesmo.

Seu sorriso de resposta me faz querer derreter no assento. — E eu senti a sua falta, ptichka.

— Sinto muito por ter que fazer isso — Digo quando saímos do meio-fio. O carro tem cheiro de algo deliciosamente apimentado e meu estômago se revira quando digo: — Estava ansiosa para jantar em casa.

Peter olha para mim. — Te trouxe o jantar. Está no assento de trás.

— Trouxe? — Viro-me no banco e vejo a fonte do cheiro delicioso – outra sacola de lanche. — Uau, obrigada. Não precisava, mas gostei muito. — Esticando-me, pego o pacote e coloco no meu colo.

Eu iria comprar uns pretzels da máquina na clínica, mas isso é infinitamente melhor.

— *Por que* você tem que fazer isso? — Pergunta Peter, parando no sinal. Seu tom casual, mas atento.

Ele também estava ansioso pelo jantar.

— Eu realmente sinto muito — Digo, e realmente sinto. Quando Lydia, a recepcionista na clínica, me ligou na hora do almoço, eu quase recusei sua solicitação, mas no final, sabendo que algumas dezenas de mulheres não fariam seus testes essenciais de câncer e o pré-natal necessário se eu não aparecesse, prevaleceu —, mas eles estão em falta de voluntários hoje e eu não podia deixá-los na mão.

Ele me dá um olhar de lado. — Não podia?

Paro no meio de abrir a sacola. — Não — Digo calmamente —, não podia.

Aqui estamos, o que eu temia. Suspeitava que seria apenas uma questão de tempo antes das minhas longas horas incomodarem Peter e parece que estava certa em me preocupar.

Tensa, preparo-me para ouvir um ultimato, mas Peter só aperta o acelerador, saindo devagar.

— Coma, meu amor — Diz ele no mesmo tom casual —, você não tem muito tempo.

Sigo sua sugestão e começo a comer – uma mistura de vegetais com cuscuz e frango grelhado. O molho me lembra o delicioso kebab que Peter preparou para nós lá no Japão e eu devoro tudo em minutos.

— Obrigada — Digo, limpando minha boca com o papel toalha que ele providencialmente colocou com os talheres. — Estava maravilhoso.

— De nada. — Ele vira na rua da clínica e estaciona bem em frente ao prédio. — Venha, vou te levar para dentro.

— Oh, não precisa... — Paro, visto ele já estar dando a volta no carro.

Abrindo a porta para mim, ele me ajuda a sair e me leva para o prédio, como se eu pudesse me perder se ele não mantivesse sua mão na parte inferior das minhas costas.

Espero que ele pare quando chegamos à porta, mas entra comigo.

Confusa, eu paro e olho para ele. — O que você está fazendo?

— Aí está você! — Lydia se apressa na minha direção, seu rosto largo aliviado. — Graças a Deus. Pensei que você não iria... oh, oi. — Ela ruboriza, olhando para Peter em total choque.

— Peter só vai... — Começo, mas ele sorri e dá um passo à frente.

— Peter Garin. Nos conhecemos no nosso casamento — Diz ele, estendendo a mão.

Os olhos da recepcionista se arregalam e ela oferece-lhe a mão, dando um aperto vigoroso. — Lydia — Diz ela sem fôlego. — Meus parabéns novamente. Foi um lindo evento.

— Obrigado. — Ele sorri para ela e quase consigo senti-la se contorcer por dentro. — Sabe, Sara acabou de falar que vocês estão sem voluntários hoje. Eu não sou médico, claro, mas talvez haja algo que eu possa fazer para ajudar esta noite? Talvez você tenha alguns arquivos para organizar, ou algo que precise consertar? Só temos um carro agora e eu preferiria não ter que voltar para casa e retornar para pegar Sara.

— Oh, claro. — O nível de excitação de Lydia quadruplica visivelmente. — Por favor, tem tanto trabalho. E você disse que está à disposição? Você saberia por acaso alguma coisa sobre computadores? Porque tem esse programa teimoso…

Ela o leva, falante, e eu olho sem acreditar enquanto meu marido assassino desaparece na esquina sem sequer olhar para trás.

CAPÍTULO 8

eter

Eu ajudo Lydia com seu problema de software, conserto uma torneira pingando e penduro decorações na sala de espera enquanto duas dezenas de mulheres – muitas visivelmente grávidas – me olham fascinadas.

Visto ser a única médica esta noite, Sara tem uma fila infindável de pacientes, então, eu não a perturbo. É o bastante saber que ela está apenas a duas salas de mim, e posso alcançá-la em um minuto se precisar.

Quando termino todas as tarefas básicas, vou montar a máquina de ultrassom que um hospital local doou. Nunca trabalhei com equipamento médico antes, mas sempre fui bom juntando partes – armas, explosivos, aparelhos de comunicação – então, não demora muito até eu descobrir o que vai onde e como testá-lo para ter certeza de que está funcionando.

— Oh, meu Deus, você é um salvador de vidas, assim como sua esposa — Exclama Lydia quando a mostro. — Estamos esperando um técnico vir há meses, e oh, isso vai ajudar tanto. Sara está com sua última paciente agora. Você acha que vai ter tempo de consertar um armário também? Está caindo e...

— Sem problemas. — Sigo-a à sala de exames e coloco alguns parafusos para ter certeza de que o armário em questão não caia na cabeça de ninguém.

— Você é tão bom nisso — Diz a recepcionista quando termino. — Já trabalhou em construção, por acaso? Parece que tem tanta prática com a furadeira e tudo...

— Trabalhei em alguns projetos de construção quando jovem — Digo sem elaborar. Essa mulher não precisa saber que os 'projetos' eram trabalho forçado na versão jovem do *gulag siberiano*.

— Oh, achei que tivesse. — Ela dá um sorriso aberto. — Deixe-me ver se Sara terminou.

— Por favor. — Gostaria de levar minha mulher para casa.

A recepcionista se apressa e eu estico meus braços, liberando a tensão dos meus músculos. Só se passaram alguns dias, mas estou ficando impaciente, ansioso para me mudar e fazer algo físico. Depois que fiz o jantar, fui dar uma longa corrida no parque e parei numa academia de boxe para praticar um pouco, mas preciso de mais.

Preciso de um tipo de desafio.

Pela primeira vez, penso seriamente no que farei com o resto da minha vida. Graças ao serviço dobrado de Esguerra-Novak, tenho bastante dinheiro para mim, Sara e um dúzia de filhos/netos – especialmente se não tivermos o hábito de comprar aviões particulares, armas especializadas ou propriedades caras. Não tenho que trabalhar para nos sustentar e não fiz nenhum plano além de pegar Sara e ligá-la a mim – parcialmente porque sempre gostei das folgas entre os serviços.

No momento, começo a ver que era porque eu sabia que as folgas eram temporárias, que outro desafio, missão cheia de adrenalina estava à frente. Agora, não tem nada – apenas uma série de dias calmos e pacíficos esticando-se ao infinito.

Dias em que tudo o que estarei fazendo é pensar em Sara e esperá-la voltar para casa.

— Peter? — Sara coloca a cabeça para dentro da sala e um sorriso aberto ilumina suas feições quando ela me vê. — Estou pronta para ir para casa se você estiver.

— Vamos — Digo e descarto o problema para outro dia.

Pensarei no que fazer com meu tempo mais tarde.

Por enquanto, tenho minha ptichka e ela é tudo o que preciso.

CAPÍTULO 9

S ara

Os DOIS PRÓXIMOS DIAS VOAM NUMA NUVEM DE trabalho. Na terça, fico até mais tarde no hospital para um nascimento e quarta é outro turno na clínica, onde, mais uma vez, sou a única doutora a consultar todas as pacientes.

É exaustivo, mas eu não me importo porque Peter acha um jeito de ficar junto a mim nas duas noites – na terça, ao checar alguns emails no Snacktime Café, perto do hospital, assim podendo dar uma saidinha para vê-lo enquanto espero minha paciente ficar pronta para dar à luz, e na quarta, como voluntário na clínica comigo novamente.

— Por que você está fazendo isso? — Pergunto quando estamos indo para a clínica. — Quero dizer, não me leve a mal, estou muito feliz que está fazendo isso, e Lydia está dando pulos, com certeza. Mas é isso que você realmente quer?

Ele olha para mim, seus olhos prateados brilhando. — O que quero é você na minha cama vinte e quatro por sete. Ou, para ser mais direto, algemada a mim todo o tempo. Mas visto eu saber o quanto sua carreira significa para você, aceito a próxima coisa boa.

Olho para ele, incerta de como reagir. Com qualquer outro homem, estaria convencida de que era uma piada, mas com Peter, não é uma conclusão segura a se ter. Especialmente quando entendo como ele está se sentindo.

Eu também sinto muita falta dele quando estamos separados.

Chegamos à clínica um minuto depois e eu vou me preparar para uma enxurrada de pacientes enquanto Lydia pega Peter para que mova algumas mobílias. Das sete às dez, consulto mulheres com problemas pequenos e grandes até que um nome familiar aparece na lista.

Monica Jackson.

Meu coração se aperta. A garota de dezoito anos veio na semana passada depois de um segundo estupro brutal do seu padrasto, que saiu da prisão por motivos técnicos em vez de pegar os sete anos da sua sentença por estuprá-la quando ela tinha dezessete. Eu a ajudara daquela vez, dando-lhe algum dinheiro para diminuir a dependência financeira que sua mãe alcoólatra tinha do bastardo, mas não havia nada que pudesse fazer na semana passada. Monica estava aterrorizada de que seu padrasto solicitaria judicialmente a custódia do seu irmão mais novo e ganharia – ou que a criança acabaria num lar de adoção.

Sua situação sem esperança havia me chocado tanto que chorei por uma hora inteira.

Respirando fundo, coloco minhas feições mais calmas e levanto-me enquanto a garota entra na sala. — Monica. Como está?

— Oi, Dra. Cobakis. — Seu pequeno rosto está tão radiante que eu quase não a reconheço. Até os hematomas quase curados ainda visíveis na sua pele não me distraem da sua felicidade. — Estou pronta para colocar o DIU.

Pisco ante seu entusiasmo. — Maravilha. Vejo que está se sentindo melhor.

Ela assente, subindo na mesa de exames. — Sim, bem melhor. Adivinha?

— O quê?

Ela dá um sorriso aberto. — Ele não pode me importunar mais. Tipo, para sempre. Na semana passada, ele estava indo trabalhar à noite e foi assaltado num beco. Eles cortaram seu pescoço, pode acreditar nisso?

— Eles... o quê? — Sento na cadeira quando minhas pernas dobram sob mim.

Seu sorriso desaparece e ela me dá um olhar de pena. — Desculpe-me. Isso soou malévolo, não?

— Humm, não. É que... — Balanço a cabeça num

esforço fútil de clarear meus pensamentos. — Você disse que alguém *cortou sua garganta?*

— Sim, o ladrão ou ladrões. A polícia não sabe quantos eram. Mas sua carteira foi levada, então, eles certamente queriam seu dinheiro.

— Entendo. — Eu parecia chocada, mas não pude evitar. A memória de dois metas que Peter havia matado para me proteger apareceu tão claramente na minha mente que consigo sentir o cheiro de cobre misturado à morte e o jeito igual a marionetes que eles caíram, com as poças escuras de sangue se espalhando dos seus corpos...

Tanto sangue que seus pescoços devem ter sido cortados.

— Dra. Cobakis? Você está bem?

A garota parece preocupada – eu devo estar pálida.

Com esforço, me recomponho e sorrio de forma reconfortante. — Sim, desculpe-me. Apenas algumas associações ruins, só isso.

— Oh, desculpe-me. Não quis te pôr medo. E, por favor, entenda: não estou dizendo que estou feliz por ele estar morto, só que...

— Você está feliz por ele estar fora da sua vida. Entendi. — Levanto-me novamente e tão cambaleante quanto posso, dou uma camisola de papel num saco plástico para Monica. — Por favor, vá trocar de roupa. Voltarei em breve.

Deixando a garota, eu saio, minhas pernas frouxas e meu pulmão lutando para respirar.

Na semana passada, depois que eu soube da

segunda investida contra Monica, eu não chorei apenas.

Eu também confidenciei a Peter, falando-lhe exatamente o que havia acontecido.

Se isso não for uma coincidência macabra, então, o Agente Ryson estava com razão.

Eu sou um monstro tanto quanto Peter. Eu matei o padrasto de Monica por apontá-lo à arma mais mortal que conheço.

Meu novo marido.

ara

EU AINDA NÃO CONSIGO RESPIRAR QUANDO ENTRO NO carro com Peter, o peso das revelações de Monica apertando meu peito como um iceberg.

— Qual o problema, ptichka? — Pergunta ele quando o carro começa a andar. — Você está bem?

Eu quero rir histericamente. Estou? Deveria estar?

Existe um medidor de bem-estar para quando você está inadvertidamente comissionado a ativar?

— Sara? — Peter pergunta, olhando para mim e apesar do seu tom ser de um pouco curioso, tem um brilho sombrio de conhecimento no seu olhar.

Ele deve ter notado Monica na clínica.

Qualquer esperança que eu tinha de essa ser um

horrível coincidência evaporou, deixando para trás um horror profundo.

Peter cometeu esse assassinato por mim.

O sangue da sua vítima está nas *minhas* mãos.

Não há motivo para perguntar, mas não consigo evitar. Eu tenho que ouvir as palavras em voz alta. — Foi você?

Eu espero que ele fique paralisado ou negue, mas a resposta é sem hesitação, seu olhar fixo na estrada à frente. — Sim.

Sim.

Aí está. Sem mal-entendidos, sem confusão.

Ele matou o homem por mim.

Cortou sua garganta, do mesmo jeito que havia feito com os metas.

— Você preferiria que eu deixasse a garota nas garras dele? — Sua voz é calma e firme quando olha para mim novamente. — Fiz para que você não precisasse se preocupar - e, assim, sua paciente pudesse ter uma vida normal, uma vida feliz.

Eu engulo em seco olhando cegamente para fora da janela. O que digo sobre isso?

Como você pôde?

Obrigada?

Eu me forço a olhar de volta para o seu perfil. — Eu achei... — Minha garganta se fecha e eu tento de novo. — Achei que você tivesse que seguir as leis. Não é essa a condição do seu acordo com as autoridades?

Peter assente, mantendo os olhos na estrada. — É, e

eu *estou* obedecendo às leis. Considero o que fiz como uma *ajuda* à lei – como na lei que deveria estar protegendo garotas como Monica de homens como seu padrasto.

Olho para o outro lado, meus olhos queimando enquanto o peso frio no meu peito aumenta.

Ele nem mesmo vê o que fez como errado. E por que veria? Isso é o que ele é, o que faz.

Matar é tão normal para ele como fazer um parto é para mim.

— Sara. — Sua voz profunda chega a mim e vejo que já estacionamos. Eu devo ter saído do ar ao longo do caminho.

Me encolhendo, eu me viro para ele.

Ele segura minha mão. — Ptichka... — Sua voz é mansa, sua mão grande quente quando segura meus dedos frios. — Por que você me falou sobre aquilo se não queria que eu ajudasse? Você realmente esperava que eu a assistisse chorar por causa daquele *ublyudok* e não fizesse nada?

Eu tremo. Não posso evitar.

Este, bem aqui, é o centro da questão, porque as revelações de Monica são tão devastadoras.

Porque bem no fundo, eu *realmente* esperava que ele humildemente ficasse do meu lado. De alguma forma, eu sabia o que ele iria fazer – até antes de ele prometer que minha paciente ficaria 'bem'.

Eu sabia e fingi que não sabia.

Porque secretamente eu *queria* que isso acontecesse.

Eu mostrei o problema para Peter e ele proveu a solução.

Desse jeito.

— Sara... — Ele levanta a mão para segurar minhas bochechas, seu olhar sombrio, contudo, caloroso no interior pouco iluminado do carro. — Não faça isso, ptichka. Não se puna. Ele merecia; você sabe que merecia. Você acredita sinceramente que Monica foi a única garota que ele feriu? Seus sistema legal teve uma chance de resolver a situação, trancá-lo para sempre – e eles o deixaram sair. Você fez um favor ao mundo por me falar sobre ele.

Fecho meus olhos, querendo me aconchegar na sua palma, deixar sua voz profunda e calma levar o horror e culpa de dentro de mim.

Agora, eu não apenas amo um assassino, eu própria tornei-me uma.

— Não faça isso, meu amor. Ele não vale. — Sua respiração aquece meu rosto e, então, seus lábios esfregam nos meus num beijo delicado.

Uma tremedeira passa por mim em resposta, um jato de calor iniciando sob o frio dentro de mim e, de repente, delicadeza não é o bastante.

Eu não quero ser acalmada – quero ser fodida para esquecer.

Abrindo os olhos, eu afundo meus dedos no seu cabelo, segurando sua cabeça e inclino meu rosto para aprofundar seu beijo. Minha língua empurra na sua boca e minhas unhas afundam no seu crânio enquanto eu me pressiono contra ele, deitando no console que separa nossos assentos. Sua respiração aumenta, suas mãos nos meus cabelos para segurar em resposta e um gemido baixo sai das profundezas do seu peito conforme ele corresponde com sua própria agressividade, seus dentes cortando no meu lábio inferior enquanto me beija de volta, mais forte e profundo, me pressionando contra o assento.

Sim, assim. Minha cabeça rodopia, o calor dentro de mim aumenta para uma conflagração. Ele tem o gosto de violência e fome masculina. Eu não consigo pensar diante de seu ataque sensual e não quero.

Eu quero isso.

Eu o quero.

De alguma forma, o assento atrás de mim se reclina, então, Peter está em cima de mim, o carro tremendo enquanto ele retira minhas roupas, uma mão entrando sob minha blusa enquanto a outra pega o zíper da minha calça. Sua palma calejada está quente e áspera enquanto passa pela minha barriga nua e meus olhos abrem por tempo o bastante para ver as janelas do carro subindo. É quase o bastante para me deixar lúcida, para fazer-me lembrar onde estamos, mas sua mão move-se mais para baixo, seu beijo fica ainda mais agressivo e uma tempestade de desejos me varre novamente.

Não sei quando ou como ele consegue abaixar minhas calças e roupa de baixo ou em que momento arranquei o botão do seu jeans. Tudo o que sei é que de repente ele está dentro de mim, tão duro e grosso que dói. Eu grito, ofegando quando ele começa a me foder com força, mas ele não para, não diminui a velocidade – e não quero que diminua. Estamos nisso como animais, sem impedimentos ou delicadezas e quando eu gozo, agarrando nele e gritando, ele está lá comigo, na loucura da nossa conexão.

Na escuridão do nosso amor.

eter

TENHO QUASE CERTEZA DE QUE ALGUNS DOS VIZINHOS viram o que aconteceu no nosso carro no estacionamento – e sei que meu pessoal definitivamente viu – mas não dou a mínima enquanto levo Sara tremendo para o elevador. Ela está amarrotada de um jeito que nunca vi, sua blusa abotoada toda errada e o cabelo uma bagunça só, caído pelo rosto. Tenho certeza de que pareço do mesmo jeito e não consigo deixar de abrir um sorriso quando passamos por um casal engomadinho empurrando um carrinho de bebê. Eles nos dão um olhar escandalizado e Sara vira para o outro lado, suas bochechas ardendo impossivelmente brilhantes.

Que fofura. Minha pobre ptichka está constrangida pelo nosso rompante de sexo quase em público – apesar de ter sido ela quem começou.

— Não se preocupe. Estamos nos mudando perto do final desta semana — Lembro a ela quando entramos no elevador e ela pressiona sua testa contra o espelho, seus olhos apertados enquanto bate o punho no vidro.

— Não acredito que fizemos isso. Eu só... Oh, Deus, vergonha para o resto da vida.

Ela parece estar com tanto remorso que quero abraçá-la. Então, faço exatamente isso, ignorando suas tentativas de me empurrar enquanto a seguro. Depois de um momento, ela relaxa e eu acaricio seu cabelo embaraçado até que o elevador chega ao nosso andar.

Levanto-a nos meus braços para carregá-la para o apartamento.

Ela não se recusa, apenas esconde o rosto no meu pescoço enquanto passamos por outro vizinho no corredor. O cara – um garoto que acabou de sair da adolescência – sorri e me faz um sinal com o polegar quando passamos.

Se o garoto só soubesse de toda história.

Quando chegamos à porta, coloco Sara em pé para pegar as chaves e ela corre para dentro quando abro a porta. Ainda estou tirando meus sapatos quando ouço o chuveiro e ao me juntar a Sara, ela já está saindo da banheira, ainda adoravelmente ruborizada e com o olhar constrangido. Fico feliz de vê-la assim.

É certamente bem melhor do que quando ela soube da morte do padrasto de Monica.

— Você acha que alguém nos viu? — Pergunta ela ansiosa, se enrolando numa toalha e eu seguro outro sorriso enquanto começo a me despir.

— O que *você* acha, ptichka?

— Bem, é tarde, e o estacionamento está escuro e... Oh, cala a boca! — Ela me dá um tapa no braço quando jogo minha camisa no cesto de roupas e começo a rir, sem conseguir me controlar.

Se ninguém em todo este prédio viu o carro balançando como um navio numa tempestade, eu como meu próprio pé.

Ela geme, escondendo o rosto nas mãos, mas olha de repente pálida. — Você não acha que iremos presos, acha? Por atentado ao pudor ou algo assim?

Eu paro de rir. — Não, meu amor. — Posso ver o medo e culpa nas suas feições e sei que não é por causa da nossa travessura no estacionamento.

Ela lembrou-se do que veio antes e está preocupada com o desfecho.

— Sara... — Pego suas mãos nas minhas duas. Suas palmas estão frias novamente, apesar do calor do chuveiro quente ainda enchendo o pequeno banheiro. — Ptichka, nada acontecerá com qualquer um de nós. Não tem nada me ligando àquela morte – nem ninguém realmente investigando o caso. Eu sei – mandei os hackers checarem. Até onde todos sabem, um ex-condenado foi roubado numa vizinhança perigosa, isso é tudo. Nenhum tira vai desperdiçar seu tempo tentando cavar mais fundo – mas mesmo se fizerem, não vão achar nada. Sou bom no que faço... ou fazia.

— Sei que você é. E isso é... — Sua garganta delgada trabalha enquanto engole. — Isso é terrível.

— Por quê? — Pergunto delicadamente, esfregando meus polegares nas suas palmas. — Eu te disse, essa parte da minha vida está no passado. Estamos ansiosos pelo futuro, lembra-se? E, agora, sua paciente pode fazer o mesmo. Ela está livre para viver sua vida sem medo. Não é isso que você desejava para ela?

— Claro que é. — Ela retira sua mão e se abraça, parecendo tão triste que eu quase me arrependi de ter feito aquilo para ela.

Talvez tivesse sido melhor se eu tivesse pensado em outro modo de lidar com o problema da Monica – ou, pelo menos, me livrado do corpo.

Novamente, eu queria que a paciente de Sara soubesse que seu malfeitor não é mais uma ameaça. Um desaparecimento não explicado não teria alcançado o objetivo. A pobre garota sempre olharia por sobre seus ombros, temendo o retorno do bastardo.

Desse jeito é para sempre, tenho certeza. Agora, só preciso convencer Sara.

— Ptichka...

— Peter... — Ela começa simultaneamente, então eu paro, deixando-a falar.

Ela respira e fala cuidadosamente. — Peter, se iremos... fazer isso de verdade – se construiremos uma vida normal juntos – preciso que você me prometa algo.

— O que, meu amor? — Pergunto, apesar de poder imaginar.

— Preciso que me prometa que nunca mais fará isso. — Seus olhos de avelã estão fixos no meu rosto. — Preciso saber que se alguém me importunar, ele não vai terminar num beco com a garganta cortada. Que se nossos filhos tiverem um professor difícil na escola ou se sofrerem *bullying* de um colega, ou se alguém nos mostrar o dedo do meio enquanto dirigirmos, que o assassinato *não* está na mesa como solução.

Eu pisco vagarosamente. — Entendo.

— Você pode me prometer isso? — Pressiona ela, segurando os lados da toalha. — Preciso saber que as pessoas à minha volta estão seguras - que por estar com você, não estou condenando ninguém mais à morte.

É a minha vez de respirar fundo e me acalmar. — Meu amor... eu não posso prometer de não te proteger. Se alguém tentar te machucar ou aos nossos filhos...

— Recorremos às autoridades, como todo mundo. — Seu queixo se levanta obstinadamente. — É para isso que serve a polícia. E, de qualquer forma, não estou falando de um caso claro de autodefesa. Obviamente, se estivermos andando na rua e alguém nos aponta uma arma, é um assunto diferente - apesar que desarmar ou simplesmente ferir essa pessoa deveria ser a situação preferida. Eu estou falando de assassinato como um jeito de lidar com as pessoas que *não* são uma ameaça mortal. Você consegue ver a diferença, não?

Eu não, realmente não. Não tenho intenção de matar um bastardo que buzina para nós ou qualquer coisa que Sara está imaginando aqui, mas não vou ficar parado e deixar algum *ublyudok* fazê-la chorar como se o seu coração estivesse dilacerado.

Mas ela está olhando para mim esperando e eu sei que ela não vai deixar isso para lá. — Tudo bem — Digo, depois de um momento de deliberação. — Se é o que você quer, prometo que não irei matar ninguém que não for uma ameaça para nós ou alguém que nos importamos.

— E você não irá torturá-los ou surrá-los de qualquer forma, certo?

Eu suspiro. — Certo. Nenhum dano físico, prometo. — Ainda tem um número de possibilidades que posso usar para chegar a isso – suborno, chantagem, pressão financeira – então, me sinto confortável fazendo essa promessa. Além do mais, o que constitui uma 'ameaça' está aberto à interpretação até onde eu sei.

Se uma porra de *bully* pegar nosso filho na escola, ele – ou seu genitor – *não* irá sair ileso.

Sara não parece satisfeita com minha promessa bem específica, então, pego sua toalha ao mesmo tempo que abro o zíper do meu jeans.

— Espera... — Ela começa, mas já estou levando-a de volta ao chuveiro, onde me certifico de que qualquer que seja a besta hipotética no futuro que eu precise cuidar, esteja bem longe da mente dela.

eter

NA MANHÃ SEGUINTE, SARA ESTÁ QUIETA E UM POUCO distante, indubitavelmente ainda remoendo a minha solução ao problema da sua paciente. Isso não deve levar a nada bom, então, eu tento distraí-la por lembrá-la do seu novo hobby: cantar com sua banda.

— Quando é sua próxima apresentação? — Pergunto no café. — Vi o vídeo de vocês no palco, mas adoraria ver pessoalmente.

Ela olha da omelete para mim, piscando como se estivesse focando em mim. — Oh, eu ia te falar. Nosso guitarrista, Phil, me enviou uma mensagem ontem bem mais tarde. Ele confirmou uma apresentação para nós amanhã à noite, mas só se todos puderem confirmar rapidamente. Você acha que podemos trocar o jantar com meus pais para sábado?

Meu primeiro impulso é dizer não. Estava contando em tê-la para mim depois do jantar – um evento que provavelmente levaria duas ou três horas, no máximo. Essa apresentação tomaria toda nossa noite de sexta-feira e, então, ainda teríamos que nos juntar aos seus pais no final da semana – o que também é quando faremos a mudança.

E, novamente, estou doido para ver meu pequeno pássaro cantor no palco, cantando de coração. E isso é importante para ela, então, é importante para mim.

— Claro — Digo calmamente e levanto-me para começar a limpar a mesa. — Podemos ir jantar com seus pais no sábado. Ou melhor ainda, convide-os para um brunch no sábado.

Sempre soube que viver esta vida significaria ter que dividir o tempo e atenção de Sara, e não posso deixar minha obsessão por ela arruinar isso.

Posso viver com isso.

É só algo que tenho que me acostumar.

Termino de limpar enquanto Sara se veste e, então, a levo para o trabalho.

— Não se esqueça: a assinatura é às seis de hoje — Digo a ela quando encostamos em frente ao consultório dela. — Te pego às cinco e meia, ok?

Ela assente, ainda não olhando nos meus olhos quando coloca a mão na maçaneta da porta.

— Sara. — Pego no seu pulso quando ela abre a porta. — Olhe para mim.

Ela obedece relutante e eu toco com a outra mão seus cabelos castanhos pondo-os atrás da orelha. — Diga, ptichka. Quero ouvir as palavras.

Ela olha para mim e sinto as batidas rápidas no pulso fino que estou segurando. Ela está lutando consigo mesma, lutando com seus sentimentos por mim e não irei tolerar isso.

— Diga — Exijo, minha pegada se aperta e vejo o momento exato em que ela desiste de lutar.

Fechando os olhos, ela inspira profundamente, então, os abre. — Eu te amo. — Sua voz é baixa e firme quando olha nos meus olhos. — Te amo, Peter... não importa o que aconteça.

Algo bem no fundo de mim – um nó tenso que não sabia que estava lá – relaxa, e eu levo sua mão aos meus lábios, beijando a pele macia em cada dobra. — Te amo também. Te vejo às cinco e meia, certo?

— Certo — Murmura ela e eu me forço a deixá-la ir.

Deixá-la voar livre, nem que seja apenas até a noite.

CAPÍTULO 13

Sara

Conforme havia dito, Peter me pega às cinco e meia em ponto e vamos ao escritório assinar os papéis.

— Você colocou a casa no meu nome? — Olho espantada quando vejo espaço para apenas a minha assinatura nos documentos.

Ele assente, seus lábios curvando-se num sorriso. — É o melhor, meu amor. Só como precaução.

Um frio passa pela minha espinha. 'Só como precaução' poderia significar várias coisas, mas quando seu marido costumava ser caçado por órgãos oficiais no mundo todo e ainda tem ligações com o submundo do crime, as palavras ganham um significado único e sinistro.

Quero perguntar mais, mas a escrivã – um mulher

bonita e nos seus trinta e poucos anos – está nos olhando sem disfarçar a curiosidade, então, eu apenas assino em cada 'X' e tento não pensar sobre as possibilidades terríveis.

Como tipo, uma equipe da SWAT entrando pela nossa porta no meio da noite porque eles descobriram a participação de Peter no assassinato do padrasto da Monica.

— Terminado — Diz a mulher alegremente quando lhe dou o último dos documentos. — Parabéns pela nova casa.

— Obrigada. — Levanto-me e aperto a sua mão. — Estamos bem felizes.

Peter aperta as mãos depois, e não deixo de notar o jeito que ela olha para ele – como um gato olhando um prato de creme. Ele parece não notar o interesse dela, mas ainda sinto uma pontada estranha de ciúme.

Talvez eu devesse falar para Peter que *ela* me chateou?

Retiro a piada sombria da cabeça tão logo aparece, mas é tarde demais. Estou pensando em tudo de novo e isso me deixa enjoada. O dia todo, estou tentando convencer a mim mesma que o que aconteceu foi um único caso e que Peter vai manter sua promessa de não ferir ninguém mais, mas sempre que chego perto de acreditar, lembro-me do que ele ameaçou fazer no nosso casamento se eu o deixasse no altar.

Assassinato – ou a ameaça em si – sempre será parte do seu arsenal e ninguém em volta de mim está verdadeiramente seguro. Eu posso mesmo estar andando com uma granada ambulante.

Peter me leva para fora e vamos para casa, onde a mesa já está posta com velas e uma garrafa de champanhe está gelando num balde de gelo enquanto cheiros deliciosos saem do forno.

— À nossa nova casa — Ele brinda depois de colocar uma taça para cada um de nós, e brindo tentando não pensar nos corpos iguais a marionetes no beco escuro e as poças de sangue no chão.

Sobre a granada viva que sempre está ao meu lado.

eter

O PESSOAL DA MUDANÇA NÃO CHEGARÁ ATÉ O MEIO-DIA, então, depois de deixar Sara no trabalho na sexta, vou dar uma longa corrida com uma mochila de peso para imitar o treinamento que costumava fazer com meus homens. Preciso do exercício forçado para colocar para fora parte do desconforto que tenho sentido – e para aliviar meu pensamento da falta que sinto da minha esposa viciada em trabalho.

Terminando minha corrida num parque quieto quase vazio, tiro minha camiseta suada e começo a fazer uma série de exercícios, usando a mochila de trinta quilos para acrescentar dificuldade às flexões básicas com um braço numa árvore perto.

Estou quase terminando quando vejo um menino

adolescente correndo em minha direção, sua camisa voando no seu corpo magro. Por um segundo, ele pareceu igual ao meu amigo Andrey, o que me fez todas as tatuagens em Camp Larko.

A ilusão termina quando ele chega mais perto, mas mesmo assim, não posso afastar os olhos.

A criança está correndo como se os cães do inferno o estivessem perseguindo, seus olhos arregalados e seus braços batendo desesperadamente. Alguns segundos depois vejo o porquê.

Quatro garotos maiores e mais velhos – homens, na verdade – estão correndo atrás dele, gritando insultos.

A porra não tem nada a ver comigo, mas não consigo evitar.

Tão logo o que se parece com Andrey passa por mim, solto a mochila presa à minha cintura e jogo casualmente no chão. Então, quando seus perseguidores estão acerca de um metro de mim, entro no caminho deles, estendendo meus braços em ambos os lados.

Eles param bruscamente, apenas o bastante para não baterem em mim.

— Que porra é essa, cara? — O maior grita. — Sai da frente!

Ele tenta me dar uma cotovelada para me retirar da frente – um grande erro da sua parte. Meus instintos bem treinados saltam e, logo depois, o cara está no chão, gemendo, enquanto seus três companheiros se afastam, as mãos levantadas defensivamente.

— Caiam fora — Falo para eles, e eles se vão,

parando apenas para pegar o amigo caído, arrastando-o.

Estou me abaixando para pegar minha mochila quando vejo pelo canto do olho um movimento.

É o garoto que ajudei, seu peito magro ofegando quando olha para mim. — Como você fez aquilo? — vejo espanto e inveja na sua voz.

— Fiz o quê? — Pegando minha mochila, coloco minha camiseta nela.

— O imobilizou daquele jeito.

Dou de ombros, colocando a mochila e travando as tiras na minha cintura. — Apenas alguns treinamentos básicos de autodefesa.

— Não, cara. — Os olhos azuis do garoto são grandes - e sinistros como os de Andrey. — Aquilo foi algo diferente. Você já esteve no exército? E está fazendo exercícios com isso? — Ele aponta para a minha mochila.

— Algo assim, e sim. — Viro-me para sair, mas o garoto ainda não terminou comigo.

— Você pode me ensinar? Como lutar, quero dizer?

Finjo não ouvir e começo a correr.

Ele não desiste. Aproximando-se de mim, fica correndo ao meu lado. — Pode me ensinar? Por favor?

Aperto a passada. — Meu negócio não é treinar crianças.

— Vou te pagar. — Ele está sem fôlego pela corrida, mas de alguma forma consegue me acompanhar. — Aqui. — Ele coloca a mão no bolso e tira duas notas de vinte. — Eles iriam levá-las, então, pode ficar com elas.

Estou quase recusando quando tenho uma ideia. Parando perto de um banco, olho a criança atentamente. — Você quer aprender? De verdade?

— Sim. — Ele quase pula de excitação. — Quero aprender a me defender. Quero dizer, eu fiz um pouco de caratê quando era menor, mas aquilo realmente não...

— Quantos anos você tem? — Interrompo.

— Dezesseis. Bem, quase. Meu aniversário é no próximo mês.

— E quem eram aqueles caras correndo atrás de você?

O garoto ruboriza. — Os amigos do meu irmão mais velho. Eles estão pleiteando entrar para uma fraternidade, e é um tipo de ritual para eles. Você sabe, pegar dinheiro de um nerd.

Quase rolo meus olhos ante o ridículo daquilo tudo. Estou realmente considerando isso?

— Por favor, senhor. — O garoto muda de um pé para o outro. — Meu pai sempre diz que preciso me defender sozinho, mas eu não sei como. E o jeito que você acabou de pará-los... eu mataria para ser capaz de fazer aquilo.

O garoto não tem ideia do que está falando, mas por alguma razão – talvez porque ainda estou pensando em Andrey e de como ele sempre era importunado no nosso campo infernal antes do guarda sádico o cozinhar vivo – estendo a mão e digo: — Dê-me o seu celular.

O garoto ansiosamente pega o celular e me dá. Eu coloco meu número e devolvo a ele.

— Me liga nesse final de semana e vamos marcar um horário. Qual o seu nome, a propósito?

— Aiden, senhor. Aiden Walt. — Ele hesita, então, decide ser forte. — E você?

— Peter Garin — Digo e volto a correr, deixando o adolescente em pé ao lado do banco.

CAPÍTULO 15

ara

COMO É DE HÁBITO A SEMANA TODA, PETER ME PEGA depois do trabalho, apenas em vez de irmos para casa, dirigimos para o bar onde minha banda irá tocar esta noite.

— Muitíssimo obrigada por isto — Digo entre mordidas no frango com massa que ele trouxe para mim no carro. — Sério, isto está delicioso.

— De nada. — Seu olhar prateado é caloroso quando olha para mim antes de voltar sua atenção para a estrada. — Estou feliz que tenha gostado.

— Não posso acreditar que você teve tempo de cozinhar hoje. O pessoal da mudança não iria vir?

Ele abre um sorriso. — Oh, eu não te falei? Eles vieram - e hoje iremos dormir na nova casa.

— O quê? — Eu quase engasguei com a massa. — Está falando sério?

Ele assente. — Contratei quatro caras, empacotaram e levaram tudo em tempo recorde. Eu já desempacotei tudo que é necessário, incluindo tudo para a cozinha e quarto, então, é só terminar com algumas poucas caixas no final da semana. E comprar algumas coisas novas, claro – mas acho que podemos fazer isso juntos.

— Você é fabuloso — Digo e falo a verdade. Sua persistência implacável e obsessiva – essa habilidade quase sobre-humana de transpor reveses insuperáveis em busca do seu objetivo – costumava me aterrorizar, mas agora que não estou mais lutando para fugir dele, vejo a vantagem que é.

A mesma força de vontade formidável que Peter usou para me fazer me apaixonar por ele, agora, está acalmando os pequenos problemas da nossa vida suburbana – uma vida que foi possível apenas pelo fato de Peter ter feito um pequeno milagre e o fez sair da lista dos Mais Procurados.

Se eu não soubesse, acharia que ele era um bruxo, alterando o destino e a realidade ao seu bel prazer.

— Então, decidi abrir uma pequena sala de treinamento — Diz ele casualmente quando volto a comer. — Vou começar a procurar um lugar semana que vem.

Eu paro no meio de uma mordida, olhando para ele sem acreditar. — Sério?

— Sim. Encontrei um garoto no parque hoje e ele

me implorou por algumas aulas de luta. Daí, isso me deu a ideia e quanto mais penso nisso, mais gosto. Estou pensando em aulas de autodefesa para mulheres e adolescentes, programas em campo para atletas mais capacitados, treinamentos com armas para guarda-costas e assim por diante. Tenho alguma experiência em treinar outros visto já ter feito isso com meus homens quando nos juntamos no início como uma equipe, então, deverá ser divertido.

— É uma ideia *excelente.* — Não consigo esconder a excitação na minha voz. — Será a coisa perfeita para você fazer.

Ele me dá um olhar irônico. — Melhor do que assassinatos?

Rio porque ele leu minha mente. — Sim, bem melhor. — Tenho estado preocupada com o que ele faria aqui, se ele sentiria falta da sua profissão anterior cheia de adrenalina e isso me acalma um pouco.

Com o curso de treinamento para ocupar seus dias e trazer um novo desafio, meu marido assassino deve realmente se ajustar à nossa vida calma de civil.

Sentindo-me mais leve desde a visita de Monica, termino minha massa na hora que estacionamos no bar onde vou me apresentar esta noite.

O SENTIMENTO DE LEVEZA SE EVAPORA NA HORA QUE entramos. O bar é grande e está apinhado, e a maioria já está bêbada e consigo sentir a tensão crescente em

Peter enquanto andamos para a parte de trás da área do palco onde os outros membros da banda estão se preparando.

— Ei, aí estão eles, os recém-casados! Estou tão feliz que vocês chegaram. — Phil me abraça com força e as feições do meu marido petrificam, sua mão se fechando num punho.

Merda. Esqueci-me do extremo sentimento de posse de Peter.

Empurro o colega de banda e rapidamente pego no braço de Peter. Os músculos de aço se flexionam sob meus dedos e sei que estava certa em me preocupar.

Minha granada estava quase explodindo.

— Onde estão Simon e Rory? — Pergunto, esfregando minhas mãos no bíceps de Peter, como se estivesse apenas apreciando o toque de todos aqueles músculos letais – que estaria, se não estivesse tão preocupada com Phil. — Eles já estão prontos?

— Eles estão trocando de roupa ali. — Phil vira a cabeça para a direita. — Você deveria ir se trocar também. Já estamos com sua roupa pronta. E não se preocupe, vou devolvê-lo a você quando terminar. — Ele abre um sorriso para Peter, que ainda está parecendo que quer martelar pregos nele. Vagarosamente.

— Ok, vou ser rápida. — Dou uma apertadinha calorosa no bíceps de Peter e relutantemente me dirijo para a área de troca.

É melhor que nosso guitarrista esteja ileso quando voltarmos.

CAPÍTULO 16

eter

— Então — diz Phil, sua expressão de bom humor se evaporando tão logo Sara fica fora de vista. — Um puta ciumento, hein?

Olho para ele, sem piscar. — Você não tem ideia.

Se ele abraçar Sara novamente, será a última coisa que fará. Este lugar já me deixa nas últimas – com todos os bêbados amontoados lá fora, é o lugar perfeito para algum tipo de ataque assassino – e apenas o pensamento das patas desse babaca em Sara faz meus dedos coçarem para quebrar seu pescoço gordo.

Ele olha de volta para mim e cai na gargalhada. — Oh, cara, você deveria ver seu olhar. Eu não sabia que um olhar assassino realmente existia.

Forço-me a piscar, diminuindo o dito 'olhar

assassino' enquanto ele continua, feliz e não sabendo o quão verdadeira sua observação foi: — Desculpa, cara. Não tive a intenção de entrar no seu território. Só conhecemos Sara há pouco tempo e ela é como uma irmã para nós. Bem, na verdade não, não somos parentes e ela *é* muito sexy, mas você sabe o que eu quero dizer. E, honestamente, nem sabíamos que ela quisesse os homens. Não querendo dizer que achávamos que ela estava jogando no outro time – apenas não estava namorando, por ser uma viúva e assim por diante. Apesar de eu ter imaginado que ela estivesse namorando e você... — Ele balança a cabeça. — Droga, não posso acreditar que não sabíamos.

— Sim, bem, agora você sabe. — Eu provavelmente deveria ser mais amistoso devido a sua tentativa na cumplicidade masculina, mas ainda estou tentando me conter em não matá-lo por aquele abraço – e todas as outras vezes que ele provavelmente deu em cima da minha 'muito sexy' esposa.

Ela não era minha esposa então, mas já era *minha*.

Felizmente, Sara reaparece antes que minha paciência seja testada mais ainda. Ela está usando um vestido preso ao pescoço que me lembra Marilyn Monroe na famosa cena do vento levantando sua saia. Noutra mulher, pareceria simplesmente atraente, mas em Sara, com sua postura de dançarina, é elegante e sexy.

— Achei apropriado — Diz Phil enquanto olho para ele, minha boca salivante diante da vontade de cair na pele macia na parte do pescoço exposta pelo vestido —, você entende, visto ela ser uma noiva recente e tudo o mais.

Desvio meus olhos do pescoço dela. — O quê?

— O vestido branco — Diz o guitarrista com um sorriso aberto. — Eu escolhi. Como se fosse uma continuação do seu casamento e tudo o mais.

— Ah. — Volto a olhar para Sara enquanto ela para e conversa com o baterista, Simon.

Quão ruim seria se eu a roubasse agora? Apenas a pegasse e levasse para fora daqui, e a mantivesse na minha cama até que ambos não pudéssemos andar?

Eu a quero cantando para mim, neste vestido.

E em qualquer outro vestido, penso.

— Cara, você é doente — Diz Phil, e olho para ele, irritado. O idiota está balançando a cabeça e com um sorriso aberto, como se não conseguisse ver que estou quase literalmente quebrando seu pescoço.

— Ei, Phil! — Uma mulher loira chega perto e vejo que é a amiga de Sara do hospital, Marsha.

Me vendo, ela congela por um segundo, hesitante se aproxima de nós.

— Oi, Marsha. — Sorrio para ela tão gentilmente quanto posso. Não preciso assustar mais a mulher; ela já tem todo tipo de suspeita sobre mim. — Não sabia que você estaria aqui.

— Sim, bem... — Seu olhar vira para Phil. — Posso falar com você?

— Com certeza. — Ele olha para mim. — Com licença.

Volto minha atenção para Sara enquanto Marsha

praticamente arrasta o guitarrista para longe. Minha ptichka está conversando com o cara ruivo, Rory, e eu não gosto do jeito que o pavão musculoso está olhando para ela.

Começo a me encaminhar para lá, mas Sara termina a conversa e coloca a cabeça para fora da área do palco.

— Eles estão pronto para nós — Grita ela por sobre os ombros e eu quietamente saio da área do palco para juntar-me ao público no bar.

A apresentação da minha ptichka está para começar e eu não quero perder.

PARA A MINHA SURPRESA O PÚBLICO BARULHENTO FICA quieto tão logo Sara pisa no palco. E quando ela abre a boca, eu vejo o porquê. Ela é tão fenomenal ali quanto uma estrela pop, sua voz forte e pura enquanto ela canta as letras que compôs. Eu a ouvi praticar no Japão, mas ouço tão pasmado quanto qualquer um no bar.

É impossível não ficar assim.

A música é tanto inspiradora quanto tocante, uma mistura diferente de country, R&B, e sucessos pop – tudo combinado com o toque de Sara.

Ela é mais que boa.

Ela é notável.

Nossos olhos se encontram e meu coração se expande no meu peito, até que parece que não pode ser contido. É surreal, o quanto eu preciso dela, quanto a desejo com cada célula do meu corpo. O instinto primitivo me acorda novamente, a necessidade de pegá-la por sobre meus ombros e levá-la pelos cabelos.

Eu a quero longe dos olhos de todos, assim posso devorá-la toda sozinho.

Uma música, três, cinco, quinze – antes que eu veja já se passaram duas horas. Eles continuam a chamá-la de volta, exigindo bis e ela continua cedendo – até que finalmente termina.

Eu a pego tão logo sai do palco. Literalmente a puxando e levantando, pressionando contra o meu peito.

— Privilégio de recém-casado — Grito para seus fãs raivosos e quando ela esconde o rosto, ruborizando e rindo, faço o que estou morto de vontade de fazer a noite toda.

Levo-a para tê-la toda para mim, sozinho.

CAPÍTULO 17

eter

EU ME SEGURO TEMPO O BASTANTE PARA CHEGARMOS EM casa, apesar de que cada vez que Sara se mexe no assento, dou uma olhada na sua coxa nua sob aquela saia branca sexy, fico tentado a sair da estrada.

A única coisa que me impede é que não quero outra rapidinha no carro. Preciso dela na cama, onde posso me deliciar do seu belo corpo a noite toda. Onde posso mostrar-lhe que sempre será minha, não importa quantos homens salivem por ela.

Ajuda o fato de ela estar falando sem parar, ainda adrenalizada por sua apresentação. Ela está me falando tudo sobre como a guitarra de Phil precisou de uma última afinação e de como Simon quase não chegou porque ele tinha prazo para entregar um artigo. Focar nas suas palavras me impede de colocar a mão na sua saia e enfiá-la pela sua coxa lisa e torneada antes de penetrar sob a renda da sua calcinha, que ela colocou nessa manhã, e acariciar sua macia e sedosa...

— Você acredita que Marsha está saindo com Phil? — Diz Sara e vejo que parei de ouvir, perdido no calor da fantasia.

— Está? — Faço o melhor para focar nas palavras. — Desde quando?

— Rory me disse que eles ficaram na noite do nosso casamento. Não é engraçado? Marsha estava aparentemente muito bêbada para dirigir depois da cerimônia e Phil se ofereceu para levá-la em casa. E o resto, como se fala, é história.

— Ótimo — Digo, forçando-me a manter os olhos na estrada em vez de devorar Sara com meu olhar. — Bom para eles.

E estou falando a verdade também. Talvez a enfermeira alegre mantenha o guitarrista ocupado e ele vai parar de babar por Sara sempre que tiver chance. E, também, ele manterá Marsha distraída o bastante para ficar fora da nossa vida.

Sara havia falado um pouco demais para ela durante minha ausência e apesar de Marsha não saber com certeza de que eu fui o homem que espionou Sara e matou seu marido, ela tem fortes suspeitas de que fui eu.

— Sim, espero que dê certo para eles — Diz Sara —, os dois merecem um bom parceiro.

Eu assinto desapercebidamente e arrisco outra

olhada para Sara. Ela está olhando para mim com um sorriso e, então, me mata ao colocar casualmente sua mão na minha coxa.

Meu pau, já quase duro das imagens tipo raio-X na minha mente, entra em alerta total. O toque dos seus dedos finos esquenta minha pele apesar do material grosso do jeans. É como se um fio energizado encostasse na minha coxa, enviando pulsos de eletricidade direto para a minha virilha. Meu ritmo cardíaco dispara violentamente, e minhas mandíbulas apertam quando a estrada à frente fica borrada por um segundo perigoso.

— Sara. — Eu rosno seu nome enquanto minhas mãos apertam convulsivamente o volante. — Ptichka, se você não retirar sua mão agora...

Ela ofega audivelmente e puxa sua mão, finalmente vendo o que estava fazendo. Mas não ajuda. Eu ainda sinto seu toque. Está colado na minha pele, minha mente... meu coração. Talvez um dia não me sentirei desse jeito, com sua afeição casual acabando comigo desse jeito cada vez, mas agora, estamos muito novos, muito crus. Não faz muito tempo ela me odiava e temia. Eu era um monstro aos seus olhos. E talvez ainda seja – mas agora ela me ama.

Ela sabe que precisa de mim, as partes sombrias e tudo mais.

Quando paramos em frente à casa, paro para ver se algo dispara o meu senso de perigo treinado. Nada acontece – não que deveria. O lugar está tão seguro quanto possível, com tecnologia de monitoramento de última geração e tudo, e com meu pessoal posicionado em locais estratégicos pela vizinhança.

Não correrei o risco dos inimigos do meu passado se intrometerem no meu presente pacífico.

— Uau — Exclama Sara quando a ajudo a sair do carro. Sua cabeça indo de um lado ao outro, seus olhos arregalados em espanto. — De onde vieram todas estas árvores? E aquela cerca? Quando você teve tempo de fazer isso tudo?

Dou uma olhada no que ela está falando. Eu realmente mandei erguer uma cerca alta e plantei árvores em todo o redor da propriedade para dar privacidade e obscurecer a linha de visão para um potencial sniper.

— Ontem — Digo, colocando minha mão na parte inferior das suas costas para guiá-la para a entrada.

Ela pode se maravilhar com nosso novo lugar amanhã; hoje à noite, todo o seu tempo me pertence.

Tínhamos acabado de chegar à porta quando minhas resistências quebraram como um graveto numa chuva de granizo.

Fechando a porta com meu pé, ligo a luz do corredor e a encosto na parede, minhas mãos indo aos botões do seu vestido. Levantando sua saia, eu acho a calcinha de renda molhada e sua vagina macia e escorregadia sob ela.

Porra, sim. Apresentar-se deve tê-la excitado em mais de um jeito.

— Peter. — Seus olhos se arregalam enquanto ela segura meus bíceps. — Espera, vamos primeiro... ahh...

— Suas palavras terminam num gemido enquanto eu a penetro com dois dedos, deleitando-me na sua parte apertada, escorregadia e sedosa.

— Diga-me que você quer isso — Ordeno, bombeando meus dedos para dentro e para fora dela, deixando a parte áspera do meu polegar raspar no seu clitóris rígido com cada bombeada. — Diga-me que você *me* quer.

Seus olhos brilham cada vez mais, suas pupilas dilatam a cada segundo. — Eu quero. Você sabe que eu quero. — Ela está ofegando, seus músculos internos se apertam e seus lábios ondulam num ritmo que me diz que ela está por um triz. — Por favor, Peter.

Retiro meus dedos e levo minha mão ao seu rosto. — Chupe-os. — Empurro os dedos entre seus lábios carnudos. — Deixe-os bons e molhados, entende?

Os olhos dela se arregalam novamente, mas ela obedece, sua língua ágil passando em volta dos meus dedos enquanto eu os enfio em sua boca. Fico pasmado, fazendo-me imaginar sua língua em meu pau. Querendo mais, empurro meus dedos mais fundo e sinto sua garganta convulsionar num reflexo de engasgo, cobrindo-os com mais saliva.

Caralho. Se eu não entrar nela, vou explodir.

Abrindo meu jeans com minha mão livre, retiro meus dedos da sua boca e empurro de volta na sua vagina, deixando sua parte molhada misturar com sua saliva enquanto volto a fodê-la com meus dedos, querendo aquele olhar brilhante de volta aos seus olhos.

Não leva muito tempo – dentro de trinta segundos, ela está respirando rápido, sua pele pálida belamente ruborizada. Seu olhar ainda preso no meu, mas seus olhos ficam embaçados e sem foco, sua boca se abrindo enquanto suas unhas se afundam nos meus bíceps e os músculos da sua coxa se contorcem como uma corda.

Espero até que tenho certeza de que ela esteja gozando, então, puxo meus dedos novamente – apenas para levantá-la pelas suas coxas tonificadas e enfio todo o meu pau pulsante nela. Seu 'O' sem palavras transforma-se numa ofegada, suas pernas se enroscam com força em volta da minha cintura enquanto eu a penetro até o final numa empurrada implacável. Consigo sentir seus músculos internos pulsando e se contraindo enquanto eu entro fundo e preciso de toda a minha força para não ceder à vontade poderosa de gozar.

Ela não vai sair dessa com facilidade.

Não hoje.

De alguma forma, consigo segurar até que seu espasmo diminua e seu corpo fica solto contra o meu, suas pálpebras fechando-se enquanto um brilho aparece nas suas feições. Abaixando minha cabeça, beijo seus lábios partidos e movo minha mão que a fodeu da sua coxa à abertura tentadora entre os globos das suas nádegas.

Ela está tão relaxada e presa ao meu beijo que tem uma resistência mínima enquanto eu pressiono um dedo escorregadio na abertura da sua traseira e entro cuidadosamente. Já estou dentro dela até o primeiro nó do dedo quando seus olhos se abrem e seu corpo se aperta, seus músculos internos se apertando no meu pau e dedo enquanto suas pernas se apertam em volta da minha cintura.

— Deixe-me entrar, ptichka — Murmuro contra os seus lábios. — Você sabe que quer isso.

Não que ela tenha muita escolha. Eu a estou segurando com minha mão livre e o peso do meu corpo. Com suas pernas enroladas na minha cintura e meu pau enterrado bem fundo nela, não tem como ela escapar ou controlar a profundidade da penetração em ambos os orifícios.

Ela está completamente em minhas mãos e é exatamente isso o que eu quero.

Não tomei o seu cu desde a noite do nosso casamento, mas não parei de pensar nisso – sobre como esses globos perfeitamente redondos me faziam sentir pressionados contra minhas bolas e o olhar de êxtase e agonia nas suas feições. Eu a havia machucado, eu sei, e algo sobre aquilo havia sido perversamente correto, singularmente satisfatório.

Tanto quanto eu a adoro, eu ainda quero puni-la às vezes, para ver o medo lutar contra o tesão nos seus belos olhos.

Levantando minha cabeça, vejo aqueles olhos refletirem exatamente isso enquanto ela olha para mim. — Eu... — Sua respiração fica mais rápida novamente. — Eu não sei se...

Eu engulo suas próximas palavras com outro beijo e continuo enfiando o dedo na sua abertura apertada enquanto a levanto mais alto com minha mão livre, movendo-a no meu pau. Ela ofega nos meus lábios e sinto meu pau esfregar no dedo pela fina parede separando os dois orifícios.

Minha respiração acelera, minhas bolas subindo com mais força e quaisquer resistências que ainda tinha, evaporam. Aprofundando meu beijo, aumento o ritmo dentro dela e, simultaneamente, enfio um segundo dedo dentro do cu dela. Ela se enrijece, suas unhas afundando mais nos meus músculos apertando-se com resistência, mas é inútil. Já estou dentro dela, tão fundo que ela nunca me retirará.

Não haverá escapatória para ela.

Nem agora. Nem nunca.

Tudo dentro de mim está gritando para fodê-la, para penetrá-la mais e mais até que eu entre em erupção e a tensão insuportável termine, mas tem algo mais que eu também quero. Respirando pesado, levanto minha cabeça e olho nos olhos dela enquanto ela olha para mim tonta, suas feições ruborizadas e suas pálpebras pesadas com o desejo.

— Diga-me o que você quer — Ordeno com a voz pesada, e sua respiração assoviando entre os dentes enquanto enfio meus dedos mais fundo no seu traseiro, esticando-o, preparando-o. — Quero ouvir você falar.

— Eu não... — Geme ela, seus olhos se apertando fechados enquanto movimento meus dedos como tesoura, esticando-a mais. — Eu não sei.

— Sim, você sabe. Olhe para mim.

Seus olhos se abrem obedientemente e sua língua delicada sai para molhar seu lábio inferior.

— Diga-me, Sara. Diga-me o que você realmente precisa.

— Eu... — Sua respiração acelera ainda mais quando começo a esfregar dentro dela, cerificando-me de pressionar seu clitóris com cada movimento. — É... isso. Peter, eu preciso disso. Eu preciso disso dentro de mim. Eu preciso de você para... — Ela ofega enquanto empurro mais fundo dentro dela — me possua e...

— E o quê? — Exijo, minha espinha pinicando quando sinto seus músculos internos se apertarem.

— Me foder. — Ela está ofegando agora, seu olhar ficando tonto e sem foco. — Me... me machucar.

— Sim. — Minha voz vem rouca. — Certo. E você é minha. Minha para foder, machucar, para fazer qualquer coisa que eu quiser. Não é, meu amor?

Ela assente, seus olhos focando nos meus. — Sim. Sempre.

Sempre. A palavra penetra no meu peito, trazendo com ela uma mistura de ternura calorosa e satisfação violenta. Adoro que ela entenda isso agora. Admita isso.

Fomos feitos um para o outro. Sabia disso desde o começo e, agora, ela sabe disso também.

Abaixando minha cabeça, reclamo seus lábios, mantendo o beijo delicado e gentil mesmo quando retiro os dois dedos dela e engancho as duas mãos sob suas coxas, abrindo suas pernas mais ainda enquanto a levanto mais alto. Meu pau sai da sua vagina e empurra a entrada de trás.

Sua respiração pula numa ofegada, mas já a estou abaixando no pau duro, usando a força da gravidade e o escorregadio da sua lubrificação natural para ajudar minha penetração. Se eu não a tivesse alargado com meus dedos, teria sido impossível, mas como está, o anel de músculos cede à pressão e eu deslizo dentro do seu canal apertado, sentindo-a me apertar por dentro num esforço frenético para evitar a invasão.

— Peter... — Ela está tremendo quando levanto a cabeça, olhando-a nos olhos mais uma vez. — Peter, por favor...

— Sim — Prometo com voz rouca. — Vou te agradar, ptichka. Te darei o que precisa... tudo o que precisa.

E olhando nos olhos dela, começo a me mover, possuindo-a até onde a dor fica ao lado do prazer e o amor e o ódio colidem.

Àquele belo lugar onde ela é minha e somente minha.

CAPÍTULO 18

Henderson

Eu estudo o novo conjunto de fotos na minha tela enquanto esfrego os músculos doloridos no meu pescoço, tentando ignorar minha dor de cabeça crescente.

Contatar o FBI deu certo e também não precisei procurar muito. O Agente Ryson ficou muito feliz em voltar a investigar Sokolov para mim.

Não estou ansioso de que ele descobrirá algo, mas, de qualquer forma, esse não é o objetivo. Eu apenas quero que uma investigação esteja em curso, mesmo se for mais por capricho pessoal de um agente truculento.

Abrindo a pasta na minha mesa, eu estudo os desenhos dentro. O plano está começando a tomar forma devagar, mas com consistência. Agora, só preciso achar o pessoal certo para executá-lo.

Os sons de tiros de pistola automática chegam aos meus ouvidos, aumentando o latejar doloroso na minha têmpora. Largando a pasta, levanto-me e entro na sala de estar.

— Jimmy.

Meu filho de quinze anos não reage.

Repito seu nome mais alto.

— O quê? — Ele responde sem tirar os olhos da tela.

— Abaixe o volume dessa porra de jogo — Digo com tanta calma como posso.

Ele me mostra o dedo do meio.

Minha dor de cabeça se transforma numa enxaqueca fumegante, meu pescoço pulsando com mais dor enquanto o ódio se espalha pelas minhas veias.

Externamente calmo, eu vou para o sofá e pego o controle das mãos do meu filho.

— Ei! — Ele se levanta, tentando pegar de volta e a parte de trás da minha mão estapeia seu rosto, derrubando-o.

— Te falei para abaixar a porra do jogo — Falo, enquanto ele olha para mim, com a mão no queixo.

E jogando o controle no chão, volto para o escritório.

CAPÍTULO 19

Sara

Eu acordo no sábado de manhã sabendo que eu e Peter estamos casados há uma semana – e que acabamos de passar a primeira noite na nossa nova casa.

Não tive chance de olhar tudo ontem à noite, então, olho o quarto agora. É claro e espaçoso, com as paredes pintadas num azul acinzentado pálido e o teto com elevação de pelo menos três metros e meio acima da cama king size com cabeceiras de carvalho.

É bonito e moderno e tenho uma vontade repentina de esposa de comprar plantas e colocar em cada canto.

Com um sorriso aberto, eu me espreguiço e faço uma cara feia ao sentir-me dolorida por dentro. Após me possuir brutalmente no corredor, Peter trouxe-me para cima e me possuiu novamente no chuveiro, e mais uma vez na cama.

Num desses dias, ainda precisaremos conversar sobre o que é uma quantidade de sexo normal e saudável. Os homens não precisam foder suas esposas todas as noites como se tivessem acabado de sair da prisão.

Eu imagino essa conversa e balanço a cabeça. Estou enganando quem? Com ou sem dor, não me importo nem um pouco do seu desejo por mim. A intensa sexualidade de Peter é parte dele, tão feroz e sem se desculpar quanto seu amor por mim. Ele não aceita limites, não se apega a dogmas. E eu o quero assim: selvagem, contudo carinhoso, letal, mas perversamente doce.

Já estou cheia de fingir que sou qualquer coisa além de louca no que tange a ele, tão errado quanto possa parecer.

Cheiros deliciosos de café da manhã já estão penetrando sob a porta fechada; tomo um rápido banho no nosso novo e luxuoso banheiro, jogo uma camiseta por cima e calças de yoga e corro escada abaixo, meu estômago em saltos.

Meu marido está ao lado do fogão de aço inox tipo restaurante, virando as panquecas e eu paro ante a visão, salivando. Vestido num jeans surrado e nada mais, ele tem ombros bem largos e esbeltos, músculos fortes, a tatuagem decorando seu braço esquerdo se flexionando a cada movimento do seu poderoso bíceps. Seu cabelo preto e grosso está deliciosamente liso como se convidasse meus dedos a tocá-lo e sua pele bronzeada brilha na luz forte da manhã.

Virando-se, ele me olha com um sorriso sensual. — Aqui está ela, meu pequeno pássaro cantor. Como está se sentindo?

Eu lambo meus lábios, incapaz de tirar meus olhos do seu peito largo. — Com fome.

— Aham, achei que tivesse. — Ele abre um sorriso. — Infelizmente, ptichka, você foi dormir tão tarde que agora já é praticamente hora do brunch. Seus pais chegarão daqui a vinte minutos, então, você terá que esperar.

Eu olho para o relógio e vejo que ele está certo. — É tudo culpa sua — Digo, cruzando os braços. — Você me manteve acordada *até muito tarde.*

— Eu sei. Pobre queridinha. Vem cá. — Ele vem em minha direção, seus olhos brilhando sombriamente e eu chego para trás.

— Nã-não. Não temos tempo.

Ele me toca. — Sempre temos tempo.

— As panquecas...

Seus lábios quentes chegam perto dos meus, sua língua invadindo os cantos da minha boca e meus dedos acham o caminho para seus cabelos sedosos enquanto minha cabeça cai para trás nas suas palmas. Sua respiração tem gosto de mel – ele deve ter provado as panquecas – e eu não consigo evitar de piscar quando ele finalmente levanta a cabeça, olhando para mim sem uma pitada de brincadeira.

— Porra, mal posso esperar até estarmos sozinhos

novamente — Sussurra, então, abaixa o rosto e me beija feroz e forte, um que não deixa dúvida do seu real desejo.

Ele vai me possuir.

Na hora que meus pais saírem, estarei de volta à cama.

A campainha toca na hora que ele para e respira. — Caralho. — Respirando forte, ele me larga. — Eles chegaram cedo novamente.

Aliso meu cabelo com uma mão trêmula, dolorosamente sabendo dos meus lábios inchados pelo beijo. — Vá se vestir. Vou recebê-los.

— Espera. — Ele vai ao fogão e coloca as panquecas num prato. — Assim elas não queimam — Explica ele saindo da cozinha.

Eu dou uma olhada no espelho a caminho da porta. Definitivamente, pareço como se tivesse acabado de ser possuída, mas não tem outro jeito.

Passo a mão nos cabelos novamente e abro a porta para cumprimentar meus pais.

Eles insistiram num tour pela casa primeiro, então, vamos de cômodo em cômodo enquanto Peter coloca a mesa. Enquanto mostro tudo para os meus pais, mais uma vez fico pasmada de quanto meu marido conseguiu fazer ontem. Apesar de algumas caixas ainda estarem discretamente em alguns cantos e a mobília é a mínima possível, tudo está organizado e limpo... quase de um modo não natural.

— Não acredito que você esteja praticamente instalada — Diz mamãe, verbalizando meus pensamentos. — Achei que tivesse fechado o negócio na quinta?

— Fechamos — Digo. — Mas Peter tem um jeito de fazer as coisas acontecer.

— Sem brincadeira — Resmunga papai, abrindo um armário e vendo que já tem toalhas dentro, adequadamente dobradas. — Ele é uma máquina, esse seu marido.

Eu aperto o braço fino de papai. — Sim, e isso é bom.

Meus pais ainda não aceitaram completamente nosso relacionamento, mas acho que, quando passarem mais tempo com Peter, eles aceitarão. Nosso primeiro jantar juntos foi relativamente bem semana passada, graças a Peter ter sido surpreendentemente aberto sobre o seu passado e seus sentimentos por mim. Também foi de ajuda o fato de ele os ter dito logo no início que quer começar uma família, trazendo aos meus pais a tentadora promessa de netos, algo que eles já haviam perdido a esperança de ver.

Com meu pai já com oitenta e oito e mamãe apenas nove anos mais nova, seus relógios biológicos de avós estão clicando cada vez mais alto.

Apesar da artrite do meu pai estar o incomodando e ele usar um andador hoje, ele insiste em encarar as escadas e ver a casa toda. Terminamos o tour no meu quarto, onde fico surpresa em ver que a cama está feita. Peter deve tê-la feito quando subiu para se trocar.

Depois que olham o quarto, papai vai ao banheiro enquanto mamãe checa o closet.

— Então, o que você acha? — Pergunto quando ele sai.

Ela me olha sério. — É uma bela casa, querida.

— Mas? — Gesticulo quando ela não continua.

Ela suspira e senta-se na cama. — Seu pai e eu ainda estamos preocupados com você, é isso.

— Mãe... — Começo num tom forçado, mas ela levanta a mão e dá uma batidinha na cama perto dela.

Vou sentar-me ao seu lado e ela diz em voz baixa — O Agente Ryson falou com seu pai no parque ontem de manhã. Eu não sei o que ele falou, mas a pressão do seu pai foi às alturas o dia todo. Tentei forçar, mas ele não me disse nada além de que está preocupado contigo.

Olho para ela, um torno esmagando meu coração. Por que o agente do FBI estava lá? Se foi igual o jeito que Ryson me afrontou no dia do meu casamento, foi um milagre o meu pai não ter tido um ataque do coração ali mesmo.

Será que o FBI sabe algo sobre o padrasto de Monica?

Meus pulmões param de funcionar ao pensar. Eu também devo ter ficado pálida, porque mamãe franze a testa e segura a minha mão. — Você está bem, querida?

— Sim, eu... — Forço-me a voltar a respirar. — Estou bem. — Minha voz um pouco alta, então, eu sorrio para parecer mais convincente. — Desculpa, só que estou preocupada com papai. Como está a pressão dele hoje?

Mamãe suspira e larga minha mão. — Melhor. Não está boa, mas melhor. Mas eu realmente gostaria que ele me dissesse o que o Agente Ryson disse.

— Certo. — Tento soar quase normal. — Vou perguntar ao papai sobre isso hoje.

— Acho que é melhor se você não perguntar. — Olhando para a porta do banheiro, ela abaixa ainda mais a voz. — O que quer que tenha sido, foi realmente estressante e eu não quero que seu pai fique remoendo isso.

— Você está certa, mamãe — Digo e levanto-me para sorrir para papai que sai do banheiro. — Agora vamos provar aquelas panquecas.

ENQUANTO COMÍAMOS, EU OBSERVAVA PETER interagindo com meu pais. Apesar de saber que ele preferiria muito mais estar só comigo, ele mantém novamente suas maneiras educadas e respeitosas. Subir e descer as escadas parece ter piorado a artrite do meu pai, então, o ajuda com seu andador, e faz de forma tão casual que meu pai esquece de ficar ofendido.

No início, meus pais estavam desconfiados e reservados, mas conforme o almoço continua, eles parecem se apegar ao Peter – até meu pai, apesar do que Ryson deve tê-lo dito. Ajuda o fato de Peter conseguir controlar a conversa, insistindo em perguntas de como meus pais se conheceram e como eram quando crianças em vez de eles inquirirem sobre seu passado nebuloso.

— Sara era um bebê tão perfeito que você não acreditaria — Diz mamãe a Peter, abrindo um sorriso para mim. — Dormia a noite toda, comia quando deveria comer, quase nunca chorava. E também nunca ficava doente apesar de ter nascido pequena, pouco mais de dois quilos e meio. Ficamos tão preocupados, por causa da nossa idade, você sabe, mas ela rapidamente nos acalmou. Era como se ela soubesse que não éramos os pais jovens típicos que pudessem aguentar o fardo e ela certificou-se de que tudo corresse normalmente. Isso é bobagem, claro – ela era apenas um bebê – mas essa é a impressão que todos tínhamos.

— Eu acredito — Diz Peter, olhando para mim com tanto carinho que ruborizo e tenho que olhar para o outro lado.

Além de guiar a conversa para os tópicos favoritos dos meus pais, Peter mostra-se atento em várias coisas pequenas. Mamãe recebe seu chá de camomila sem pedir e as panquecas de papai são servidas com uma tigela de frutas e creme, além de geleia de morango caseiro. Eu não sei como Peter ficou sabendo dessa preferência específica do meu pai, mas meus pais claramente apreciam essas coisas.

— Você é um cozinheiro excelente — Fala mamãe e dá a ele um sorriso largo e caloroso, os olhos dele brilhando com prazer.

Vendo-o assim, eu começo a imaginar se Peter realmente está fazendo isso por mim. Seria possível se alguma parte dele também desejasse isso? Que pelo fato de ele nunca ter tido pais, esteja gostando de ter uma família? Porque se ele estiver fingindo, está fazendo um excelente trabalho.

Da minha parte, acho que ele está começando a gostar dos meus pais – e apesar de tudo, eles devem eventualmente gostar dele.

Enquanto estamos terminando a refeição, meus pais finalmente nos perguntam – sobre trabalho e todas as coisas típicas de pais.

— Então, você decidiu o que irá fazer? — Pergunta mamãe a Peter, e ele assente, dizendo-lhes sobre o curso de treinamento que está planejando iniciar.

— Gostei da ideia — Declara papai. — Parece bem oportuno, com toda a sua experiência.

Peter sorri ante sua aprovação. — Eu também achei. De qualquer modo, seria algo para eu fazer agora, enquanto Sara está no trabalho.

Vejo um traço de ressentimento na sua voz, mas eu ainda não consigo evitar o desconforto quando ele se levanta e começa a retirar as coisas da mesa. Ele está chateado com minhas longas horas, posso afirmar. Depois de todos os meses separados, as noites e finais de semanas que estamos juntos não são o bastante – para nenhum de nós dois.

Talvez esse novo negócio de treinamento melhore as coisas, dando-lhe algo para focar que não seja eu e nos acalmaremos na nossa vida de casados, não sentiremos tanta falta um do outro. De outra forma, cedo ou tarde, uma parte vai sair perdendo, e terá que ser do meu lado.

Peter sacrificou tudo para me fazer feliz e eu não posso fazer menos por ele.

Quando meus pais saem, fico me perguntando se falo com Peter sobre a visita de Ryson ao meu pai, mas decido não falar. Ele já estava nervoso ao saber que o agente do FBI havia interferido no nosso casamento. Se ele souber que Ryson está continuando a molestar minha família, ele pode fazer algo sobre o problema, e essa é a última coisa que desejo.

Com ou sem promessa, Peter fará tudo o que for necessário para me proteger e eu não preciso de outra morte na minha consciência.

PARTE II

Sara

Durante o próximo mês, nos acomodamos na nossa nova casa e continuamos com a rotina da primeira semana de casados. Apesar de Danny e o resto da equipe de segurança de Peter sempre estarem por perto, Peter me busca e leva para o trabalho e ajuda na clínica. Entrementes, ele trabalha no seu novo negócio e capta clientes – uma tarefa que está tendo muito sucesso.

Eu fujo do meu consultório numa tarde quando tenho alguns cancelamentos de consulta e peço a Danny para me levar ao parque que Peter escolheu como seu local de treinamento ao ar livre. Então, assisto sorrindo enquanto o vejo fazer cinco adolescentes se exercitarem, fazendo-os correr, pular sobre bancos, subir em árvores e tentarem socá-lo no rosto.

Nenhum consegue, claro, mas parece que estão se divertindo muito.

Eu sei como se sentem porque pedi que ele me ensinasse alguns movimentos domingo passado e passamos a manhã no seu ginásio, praticando alguns golpes básicos de autodefesa. Era como lutar contra uma montanha e o único golpe que eu consegui fazer foi levantar minhas pernas para que me tornasse um peso morto quando ele me segurava pelas costas – para desequilibrar meu ofensor, suponho. Não preciso dizer que aquela agarração toda terminou com a gente transando na hora que chegamos em casa e ainda estou longe de ser capaz de me defender, não que precise, com Peter e os guarda-costas sempre por perto.

Ele me olha um minuto depois, e um sorriso radiante ilumina suas feições antes de ele virar-se e gritar o próximo conjunto de instruções para os meninos. Ele vem na minha direção, deixando os alunos ofegantes e grunhindo enquanto tentam fazer flexão numa árvore.

É um dia quente de agosto e ele está sem camisa, apenas com uma calça camuflada e botas. Eu observo, com a boca seca enquanto ele vem numa corridinha, seus músculos do seu torso brilhando com o suor.

— O que você está fazendo aqui, ptichka? — Pergunta ele, parando na minha frente e eu pulo nele, passando meus braços pelo seu pescoço. Ele me segura rodopiando, enquanto eu o beijo despreocupadamente e quando ele me coloca no chão, ambos estamos ofegantes, os alunos assoviam e gritam atrás de nós.

— Voltem ao treinamento — Ele grita pelo seu ombro, suas mãos ainda na minha cintura e eles obedecem instantaneamente, voltando às suas tentativas de flexão.

— Um sargento de verdade, não? — Abro um sorriso para ele e passo a mão no seu cabelo grosso tentando ajeitá-lo. Está ficando longo nos lados e também em cima e mais difícil de pentear. Eu gosto dele bagunçado, então, não falo nada, mas provavelmente teremos que levá-lo para cortar em breve.

— Com certeza — Murmura ele, abaixando a cabeça para me beijar novamente e eu rio, o empurro antes que comecemos a fazer de verdade. Tem acontecido em público com demasiada frequência; Peter não tem vergonha quando se trata de mim.

Em parte é porque sempre sentimos como se não tivéssemos tempo juntos o bastante. Meu trabalho atual tem mais horas previsíveis, mas ainda tenho algumas pacientes grávidas – e meus chefes estenderam suas férias, tenho atendido os pacientes deles este mês também.

Eles me pediram para substituí-los e eu não poderia dizer não.

— Sim, você poderia — Disse Peter quando expliquei que tenho que ficar de plantão por mais um final de semana porque a paciente de Wendy está próxima a dar à luz. — Você poderia definitivamente dizer não. Qual a pior coisa que poderia acontecer? Eles te demitirem?

— Bem, sim — Comecei, então, parei com um suspiro. — Eu sei, eu sei. Temos dinheiro e tecnicamente eu não tenho que trabalhar.

— Isso mesmo. — Seu olhar atento em mim e olhei para o outro lado ainda não me achando pronta. Logicamente, sei que ele está certo – somos multimilionários, graças às suas aventuras recentes – mas dei muito duro para me tornar uma médica para simplesmente desistir.

— Você poderia ainda ser voluntária na clínica — Disse ele e, mais uma vez, ele tinha razão. Já pensei nisso várias vezes, de como seria bom se eu pudesse acariciá-lo todas as manhãs em vez de acordar com o alarme e correr para o trabalho. Por mais frustrante que tenha sido meu cativeiro no Japão, sempre estávamos juntos lá – algo que não valorizei naquele tempo, dada a minha raiva com Peter, mas agora eu me lembro desejosa.

— Não é a mesma coisa — Disse. — Eu não faria partos na clínica.

— Isso é verdade — e ele para a conversa, mas eu sei que voltaremos ao assunto novamente.

É inevitável, dada nossa obsessão mútua.

E é uma obsessão. Não posso negar. Eu achei que amava George, pelo menos no início, mas meus sentimentos por ele eram uma leve sombra de como me sinto por seu assassino. Eu nunca senti falta de George desse jeito quando estávamos separados, nunca senti vontade que ele voltasse para casa com esse tipo de intensidade. Nossas vidas eram mais ou menos separadas e eu achava que esse era o jeito que deveria ser, que todos os casamentos, todos os relacionamentos, eram.

Não tem nenhuma separação desse tipo com Peter. Nem de perto. É como se houvesse uma linha invisível nos unindo, mesmo quando estamos fisicamente separados. Ele está constantemente nos meus pensamentos e eu frequentemente me vejo sentindo falta física dele, como se meu corpo estivesse viciado no seu toque.

Não ajuda o fato de quando *estamos* juntos, ele me dá banho com total atenção e me cuida até que eu me sinta como um animal de estimação mimado. Me massageia, esfrega meus pés, escova meus cabelos – ele faz isso tudo quando temos tempo. E não estou nem contando o sexo.

Oh, Deus, o sexo.

Desde a noite do nosso casamento, quando eu admiti para Peter, e para mim mesma, que preciso de um certo grau de brutalidade vindo dele para lidar com nossa relação não-tradicional, ele não teve nenhum escrúpulo em liberar seu monstro interior no quarto. Apesar de haver muito mais vezes quando ele é doce e delicado, com frequência ele me possui com uma fome arrasadora, deixando-me dolorida e machucada pela manhã. Nenhuma parte do meu corpo está fora dos seus limites e eu, com frequência, me encontro amarrada de joelhos, com minha boca preenchida pelo seu pau e minhas nádegas queimando por ele ter me possuído.

Ele pode ser meu marido agora, mas ainda é o meu perseguidor.

Mas, o ponto chave é 'meu'. Para meu alívio, sexo comigo é a via pela qual Peter parece canalizar seus impulsos sinistros. Até onde sei, ele tem mantido sua palavra em não ferir ninguém e conforme as semanas passam, vejo-me menos preocupada quando estamos com meus amigos e família. Meus pais estão aos poucos se apegando a ele e meus colegas da banda parecem gostar dele – o que me surpreende, visto Marsha estar namorando sério com Phil e ela *não* ser fã do Peter.

Ou, pelo menos, assim eu presumo porque eu quase não a vi depois do casamento.

— Marsha não tem saído com a gente ultimamente — Digo a Phil quando estamos juntos bebendo depois de uma apresentação de sexta à noite. — Vocês ainda estão juntos, certo?

Ele ruboriza, claramente desconfortável. — Sim, mas ela tem estado, hum... bem ocupada.

Eu assinto e pego minha bebida. — Certo, tudo bem.

É ridículo sentir-me mal pelo abandono da minha amiga. Apesar de tudo, eu a evitei um pouco após saber que ela havia ajudado o FBI com informações sobre mim. De qualquer modo, eu não a posso culpar de ter sido cuidadosa. Qualquer pessoa sã iria querer ficar afastada de um homem suspeito de ter sido uma assassino sem consciência e torturado sua melhor amiga e matado o marido desta.

— Ela está ocupada com o quê? — Pergunta Peter, vindo atrás de mim para massagear meus ombros. Seu tom é leve a casual, mas eu consigo sentir a tensão nos seus dedos fortes enquanto ele massageia os músculos trincados. — Ela está trabalhando mais turnos?

— Mais ou menos — Resmunga Phil, então, acena para o barman. — Uma rodada de tequila, barman. A melhor que tiver.

A tequila queima minha garganta quando bebemos e o clima de desconforto se dissipa enquanto Rory e Simon começam uma discussão animada dos prós e contras das loiras naturais. Phil junta-se à discussão, mas Peter fica quieto, observando-os com uma vaga expressão de estar se divertindo e quando peço licença para ir ao banheiro, ouço-o pedir uma rodada de vodka.

— Para mim não? — Pergunto, quando vejo apenas quatro doses ao voltar, e meu marido abre um sorriso para mim.

— Preciso de você acordada e consciente na minha cama esta noite.

Ele fala com uma apertada no meu joelho e os homens caem na gargalhada enquanto luto contra ficar ruborizada. Peter não tem o mínimo constrangimento do seu desejo por mim, aproveitando-se de cada oportunidade para me tocar e tornar público sua possessão sobre mim, no privado e no público. Meus colegas de banda estão convencidos de que fodemos como coelhos o tempo todo, e é verdade.

Meu marido tem a histamina de um adolescente que tomou Viagra.

Ainda rindo, os caras tomam a vodka e Peter pede outra rodada imediatamente. Eu olho para ele um pouco confusa, eu nunca o vi beber tanto, mas acho que ele só está descarregando um pouco após uma semana longa.

Mas depois de mais duas rodadas de vodka, sinto que algo está acontecendo. Por um motivo, tenho quase certeza de que Peter derramou sua última rodada no chão. Meus colegas de banda estavam muito bêbados para notar, mas eu só estou um pouco alta e o vi virar o copo para o lado antes de beber.

É como se Peter estivesse deliberadamente tentando embebedá-los.

Depois de outra meia hora e mais rodadas, minhas suspeitas se solidificam à certeza. Rory e Simon estão nas nuvens, com Rory cantando uma balada irlandesa e Simon totalmente desafinado enquanto Phil se aprofunda em filosofar sobre quão aleatória é nossa vida e o reverso do significado. Peter está agindo como se estivesse igualmente bêbado e totalmente junto do falatório de Phil, mas para mim, é óbvio que meu marido está manipulando a conversa, mas, com que objetivo, não sei.

— E, então, você vê, um CEO de estúdio de cinema poderia pensar que ele tem o toque de ouro com blockbusters, mas, na verdade, ele está apenas arriscando vitórias — Esbraveja, Phil, e Peter concorda, como se tudo fizesse sentido. — Você acha que conseguiu, mas é apenas sorte, cara. Apenas a porra da sorte. Então bam! O pêndulo balança para o outro lado. Porque é tudo aleatório e reverte para a maldita média. Nós não entendemos isso como humanos, achamos que temos controle porque vemos um padrão, mas é tudo besteira. A vida é como um pêndulo enferrujado em um terremoto, balançando de um lado para o outro, às vezes ficando preso em uma subida. E às vezes, às vezes, toda a sua vida está em alta, até que um tremor sacode a ferrugem. — Ele balança a cabeça pesarosamente, e eu decido que ele definitivamente bebeu demais.

Eu não sei o que Peter pretende, mas intoxicação alcoólica não é brincadeira.

Inclinando-me, toco a mão do meu marido e abaixo a voz. — Vamos para casa. Estou ficando com sono.

Ele vira a palma da mão e gentilmente aperta a minha, seus olhos completamente sóbrios, enquanto seus lábios se curvam em um sorriso aparentemente embriagado. — Só mais um pouco, meu amor. O Phil tem um bom argumento.

Eu franzo a testa, confusa. — Tem?

— Oh, sim — Esbraveja Phil —, você só não vê porque não pode ver. Não pode nem imaginar. Nenhum humano pode, porque nossas mentes não são capazes de formar um padrão realmente verdadeiro. E quando os algoritmos fazem isso por nós, não acreditamos que são aleatórios. Como a mistura aleatória do seu reprodutor de música? Não é aleatório. Se fossem, você às vezes ouviria a música duas, três, quatro vezes, uma atrás da outra e isso não parece aleatório para nós. Parece que uma música foi escolhida deliberadamente, como se houvesse um propósito por trás disso, mas é falso. É apenas matemática, apenas programação. E, então...

— Então, eles ajustaram o algoritmo, removendo a aleatoriedade real para fazer parecer mais aleatório — Diz Peter, soando bastante bêbado enquanto brinca com meus dedos. — Eu te entendo, cara. É loucura.

Phil balança a cabeça. — Não é? Eu digo isso a Marsha o tempo todo, mas ela não acredita. Ela não entende que às vezes uma coincidência é apenas uma coincidência, que algo pode ser simplesmente aleatório. Como você e Sara. Houve um cara mau chamado Peter no passado dela, e Marsha acha que é você, mesmo que o FBI tenha dito a ela, *eles disseram diretamente a ela*, que não é. Como o que faz mais sentido: você é um assassino procurado que, por alguma razão estranha, pode vagar livremente? Ou, deve ter havido dois Peters na vida de Sara? É como uma música que aparece duas vezes, difícil de acreditar, mas genuinamente aleatória. Quer dizer, tem um cara do FBI que ainda fala com ela, mas tenho certeza de que ele está dando em cima dela, o idiota.

Eu congelo, minha mão tensa na mão de Peter enquanto meu marido ri e balança a cabeça, quase exalando simpatia masculina. — Uau. Que babaca. Qual é o nome do cara?

— Tyson ou algo parecido. — Phil soluça e boceja alto. — Rima com bison.

Merda. Meu coração martela no peito enquanto Peter olha para mim, seu olhar duro e ilegível. Será que ele suspeitou de algo assim o tempo todo? É por isso que ele está controlando Phil – e consequentemente, Rory e Simon – com álcool a noite toda?

Ele, de alguma forma, soube que o agente tinha se aproximado do meu pai?

Tenho tentado esquecer isso, parar de me preocupar com o FBI descobrindo sobre o padrasto de Monica, mas de vez em quando eu acordo suando frio de um pesadelo no qual agentes da SWAT irrompem pela porta do nosso quarto. Oficialmente, há um acordo, mas Ryson está claramente em uma missão própria.

O que ele tem dito a Marsha? O que *ela* tem dito a ele? Minha mente gira quando Peter ordena uma rodada final, depois, se desculpa com os caras, deixando-os beber a última rodada enquanto ele me leva para fora do bar e para o carro de Danny.

Meu ex-assassino é cumpridor da lei o suficiente, ou inteligente o suficiente, para não beber e dirigir.

Eu espero até chegarmos em casa antes de mencionar o que Phil nos contou.

— Peter, sobre o...

— Por que você não me disse que Ryson ainda estava na área? — Interrompe meu marido, aproximando-se de mim. Há apenas um leve indício de álcool em sua respiração quando ele se inclina, me prendendo contra o encosto do sofá com seu corpo poderoso.

Ou ele bebeu menos ainda do que eu pensava, ou o seu metabolismo é bem diferente.

Minha garganta seca e minha respiração se contrai quando vejo a dureza gelada em seus olhos metálicos. Este é o Peter que costumava me aterrorizar, o homem que invadiu minha casa e me interrogou impiedosamente para encontrar George.

O assassino que nunca conheceu remorso.

— Eu não sabia que ele estava falando com Marsha — Digo quando sou capaz de soar semi-calma. Eu sei que Peter não vai me machucar fora dos nossos jogos no quarto, mas é difícil não me sentir intimidada quando ele se aproxima de mim assim, o calor de seu corpo musculoso ao meu redor, sua proximidade tanto uma tentação quanto uma ameaça.

Ele pode não me machucar, mas vai ferir os outros.

A vida do agente Ryson – e possivelmente a de Marsha – em jogo.

— Não? — Seus olhos estreitam. — E seus pais? Você não sabia que ele estava farejando-os também?

— Não, eu ... — Eu paro antes de piorar a situação mentindo. — Ok, eu sabia que ele conversou com meu pai há alguns meses, mas achei ter sido uma única vez. Você está dizendo que ele se aproximou deles novamente? — Minhas palavras estão vindo rápido demais, mas eu não posso evitar.

Estou com medo tanto do agente quanto do que ele pode descobrir.

Peter olha para mim, em seguida, finalmente recua, deixando-me inspirar fundo.

— Hoje cedo — Diz ele severamente, e eu levo um segundo para perceber que ele está respondendo a minha pergunta. —, meu pessoal o viu se aproximar de sua mãe quando ela estava num shopping com Agnes Levinson. Um dos caras o seguiu quando ele saiu, e adivinha aonde o filho da puta foi?

Eu engulo. — Aonde?

— Ao hospital. Onde você costumava trabalhar, e sua amiga ainda trabalha.

Claro. Foi isso que lhe deu a ideia de perguntar ao Phil esta noite. Ou, mais precisamente, interrogá-lo, apenas com álcool em vez de uma droga manipulada como ajuda.

— Você acha que ele sabe? Sobre Moni... — Paro quando me ocorre que talvez não seja seguro falar tão abertamente.

Se o FBI estiver nos espionando, a casa pode estar com escutas.

— Tudo bem. Eu faço varreduras diárias — Diz Peter, entendendo minha preocupação —, ninguém está escutando.

Varreduras diárias? Há paranoia, e depois, há o que quer que seja. Eu sei que a nossa casa tem toda a segurança de uma base militar – tenho visto a tecnologia futurista incorporada por toda parte – mas eu não percebi que meu marido era *tão* paranoico.

— E não — Ele continua enquanto eu estou organizando meus pensamentos. — Eu não acho que ele sabe de nada. Meus hackers estão acompanhando os arquivos relacionados a Sonny Pearson, e ninguém os acessou em semanas.

Sonny Pearson? Esse é o nome do padrasto de Monica? Meu estômago aperta enquanto olho para Peter, imagens de becos escuros e poças de sangue nadando na frente dos meus olhos. Eu retirei aquele assassinato na minha cabeça, assim como todas as outras coisas horríveis que Peter fez, mas agora que eu sei o nome do homem, o horror e a culpa voltam de novo.

— Pare com isso, ptichka. — O tom de Peter fica mais calmo, e eu percebo que meu rosto deve refletir meus pensamentos. Ele pega minhas duas mãos nas suas grandes. — Não pense nisso novamente. Acabou.

Puxando-me para ele, me envolve em um abraço reconfortante, e eu envolvo meus braços ao redor de sua cintura, inalando seu cheiro familiar enquanto minha bochecha pressiona seu ombro musculoso. É perverso deixá-lo me confortar assim, mas não posso evitar de aceitar isso dele.

É a única maneira de agir por amar alguém tão implacável.

Enquanto ele me segura, pacientemente acariciando meu cabelo, sinto uma dureza crescente pressionando meu estômago, e sei que em mais alguns instantes, ele não se contentará em simplesmente me segurar.

É tentador concordar com isso, encontrar refúgio no prazer que ele sempre me dá, mas preciso ter certeza de algo primeiro.

— Peter ... — Saindo do seu abraço, olho para ele. — Você não vai fazer algo contra Marsha ou o agente Ryson, certo?

Ele olha para mim, suas mãos apertando meus lados. — Defina 'algo'.

— Peter, por favor.

Seus lábios se pressionam e ele recua, me liberando. — Bem. Sua amiga está segura. Eu não vou chegar perto dela. Mesmo com ela nos evitando como pragas, agora você sabe que não deve confiar nela.

— Minha boca está fechada para ela, prometo. E você também não vai chegar perto de Ryson. Certo? — Insisto quando Peter não confirma nem nega minha declaração.

Um músculo se move no seu maxilar esculpido. — *Ele* representa uma ameaça. Você sabe disso, Sara. Não é mais apenas uma tarefa para ele. Ele quer nos derrubar; é uma obsessão.

— Sim, mas não estamos fazendo nada de errado, apenas vivendo nossas vidas. E se continuarmos fazendo isso, ele não poderá fazer nada contra nós. No entanto, se você morder sua isca...

Peter xinga sob sua respiração e se afasta, caminhando para a janela. Eu sigo, sabendo que se eu não extrair essa promessa dele, os dias do agente do FBI estão contados.

— Você sabe que isso é exatamente o que ele está esperando — Digo quando Peter se vira para me encarar, sua expressão ilegível. — Ele quer que você viole os termos do seu contrato. Ele está se remoendo pelo fato de você estar aqui comigo e que estamos felizes. Isso... — Pego a mão de Peter — É a melhor vingança que você pode ter. Deixe-o correr por aí farejando nossos calcanhares. Ele não encontrará nada porque não haverá nada para encontrar.

Enquanto eu falo, os dedos de Peter se fecham em um punho antes de relaxar lentamente, e seus olhos assumem um brilho peculiar. — Tudo bem — Diz ele com voz rouca enquanto agarra meus pulsos e os move para baixo. — Acho que você tem razão. — Ele pressiona minhas mãos em sua virilha, onde eu sinto uma protuberância crescente.

Eu lambo meus lábios quando um calor de resposta começa dentro de mim. — Então, eu tenho a sua palavra? — Gentilmente massageio sua ereção sob seu jeans antes de empurrar meus joelhos na frente dele. — Você não vai machucar Ryson de nenhuma forma?

Ele fecha os olhos e agarra meus ombros enquanto eu abro o zíper da calça jeans. — Sim, você tem minha palavra. Ele está seguro. — Sua voz está tensa com a necessidade, mas eu ouço a nota sombria por baixo quando ele acrescenta: — Contanto que ele não tente mais nada.

CAPÍTULO 21

Henderson

Eu viro num beco, tremendo com a rajada de vento. Está frio demais em Budapeste esta semana, lembrando-me do meu breve período em Vladivostok no início dos anos noventa.

Porra, sinto falta daqueles dias mais simples.

Ela está esperando por mim pela porta dos fundos, como combinado, com sua pequena figura infantil dentro de uma jaqueta grossa e seu cabelo curto, loiro platinado ao redor do rosto dela.

Se eu não soubesse o que ela realmente era, seria fácil acreditar no seu disfarce como garçonete em um bar da moda.

— Mink? — Eu digo quando me aproximo, e ela concorda.

— Toma. — Entrego-lhe um envelope grosso. — Passaporte dos EUA e metade do pagamento acordado.

Ela pega o envelope e coloca em seu casaco. Quando tira a mão, está segurando uma pasta. — Estes são os homens que você quer — Diz ela, entregando para mim. O inglês dela é tão americano quanto o meu, sem sequer um toque de sotaque do Leste Europeu. — Eles são os melhores e farão qualquer coisa.

Eu abro a pasta e folheio os arquivos dentro. Cada um dos candidatos tem uma folha corrida do tamanho da dos meus alvos e todos são ex-militares de elite.

Os melhores, eu vejo quatro cuja aparência pode ser suficientemente alterada com perucas e maquiagem.

— Tudo bem? — Ela pergunta, e eu assinto, fechando a pasta.

Estas eram as últimas peças que faltavam do quebra-cabeça.

— Tem certeza de que não quer que eu mesma acabe com ele? — Ela pergunta enquanto enfio a pasta no meu próprio casaco. — Porque eu poderia, você sabe.

— Não, você não poderia — Digo. — Ele está muito bem protegido. E mesmo se você conseguisse, esse não é o plano. Seu trabalho é garantir que ele não seja levado vivo, entende?

Ela me presta uma continência sarcástica. — Sim, sim, General. Considere feito.

E girando no seu Doc Martens, ela abre a porta e desaparece no bar.

eter

EU NÃO ACHAVA QUE ERA POSSÍVEL AMAR SARA MAIS, MAS conforme as semanas passam e nós achamos nosso caminho como um casal, meus sentimentos por ela se intensificam e se aprofundam. Eu percebo agora que havia muita coisa que eu não sabia sobre o objeto da minha obsessão – nosso relacionamento tinha sido tão tenso que ela nunca relaxou verdadeiramente perto de mim. Agora, no entanto, eu vejo um lado diferente dela, e eu adoro cada novo traço e peculiaridade que descubro.

Minha ptichka odeia política, mas é estranhamente fascinada por desastres naturais, religiosamente devorando toda cobertura de notícias antes de enviar uma generosa doação. Ela afirma amar cachorros mais do que gatos, mas são vídeos de gatos que ela é viciada no YouTube. Acha que *The Big Bang Theory* é o show mais engraçado de todos os tempos e me faz assistir com ela nos finais de semana. E o melhor de tudo, ela canta quando está de ótimo humor, às vezes baixinho, às vezes em voz alta.

— Você deve incluir isso em sua próxima apresentação — Digo quando a vejo cantarolando na cozinha num sábado de manhã —, gosto dessa melodia. Muito evocativa.

Ela sorri. — Verdade? É algo que acabei de compor. Ainda preciso pensar na letra.

— Você consegue. — Dou um beijo na sua testa. — Sempre o faz.

Sua música está melhorando, assim como nossa relação. Ela está mais confiante nas suas escolhas e isso fica claro nas apresentações da banda, que agora é de material original composto por ela – e está atraindo cada vez um público maior. Um mês atrás, Simon criou um canal no YouTube para a banda e já tem cinquenta mil inscritos.

— É só uma questão de tempo até que tenhamos bastante sucesso. — Rory nos diz depois que uma apresentação ao ar livre de sexta à noite esgotou —, estamos quase explodindo, acabei de ter certeza disso.

Phil e Simon também estão muito animados, querendo sair para comemorar, mas Sara se recusa, alegando que está cansada. Preocupado, eu imediatamente a levo para casa, para que eu possa colocá-la na cama, caso ela esteja ficando doente.

— Estou bem, verdade — Ela me diz, exasperada, quando eu a carrego do carro para casa. — Estou cansada, mas posso andar. Sério, é porque a semana foi longa.

Ignorando seus protestos, eu a levo para dentro de casa, não a abaixando até chegar no nosso banheiro no andar de cima. Uma vez lá, preparo um banho quente para ela e me certifico de que esteja confortavelmente acomodada antes de ir à cozinha fazer um chá de equinácea.

Quando volto com o chá, ela já está cochilando na banheira, parecendo tão adoravelmente sonolenta que a coloco na cama assim que a seco, ignorando o desejo previsível que tê-la nua em meus braços gera.

Eu preciso cuidar dela agora, não fodê-la.

Ela adormece imediatamente, sem tomar nem um gole do chá, mesmo que sejam apenas dez da noite e normalmente não vamos para a cama até às onze, no mínimo. Eu sinto a testa dela para ter certeza de que não está com febre, então, pego meu laptop e me sento numa espreguiçadeira ao lado da cama, tentando fazer algum trabalho enquanto fico de olho nela. Há uma quantidade surpreendente de papelada que acompanha a execução de um negócio legítimo como o meu local de treinamento e, geralmente, o gerenciamento de uma fortuna.

Estou feliz com isso. Não a papelada, ninguém gosta *disso,* mas eu consigo me manter ocupado. Treinar civis nos fundamentos da autodefesa está muito longe das missões cheias de adrenalina do meu passado, mas ajuda a ocupar meus dias e diminuir um pouco do meu desejo constante por Sara. Embora seus chefes estejam de volta, ela ainda trabalha demais, e preciso de toda a minha força de vontade para não pressioná-la a se demitir e passar mais tempo comigo.

Contudo, fora do trabalho, fazemos tudo juntos, desde fazer compras ao trabalho voluntário na clínica da mulher e sair com a família e os amigos dela. Sempre que ela cancela um compromisso, vai ao meu estúdio de treinamento para praticar alguns dos movimentos de autodefesa que a ensinei, e eu costumo andar pelo escritório dela no almoço, caso ela tenha tempo de comer algo comigo. Até agendei as nossas limpezas dentárias no mesmo consultório, para que possamos estar juntos.

Pode parecer muito para a maioria das pessoas, mas quase não é o suficiente para mim.

Depois de uma hora, examino Sara. Ainda sem febre, e ela está dormindo em paz, um pouco profundo demais. Talvez ela *esteja* apenas cansada.

Bocejando, guardo meu laptop e tomo um banho rápido antes de também ir para a cama. Puxando-a para mim, eu inspiro profundamente, absorvendo seu aroma doce e, então, me deito, deleitando-me com a sensação dela em meu abraço.

ara

AINDA ESTOU ESTRANHAMENTE CANSADA QUANDO acordo na manhã seguinte, e os cheiros do café da manhã que saem da cozinha no andar de baixo me deixam nauseada, em vez de despertar meu apetite, como de costume. Com os olhos turvos, vou cambaleante para o banheiro, e enquanto escovo os dentes, percebo que hoje é sábado.

Minha menstruação deveria ter começado quatro dias atrás.

A onda de adrenalina afugenta toda a tontura restante. Com o coração disparado, corro de volta para o quarto e pego o telefone, contando freneticamente os dias no calendário para ter certeza de que não cometi um erro.

Não.

Definitivamente estou atrasada e, desta vez, não posso culpar o estresse.

Eu fiz estoque de teste de gravidez desde nossa conversa sobre crianças, então, corro de volta ao banheiro para pegar um. Exceto que já urinei e não consigo espremer nem uma gota de urina.

Amaldiçoando silenciosamente minha falta de discernimento, coloco o teste completamente seco de volta na caixa, recoloco no armário e vou me vestir.

Terei que esperar até depois do café da manhã para fazer o teste.

— SEUS PAIS ESTÃO QUASE CHEGANDO — PETER ME informa quando desço, e lembro-me espantada que estão vindo para o brunch de hoje.

— Dormi demais novamente? — Olho para o relógio. — Oh, uau, sim.

São 11h27 da manhã, exatamente três minutos antes da hora dos meus pais chegarem.

— Você deve ter se cansado muito — Diz Peter, decorando um quiche de aparência fofa com um raminho de salsa. — Como está se sentindo esta manhã, ptichka?

Hesito e, em seguida, dou-lhe um sorriso aberto. — Bem. Só precisava recuperar o atraso no meu sono, só isso.

Dado o quanto meu marido quer um bebê, é melhor

que eu saiba com certeza antes de contar a ele. Se for um alarme falso, eu odiaria vê-lo desapontado.

Ele não parece que acredita completamente em mim, mas a campainha toca antes que ele possa dizer qualquer coisa. Corro até a porta para cumprimentar meus pais e, quando chegamos à sala de jantar, Peter já arrumou a mesa.

— Oh, uau — Diz minha mãe quando dá uma mordida no quiche. — Peter, eu tenho que dizer, eu fui a restaurantes cinco estrelas que não são tão incríveis.

Ele dá a ela um sorriso caloroso, e meu pai rosna com aprovação enquanto morde sua própria porção. Meus pais ainda estão um pouco cautelosos com Peter, mas ele está lentamente ganhando-os por ser um genro modelo. Com George, quando ficávamos ocupados, às vezes passávamos um mês ou mais sem ver meus pais, mas Peter garante que nos encontremos pelo menos uma vez por semana. Ele também está cortando a grama e cuidando de tarefas tecnológicas e do tipo faz-tudo na casa deles, o tempo todo fazendo com que meus pais sintam que estão fazendo tudo sozinhos, e ele está apenas dando uma mão ocasional.

— Você realmente tem um dom para isso — Disse a ele algumas semanas atrás. — Será que conquistar sogros hostis é algo que eles ensinam nas escolas de assassinos?

Peter assentiu calmamente. — Sogros, explosivos, armas de alto calibre, todos devem ser manuseados com cuidado. Além disso, gosto dos seus pais. Eles criaram *você*.

Eu sorri, sentindo-me profundamente feliz. Não sei o que estava pensando quando imaginei nossa vida como casal, mas até agora tudo excedeu minhas expectativas. A escuridão do nosso passado comum ainda paira, mas o futuro agora parece tão brilhante que quase não importa.

Conseguimos o impossível: uma vida normal e feliz juntos.

Depois que terminamos o brunch, que consigo engolir apesar da persistente náusea fraca, levo mamãe para cima para mostrar a ela um casaco elegante que comprei on-line. Papai fica no andar de baixo, acomodando-se em nossa sala para assistir ao noticiário na TV de tela grande, enquanto Peter limpa os pratos.

Mamãe aprova o casaco imediatamente – ela adora coisas de moda – e estou prestes a me desculpar para finalmente fazer o teste quando a voz tensa de papai soa no andar de baixo.

— Lorna, Sara, venham aqui. Vocês precisam ver isso.

Meu telefone toca ao mesmo tempo, e o mesmo acontece com o da minha mãe.

Trocando olhares preocupados, nós simultaneamente retiramos nossos telefones.

Na minha tela é uma notificação da CNN.

Terrorista suspeito age no escritório do FBI em Chicago, lê-se. *Número de vítimas desconhecido.*

ara

MEU CORAÇÃO ESTÁ MARTELANDO E O QUICHE TORNA-SE uma pedra no meu estômago quando chegamos embaixo. Peter e meu pai estão na sala de estar, olhando para a tela da TV, que está mostrando um prédio de tamanho considerável em chamas.

O mesmo prédio onde Ryson me interrogara várias vezes.

Mamãe cobre a boca, seu rosto totalmente pálido enquanto assistimos helicópteros circulando o prédio em chamas. Abaixo, bombeiros e paramédicos estão trabalhando freneticamente para resgatar sobreviventes e carregar os feridos em macas.

Parece uma cena de filme, exceto que está

acontecendo agora, a menos de uma hora de carro daqui.

— Embora as autoridades não tenham feito declarações oficiais, os primeiros indícios sugerem que um explosivo sofisticado e poderoso foi detonado dentro do prédio — Disse o apresentador em tom grave. — A partir de agora, aeroportos e escritórios do governo em todo o país estão em alerta máximo, e o tráfego aéreo na região de Chicago foi suspenso.

A imagem na TV vira para mostrar figuras do tipo SWAT correndo para O'Hare, o aeroporto, com cães farejadores de bombas, praticamente derrubando os transeuntes aterrorizados em seu caminho.

— Os moradores de Chicago são aconselhados a ficar fora das estradas para abrir caminho para veículos de emergência — Continua o apresentador. — Qualquer pessoa com informações sobre esse evento terrível pode ligar para o número abaixo. — Um número 1-800 aparece em negrito na parte inferior da tela. — Até agora, três mortes foram confirmadas e 15 feridos. Nós vamos mantê-los informados quando tivermos mais informações. — Ela faz uma pausa, mão no ouvido, e então diz: — Acabamos de saber: Sete pessoas agora são confirmadas mortas, e a explosão parece ter se originado no terceiro andar do prédio.

Terceiro andar?

É onde o escritório de Ryson fica.

Estaria ele lá?

Ele está entre os mortos?

Eu não estou totalmente ciente de ter me virado,

mas devo ter, porque de repente, Peter está lá, seu braço poderoso em volta das minhas costas. — Aqui, sente-se, ptichka — Ele murmura, me guiando para o sofá. — Parece que você está prestes a desmaiar.

Eu pisco para ele, impressionada com sua calma quando se senta ao meu lado. Além de alguma tensão em sua mandíbula, nada sobre a expressão de Peter sugere que algo incomum está acontecendo. Então, novamente, tenho certeza de que ele viu coisa pior.

Talvez até tenha feito pior.

Um pensamento horrível passa pela minha mente, mas eu empurro para longe, não querendo mais do que verbalizá-lo para mim mesma.

Eu não vou pensar nisso nem por um segundo.

— Eu não posso acreditar nisso — Diz papai, sua voz tremendo, e eu me viro para vê-lo sentado ao meu lado, seu rosto tão pálido quanto o de mamãe, enquanto olha para a TV. — O prédio do FBI dentre todos os lugares. Como eles conseguiram passar por toda aquela segurança?

Como, de fato?

O pensamento sombrio cintila de volta à vida, mas eu definitivamente o excluo. Essa horrível tragédia não tem nada a ver comigo ou com Peter.

— Você está bem, pai? — Eu pergunto, estendendo a mão para tocar seu braço.

Isso não pode ser bom para o seu coração problemático.

Ele balança a cabeça, os olhos ainda colados na tela.

— Graças a Deus é um sábado. Você pode imaginar

quantas pessoas teriam morrido se hoje fosse um dia de semana?

Eu olho de volta à TV, onde os bombeiros estão lutando contra as chamas e as vítimas estão sendo levadas em macas, muito menos vítimas do que eu esperaria de uma explosão desse tamanho. Claro, algumas pessoas podem ter sido mortas, com seus restos mortais ainda a serem descobertos, mas suspeito que meu pai esteja certo, e há menos pessoas porque é fim de semana.

— Talvez a bomba tenha explodido atrasada. Ou antecipada — Diz mamãe, instável enquanto afunda em uma cadeira de pelúcia ao lado do sofá. — Tenho certeza de que os animais que fizeram isso queriam matar o maior número possível.

— Eu não tenho tanta certeza — Diz Peter, e eu me viro para vê-lo olhando a TV com uma expressão pensativa. — Quem está por trás disso claramente sabia o que estava fazendo.

Eu engulo em seco, meu estômago começando a se agitar em torno do peso parecido com uma pedra do quiche dentro. Eu não quero pensar sobre as pessoas que fizeram isso, porque é assim que estão aqueles pensamentos sombrios e terríveis, aqueles que eu nem quero reconhecer.

— Desculpe-me — Murmuro, levantando-me. A náusea que me atormentou a manhã toda está piorando a cada segundo. — Eu volto já.

Naturalmente, Peter vem atrás de mim, me pegando logo antes de eu chegar ao banheiro no andar de baixo.

— Você está bem, meu amor?

Eu assinto, engolindo. A saliva está se acumulando desagradavelmente na minha boca, e a agitação no meu estômago está atingindo a velocidade da máquina de lavar. — Só preciso ir ao banheiro — Consigo dizer, e livrando-me dele, corro para a porta aberta.

Eu mal tenho tempo de fechá-la e ajoelhar-me no vaso antes de despejar o conteúdo do meu estômago.

É claro que era demais esperar que Peter ouvisse os ruídos nervosos e se afastasse como a maioria dos maridos normais faria. Eu ainda estou com o rosto no vaso quando sinto suas mãos fortes juntando meu cabelo para afastá-lo do meu rosto, e assim que eu levanto a cabeça, ele me ajuda e me entrega um copo d'água para enxaguar a boca.

Eu sou pateticamente grata pelo seu apoio enquanto me inclino sobre a pia e pego uma escova de dente com os dedos trêmulos. Minhas pernas parecem pertencer a uma água-viva, e minha camiseta está grudada em minhas costas suadas.

Escovo os dentes duas vezes, depois, lavo o rosto enquanto Peter limpa o vaso e a tampa com uma toalha de papel, parecendo preocupado, mas nem um pouco chateado.

— Venha, meu amor, vamos para a cama — Diz ele quando eu termino —, você claramente não está bem.

— Estou bem agora — Protesto quando ele me levanta para me segurar contra o seu peito. — Realmente, me sinto melhor.

— Uh-huh. — Ele me leva para fora do banheiro e

passa pelos meus pais na sala de estar, que nos olham com olhos arregalados. — Ou você está muito transtornada ou doente, e precisa descansar.

— O que aconteceu? — Mamãe corre atrás de nós enquanto Peter vai para as escadas. — Sara está doente?

Peter assente sombriamente. — Sim, ela...

— Posso estar grávida — Eu deixo escapar, e mentalmente me amaldiçoo quando Peter e minha mãe congelam com idênticos olhares de choque em seus rostos.

Não foi assim que planejei compartilhar a notícia.

Bem, possível notícia. Eu ainda não fiz o maldito teste.

Mamãe se recupera primeiro. — Grávida? Sara!

— Eu não sei ao certo ainda — Digo rapidamente quando lágrimas, presumivelmente de alegria, aparecem em seus olhos. — É só que minha menstruação está atrasada alguns dias e...

— Você está grávida? — A voz de Peter está tensa, e quando olho para ele, vejo a expressão mais estranha em seu rosto.

Desorientação misturada com algo muito parecido com pânico.

Ele está realmente assustado com isso?

Não era isso que ele queria o tempo todo?

— É uma possibilidade — Digo com cuidado. — Se você me largar, eu vou fazer xixi num teste e deixo que saiba.

Ainda parecendo em estado de choque, meu marido lentamente me põe de pé.

— Certo, bom. — Saindo da sua pegada, dou um passo atrás, grato por minhas pernas parecerem ter se recuperado. — Agora, me dê alguns minutos.

— Chuck! — Mamãe grita, correndo para a sala enquanto subo as escadas, com Peter nos meus calcanhares. — Você ouviu isso? Nossa Sara pode estar grávida!

Eu estremeço, amaldiçoando-me novamente por deixar escapar isso de forma tão impulsiva, e numa hora tão ruim. Ainda ouço a TV com os mais recentes desenvolvimentos no ataque mortal, e aqui estou eu, distraindo todo mundo com algo tão mundano quanto um bebê em potencial.

Um bebê meu e de Peter.

Meu coração pula quando meu marido me segue até o banheiro no andar de cima e tira a caixa de teste de gravidez da gaveta. — Aqui está, meu amor — Diz ele, entregando-a para mim. Sua voz ainda é áspera, mas ele parece estar se recuperando do choque. — Faça.

Eu ando até o banheiro e paro, olhando para ele com expectativa.

— Um pouco de privacidade, por favor? — Digo ironicamente quando ele não mostra nenhum sinal de movimento.

Ele olha para mim, sem piscar, depois se vira. — Continue. Não vou olhar.

Eu reviro meus olhos, mas decido que não vale a pena discutir. Limites não são o ponto forte do meu marido nos melhores momentos, e agora, ele provavelmente está preocupado que eu desmaie quando fizer xixi.

Eu urino no teste, em seguida, coloco-o em um papel higiênico limpo no balcão e lavo minhas mãos, enquanto Peter olha para o teste como se ele estivesse tentando hipnotizá-lo.

— Parece um sinal de positivo — Diz ele em uma voz embargada enquanto eu seco minhas mãos na toalha. — Espere, não, é definitivamente um sinal de mais. Sara, isso significa...?

Meu coração mergulha no meu peito enquanto olho para o teste, onde um pequeno, mas inconfundível sinal de mais está agora aparecendo. — Eu acho que sim. — Eu levanto o meu olhar para o rosto de Peter. — Eu vou fazer um exame de sangue no meu consultório para ter certeza, mas...

— Você está grávida.

É uma declaração, não uma pergunta, mas eu ainda assinto, instintivamente sabendo que ele precisa da confirmação. — Cerca de cinco semanas, se meus cálculos estiverem corretos.

Por um momento, meu marido não mostra nenhuma reação, seu olhar metálico se fecha enquanto ele me encara. Mas assim que estou começando a me preocupar que ele mudou de ideia sobre querer um filho, ele se aproxima e me agarra em um grande abraço.

— Um bebê — Murmura ele contra o meu cabelo, seu corpo poderoso quase tremendo quando ele me segura, seu abraço apertado o suficiente para espremer o ar dos meus pulmões. — Vamos ter um filho.

— Você está? — A voz de minha mãe é estridente de emoção, e Peter me larga, deixando-me ver minha mãe de setenta e nove anos pulando na porta como uma criança excessivamente ansiosa.

Ela deve ter aparecido apenas um segundo atrás.

Eu começo a responder, mas antes que eu possa dizer uma palavra, mamãe sai correndo do banheiro, gritando no alto de sua voz: — Chuck, é positivo! O teste deu positivo! Eles vão ter um bebê!

Sua excitação deve ser contagiosa porque me vejo sorrindo enquanto olho para Peter, que está me encarando com uma expressão peculiar.

— Você está bem? — Eu pergunto, estendendo a mão para acariciar sua mandíbula rígida. — Você está satisfeito com isso, não?

Ele captura minha mão, pressionando-a contra a sua bochecha. — Você está? — Sua voz é baixa e rouca, seu olhar inexplicavelmente preocupado. — Você está satisfeita, meu amor? É isso que você quer?

— Eu... sim. — Respiro fundo. — É.

E é verdade. Eu quero este filho. Eu quero tanto que sinto seu gosto. Eu não tinha admitido isso para mim antes, mas quando a minha menstruação chegou como de costume nos últimos três meses, senti mais do que uma pontada de decepção.

Em algum lugar ao longo da nossa jornada distorcida, este filho deixou de ser o meu pior pesadelo para ser o meu desejo mais fervoroso.

— Então, não se arrepende? — Peter confirma. — Sem medo ou hesitação?

— Não. — Eu olho nos olhos dele sem vacilar. — Nenhuma.

E quando um sorriso lento e incandescente se abre em seu belo rosto, eu me levanto na ponta dos pés e o beijo, dominada por uma onda de amor por esse homem sombrio e complicado.

Pelo pai do meu filho.

eter

QUANDO CHEGAMOS AO ANDAR DE BAIXO, OS PAIS DE Sara já encontraram a garrafa de Cristal que eu guardei na geladeira para uma ocasião especial.

— Aqui, me permita — Digo, percebendo que Chuck está lutando para abri-la. Pegando a garrafa dele, eu abro a rolha e despejo três taças, uma para cada, exceto Sara. Para ela, eu pego uma garrafa de Perrier e despejo um pouco de água com gás em uma taça de champanhe.

Minha ptichka não poderá beber álcool durante a gravidez e enquanto estiver amamentando.

Amamentando o nosso bebê.

Minha caixa torácica aperta novamente, e meu coração dispara. Ainda não consigo acreditar que isso é real, que o que eu desejava há tanto tempo está finalmente acontecendo.

Sara voluntariamente tendo meu filho.

Nós dois como uma família real.

Minha felicidade é tão absoluta que é aterrorizante. Não me lembro de me sentir assim antes: muito feliz e profundamente desconfortável ao mesmo tempo. Tudo o que eu quero é agarrar Sara e trancá-la numa fortaleza, ou envolvê-la em um traje de segurança acolchoado e carregá-la comigo em todos os lugares, para que ela e o bebê não se machuquem de qualquer maneira.

— Ao nosso primeiro neto — Diz Lorna, levantando sua taça de champanhe, e eu me forço a sorrir enquanto toco meu copo contra o dela, depois o de Chuck, depois o de Sara. Todos os três estão sorrindo e rindo, completamente envolvidos pela alegria da ocasião. Eu deveria estar também, mas, por alguma razão, não posso deixar de lado a preocupação que paira sobre mim como uma nuvem maligna.

Sinto que algo não está correto, mas não consigo identificar o quê.

O telefone de alguém toca com uma notificação, e Chuck coloca seu champanhe na mesa e enfia a mão no bolso para olhar a tela. — Doze mortos agora. — Ele nos olha, o sorriso desapareceu de seu rosto. — Que pena, descobrir sobre o nosso neto em um dia tão sombrio.

— Poderia ser uma neta — Diz Lorna, mas ela parece sombria também.

Talvez seja isso. Talvez seja isso que esteja me incomodando.

É um dia sombrio, para Ryson e seus colegas, pelo menos. Para mim, é potencialmente um motivo de comemoração. Se Ryson foi feito em pedaços, ele estará fora do nosso encalço para sempre. Mas, preocupa-me que Sara e seus pais estejam chateados.

O estresse não é bom para a gravidez.

— Venha, ptichka. Sente-se. — Dirijo-a cuidadosamente para uma cadeira ao lado da mesa da cozinha, e vou à sala de estar, onde o apresentador está especulando em voz alta sobre qual organização terrorista pode estar por trás do ataque. Olho para as imagens do prédio em chamas por um segundo e, em seguida, desligo a TV.

Eu não preciso que Sara ouça isso em sua condição.

Volto para encontrar os pais de Sara no hall, se preparando para ir. — Você vem amanhã também? — Lorna pergunta a Sara enquanto pega sua bolsa. — Eu estava pensando que nós duas poderíamos tomar um pouco de chá, enquanto Peter ajuda seu pai a preparar o novo receptor.

— Sim, claro — Diz Sara, sorrindo. — Você sabe que vou estar lá, mãe.

— Ótimo. — Ela toca a bochecha de Sara. — Agora, descanse um pouco, querida, ok?

— Vou descansar — Diz Sara respeitosamente, e eu assinto, sorrindo, enquanto Lorna olha para mim. Ela não acredita em sua filha por um segundo, mas me conhece bem o suficiente para saber que eu vou me certificar de que o descanso aconteça.

— Vejo vocês amanhã — Chuck me diz rispidamente, e para minha surpresa, ele dá um tapinha no meu ombro enquanto se arrasta para a saída.

— Vão com cuidado — Digo, e fico perplexo de novo quando a mãe de Sara me dá um breve, mas caloroso abraço antes de seguir seu marido.

Eu espero até que a porta se feche e me viro para Sara. — Eles acabaram...

— De te aceitar oficialmente como parte de nossa família? — Ela sorri para mim. — Bem, acredito que sim. Parabéns, papai do bebê.

Meu coração se aperta em um pequeno ponto antes de se expandir para preencher toda a minha cavidade torácica. — Te amo — Digo em voz alta, puxando-a para mim. — Você não pode nem imaginar o quanto.

E enquanto ela envolve seus braços finos em volta do meu pescoço, eu a beijo, saboreando a suavidade de seus lábios, e o amor que ela agora devolve livremente.

ara

DEPOIS QUE MEUS PAIS SAEM, PETER E EU VAMOS AO MEU consultório, onde colho um frasco de sangue. Alguns minutos depois, temos a confirmação oficial.

Estou grávida de cinco semanas.

Também estou faminta, desde que vomitei a única comida que comi hoje. — Eu não acho que posso esperar até chegarmos em casa — Digo a Peter, então, ele para numa pequena pizzaria no caminho.

Nunca estive naquele lugar antes, e tenho o prazer de descobrir que, apesar de sermos os únicos clientes no momento, a pizza deles é excelente, tão boa quanto qualquer outra coisa que eu já experimentei em lugares extravagantes. A única coisa constrangedora é que a

TV está ligada, mostrando as consequências do ataque, e o dono – um homem gordo e de meia-idade que fala com um forte sotaque italiano – fica conversando conosco sobre o assunto enquanto comemos no balcão.

— Que coisa horrível, tão horrível — Diz ele sombriamente, sovando uma bola de massa na nossa frente. — Onde vai parar esse mundo? Primeiro, o 11 de Setembro; depois, a Maratona de Boston, agora isso. Pelo menos é o FBI que eles visaram dessa vez, não cidadãos inocentes, sabe? Não que esses agentes sejam culpados, mas vocês sabem o que quero dizer. Se você tem algum tipo de problema com a América, faz muito mais sentido direcionar a eles ou à CIA ou a qualquer outra coisa que tenha a ver com o governo.

Eu assinto sem compromisso enquanto encho a minha boca com a deliciosa pizza, e esse é todo o encorajamento que o homem precisa para continuar.

— Eles dizem que o explosivo era algo incomum, algo realmente avançado — Diz ele, rolando a massa com movimentos de um profissional. — Eu me pergunto o que é e como esses terroristas puseram as mãos nisso. Soa mais como algo que a Rússia ou a China teriam, ou até mesmo nossas próprias Forças Armadas. Aposto que todos os teóricos da conspiração vão vir com força total, alegando que é um trabalho interno ou algo não-identificado.

Mordo outra fatia, deixando o homem divagar enquanto dou uma olhada em Peter. Espero que ele esteja se alimentando calmamente também, mas, para a minha surpresa, ele está franzindo a testa, sua fatia intocada na frente dele enquanto olha fixamente para a TV.

— Qual o problema? — Pergunto baixinho enquanto o dono se afasta para pegar mais farinha. — Aconteceu alguma coisa?

Ele tira o olhar da TV e me dá um sorriso triste. — Na verdade não. Apenas velhos instintos me incomodando, só isso.

Eu quero questioná-lo ainda mais, mas o dono volta para rolar a massa na nossa frente e especular sobre quem pode estar por trás da explosão.

— Muito obrigada. Estava deliciosa — Digo ao homem quando não aguento comer mais, e Peter paga rapidamente a nossa conta e me empurra para fora do lugar. Apesar de suas negativas, meu marido está claramente preocupado com alguma coisa, posso notar pela maneira tensa como ele agarra o volante enquanto vamos para casa, e a suspeita sombria que havia suprimido retorna, fazendo meu estômago revirar de novo.

Poderia ser?

Quais são as chances de que tudo isso seja uma terrível coincidência?

Eu luto contra a dúvida o máximo que posso, mas finalmente não aguento mais.

No momento em que estamos dentro de casa, viro-me para encarar meu marido. — Peter... preciso te perguntar algo.

Mesmo para os meus ouvidos, minha voz soa estranha.

Ele imediatamente me dá toda a sua atenção. — O que é, ptichka? — Ele aperta meus ombros. — Você está se sentindo bem?

Eu assinto, engolindo enquanto olho para ele. Meu coração martelando no meu peito e estou começando a me sentir mal novamente.

Talvez aquela pizza tenha sido um erro.

Talvez falar sobre isso seja um erro maior.

— O que é, meu amor? — Gentilmente, ele me guia para um sofá ao lado da entrada. — Aqui, sente-se. Você está pálida.

— Não, estou bem — Digo, mas sento mesmo assim, porque é mais fácil obedecer do que discutir. Ele se senta ao meu lado e aperta minhas mãos nas suas, massageando minhas palmas com os polegares como se eu precisasse de algo reconfortante.

E talvez precise.

Tudo depende de como ele responderá minha próxima pergunta.

— Peter... — Eu ganho coragem. — Eu preciso saber. Você... — Eu respiro fundo. — Você teve alguma coisa a ver com o que aconteceu hoje? Com aquilo... a explosão?

Ele se transforma em uma estátua, nem piscando nem reagindo pelos próximos momentos. Finalmente, diz sem emoção: — Não. — Soltando minhas mãos, ele se levanta e, sem dizer mais nada, volta para a entrada para tirar os sapatos.

Olho para ele, sentindo-me tanto horrível quanto terrivelmente aliviada.

Acredito nele.

Ele nunca me enganou, nunca negou sua culpabilidade em nenhum crime.

Meu marido pode ser um assassino, mas não é um mentiroso.

— Eu sinto muito — Digo quando ele passa sem olhar para mim. — Peter, eu sinto muito, mas tive que perguntar. O terceiro andar é onde fica o escritório de Ryson e... — Paro porque ele desaparece na cozinha.

Eu respiro, então, vou até a porta para tirar meus sapatos também. Sinto-me péssima por ter tido a ideia de perguntar. Esse ataque não é apenas um ato hediondo, mas também algo que colocaria nossa vida em risco, algo pelo qual Peter lutou arduamente.

Algo pelo qual ele desistiu de sua vingança.

Estou totalmente preparada para implorar quando entro na cozinha, mas Peter não está em nenhum lugar. Ando pela casa, procurando por ele, e apenas quando olho no closet do quarto de hóspedes que o encontro.

Ele está agachado sobre um laptop, seus dedos voando sobre o teclado com velocidade recorde.

Franzindo, eu me ajoelho ao lado dele e olho para a tela. Ele está digitando um email, mas está em russo e a interface do programa que está usando é diferente de tudo que eu já vi.

— O que você está fazendo? — Pergunto com cuidado. — Peter ... por que você está aqui?

— Espere — Diz ele sem olhar para cima. — Deixe-me terminar.

Fico calada e olho-o digitar. Leva mais alguns minutos, ele fecha o laptop e bate na parede do armário.

Ela desliza para o lado, revelando outro espaço do tamanho de um armário.

Um espaço cheio até a borda com armas de nível militar, incluindo vários lançadores de foguetes e granadas... assim como laptops extras.

Sem palavras, vejo Peter colocar seu laptop numa prateleira e bater em outra parede, fazendo com que a parede original deslize de volta ao lugar, cobrindo a abertura.

Eu finalmente encontro minha língua. — Aquilo é...

— Um armário de armas escondidas? Sim. — Ele se levanta e estende a mão para me ajudar. — Mas não se preocupe, meu amor. — Seus olhos brilham com um humor gelado quando eu aperto sua mão e me levanto. — Não estou planejando usá-las para cometer atos terroristas.

Estremeço e solto a mão dele. — Eu sei. Sinto muito. Eu não deveria ter...

— Não, você deveria. — Ele passa a mão no meu cabelo, colocando-o para trás do meu rosto, o gesto tão terno como sempre, mesmo quando seu olhar permanece o de um estranho. — Eu sempre quero que você venha até mim se tiver alguma dúvida. Além disso, você e o dono da pizzaria me ajudaram a perceber algo.

Pisco para ele. — O quê?

— Eu preciso investigar o que aconteceu. Algo sobre isso cheira muitíssimo mal.

— O que você quer dizer?

— Eu não sei ainda. — Ele deixa cair a mão e se afasta. — Acabei de entrar em contato com nossos hackers, vou ter mais informações em breve.

Ele se vira e sai do armário. Eu corro atrás dele, alcançando-o antes de ele sair do quarto de hóspedes.

— Então, você não está bravo? — Eu pergunto sem fôlego, parando na frente dele para bloquear a porta. — Por eu ter perguntado?

Seus lábios se torcem. — Com raiva? Não, ptichka. Por que estaria?

— Bem, porque você é inocente e eu praticamente acusei você. Eu realmente sinto muito; não deveria nem mesmo ter pensado desse jeito...

— Por que não? — Ele inclina a cabeça. — Não teria sido a pior coisa que fiz.

Meu estômago aperta. — Eu sei, mas...

— Foi uma suposição lógica de sua parte. Um explosivo sofisticado, um alvo difícil e um motivo do meu lado. Na verdade, estou surpreso que você acredite em mim.

Tenho certeza de que ele está zombando de mim, mas mereço. — O que eu posso fazer para compensar você? — Pergunto em vez de me desculpar novamente. — Como posso consertar isso?

Suas sobrancelhas sobem e seus olhos brilham com interesse súbito. — O que você tinha em mente?

Meu pulso aumenta, e um rubor quente cobre meu corpo enquanto ele me olha de cima a baixo. Sexo não era o que eu tinha em mente, mas se é isso o que ele quer, estou mais do que feliz em agradar.

— Isso — Murmuro, e olhando nos seus olhos, começo a me despir.

eter

DEPOIS QUE FAZEMOS AMOR, SARA ADORMECE NO quarto de hóspedes e eu a deixo lá para tirar uma soneca. Fiz o meu melhor para ser gentil durante o sexo, mas devo tê-la desgastado mesmo assim.

Ou isso, ou ela só precisa do descanso extra e eu tenho que ser mais diligente em ter certeza de que ela vai ficar bem nos próximos oito meses.

A alegria tingida de ansiedade enche meu peito novamente, retirando os restos de mágoa. Não faz sentido ficar chateado com a pergunta de Sara; na verdade, eu deveria estar feliz por ela confiar em mim o suficiente para me perguntar imediatamente em vez de ficar com essas suspeitas na cabeça.

Eu também não posso culpá-la por ter as suspeitas.

Eu nunca teria feito algo tão descarado e exibido como explodir o prédio do FBI, mas tenho planejado silenciosamente eliminar Ryson, que continua a farejar depois que fiz minha promessa condicional a Sara.

Se ele nos deixasse em paz, estaria seguro, mas ele não deixou – e eu me senti perfeitamente justificado no que eu faria com ele.

Ainda farei, se ele sobreviver.

Meu mal-estar se intensifica novamente, mas desta vez a preocupação é mais concreta. Eu não acredito em coincidências, e tudo isso parece coincidência. Eu não disse isso a Sara, mas já encontrei uma lista dos mortos e feridos, e Ryson está entre os últimos, tendo sido levado para o hospital em estado crítico.

Se eu não soubesse melhor, acho que alguém me fez um favor.

Depois de meia hora, vejo Sara. Ela ainda está dormindo, então, volto para o armário do quarto de hóspedes e tiro algumas armas. Eu as escondo estrategicamente por toda a casa e levo algumas até a garagem, onde as escondo em um compartimento especial em nosso carro à prova de balas.

Apenas por prevenção.

Paranoia apaziguada, abro meu laptop e começo a responder emails de meus alunos enquanto espero minha ptichka acordar.

— OH, MEU DEUS — DIZ SARA NA MANHÃ SEGUINTE,

seu olhar grudado na TV. — Peter, Ryson estava lá. Eles identificaram as vítimas da explosão e ele está listado em estado crítico. Você acredita nisso?

Eu aceno sem compromisso. — Eu soube disso mais cedo. É muito ruim para ele.

Segundo minhas fontes, ele tem queimaduras de terceiro e quarto graus na maior parte do corpo. Eu quase me sinto mal pelo filho da puta. Eu o teria eliminado de uma maneira muito mais humana, provavelmente através de um ataque cardíaco induzido por drogas, então, seria como se ele tivesse morrido de causas naturais.

— Que tragédia terrível — Diz Sara, seu olhar ainda preso na tela. — Espero que ele se recupere.

— Hum hum. — Não há necessidade de aborrecê-la, discordando. — Você quer alguma coisa para comer, ou ainda se sente nauseada, meu amor? — Tudo o que ela comeu até agora esta manhã foi um pedaço de torrada seca, embora eu tenha feito sua omelete e panquecas favoritas.

Ela se vira para mim. — Estou bem por agora, obrigada. A náusea está quase acabando, mas acho que vou comer na casa dos meus pais enquanto você faz o que tem que fazer com o receptor de papai.

— OK, claro. Pronta para ir então?

Ela se levanta e vem. — Sim. Vamos lá.

EU TOMO UM CAMINHO DIFERENTE PARA A CASA DOS

meus sogros e garanto que meus rapazes varram a área antes da nossa chegada. Os hackers ainda estão investigando a explosão, mas meu medidor de perigo está soando sem parar.

Talvez Sara e eu devêssemos sair da cidade, irmos para a nossa lua de mel agora, em vez de nos feriados como planejamos originalmente. Pode ser uma 'lua de bebê' adiantada, ou seja lá como essas coisas são chamadas.

Os pais de Sara nos cumprimentam calorosamente, e sua mãe entra em seu módulo habitual de anfitriã, nos oferecendo chá, bolachas, frutas e tudo mais sob o sol. Eu recuso educadamente – tomei um café da manhã reforçado – mas Sara se diverte com as ofertas da mãe enquanto eu arrumo o novo receptor de Chuck.

— Você precisa ligar isso aqui — Diz ele, apontando para o fio de áudio, e eu assinto, agradecendo-lhe como se eu não soubesse.

O pai de Sara precisa que isso seja um projeto de equipe e estou feliz em ajudar.

Estou quase terminando de testar o som surround quando meu telefone vibra no meu bolso. Puxando para fora, eu olho para a tela e gelo invade minhas veias.

SWAT a caminho, afirma um texto da minha equipe. *Em três minutos.*

ara

COMEÇO A OUVIR O BARULHO LOGO ANTES DE PETER entrar na cozinha, onde mamãe e eu estamos discutindo temas potenciais sobre cuidados com bebês.

O rugido inconfundível das hélices dos helicópteros.

— Vamos. — Ele me pega antes que eu possa piscar. — Com licença — Ele diz para a minha mãe atordoada, e segurando-me firmemente contra o peito, ele caminha em volta dela, indo em direção à porta.

Eu agarro sua camisa espasmodicamente. — Peter, o que...

— Agora não. — Ele abre a porta e se afasta, me segurando, já congelada enquanto uma enorme van preta canta os pneus em nossa rua e figuras em trajes da SWAT saem, capacetes fechados e rifles de assalto apontados para nós.

Parece que meu cérebro derreteu de repente.

Não posso processar nada.

Não consigo nem começar.

Lenta e muito deliberadamente, Peter me abaixa e fica na minha frente, me protegendo com seu corpo. — Não atire. — Seu tom é estranhamente calmo quando ele levanta as mãos acima da cabeça. — Não há necessidade de violência. Eu vou com vocês.

Minha língua de alguma forma se desembaraça. — Espere! — Eu me passo para frente cambaleante. — Houve um acordo. Vocês não podem...

— Afaste-se, senhora! — O agente da frente grita, e eu congelo quando várias armas balançam em minha direção.

— Eu disse que não há necessidade disso. — A voz de Peter mais forte passa a frente, colocando-me atrás dele novamente. — Não estou resistindo. Ninguém precisa se machucar, entendem?

— O que está acontecendo aqui? — Papai pergunta incisivamente atrás de mim, e eu percebo com uma onda de pânico que meus pais saíram da casa.

— Volte para dentro. — Minha voz treme quando arrisco um olhar atrás de mim. — Pai, por favor, leve a mamãe de volta.

O helicóptero está agora quase diretamente sobre nós, seu rugido abafando minhas palavras.

— De joelhos! — Grita alguém, e olho para trás para

ver meu marido obedecendo, seus movimentos tão lentos e deliberados quanto antes.

Ele não quer deixá-los nervosos, percebo com um medo nauseante. Eles sabem do que ele é capaz e, apesar de estar desarmado, eles estão aterrorizados em confrontá-lo.

— Peter Garin, você é acusado de assassinato de funcionário federal, destruição de propriedade do governo, uso de explosivos e conspiração para cometer assassinato — Diz o agente que falara mais cedo mais alto que o barulho do helicóptero. Ele se dirige a Peter com algemas enquanto seus colegas seguram seus rifles apontados para o rosto do meu marido. — Você tem o direito de...

Seu capacete explode antes que ele fale a próxima palavra, e tudo se transforma num inferno.

eter

ESTOU ME MOVENDO ANTES DE REGISTRAR TOTALMENTE o estalo do rifle do sniper.

É instintivo, puramente automático.

Eu tenho apenas um foco.

Sobreviver por tempo suficiente para proteger Sara e o bebê.

Como sempre, em tais situações, meus pensamentos são claros e afiados.

Sniper às cinco horas, identidade desconhecida.

Um agente morto. O resto prestes a abrir fogo.

Nove adversários à minha frente. Sara e seus pais atrás de mim.

Agarro rapidamente a M4 do agente cujo cérebro está na minhas roupas e me jogo de lado enquanto atinjo seus colegas com balas, apontando para onde eu sei que provavelmente há brechas em suas armaduras.

Preciso tirar o foco deles de Sara, para que eles se concentrem em mim como única ameaça.

Com o canto do olho, vejo os pais de Sara arrastando-a para dentro de casa. Ela está gritando alguma coisa, mas é impossível ouvir sob o rugido do helicóptero e o barulho dos tiros automáticos.

O chão ao meu lado explode com balas, mas eu continuo me movendo, continuo apertando o gatilho. A armadura os protege, mas também os atrasa, me dando segundos preciosos. Mesmo quando eu não os mato, minhas balas os derrubam e paralisam.

Cinco inimigos restantes agora.

Todas as armas que preparei estão no nosso carro, com apenas uma Glock presa à minha perna, então, quando minha arma emprestada clica vazia, eu a jogo de lado e mergulho atrás de dois agentes caídos, pegando a arma no caminho.

Tiros atingem meu braço esquerdo, mas ignoro.

Eu ainda posso segurar a arma, então, a ferida não pode ser tão ruim assim.

A van da SWAT está agora a apenas alguns metros de distância, me atiro na direção dela, tanto para me proteger quanto para ficar tão longe da casa quanto possível. Quando chego ao chão, dou mais alguns tiros e, por sorte, acerto o ângulo, pegando dois agentes embaixo de seus escudos de rosto.

Um tiro atinge minha panturrilha direita, mas a adrenalina me mantém em movimento.

Mais balas pipocando no chão ao meu redor, embora agora eu esteja atrás do carro.

O helicóptero.

Virando-me, aperto uma rodada de tiros em sua direção, e uma lâmina de rotor explode, fazendo com que ele incline acentuadamente no ar. Eu atiro novamente, e ele se afasta, desaparecendo atrás das árvores alguns quarteirões depois.

Sem parar, rolo sob a van e saio do outro lado, de frente para os três agentes restantes.

Só que há apenas dois deles na minha frente.

Um está correndo em direção à casa.

Sara

TUDO ACONTECE NUM PISCAR DE OLHOS. NUM momento, estou em pé atrás de Peter enquanto o agente está prestes a algemá-lo, e no outro, há um estrondo ensurdecedor e o capacete do homem explode, sangue e cérebro se espalhando quando Peter entra em ação, pegando a arma do morto.

— Sara, entra! — Mamãe agarra meu braço, me puxando para trás enquanto um tiroteio ensurdecedor explode, misturando-se com o rugido do helicóptero.

— Não, você entra! — Grito, soltando-me da sua pegada. Eu não posso deixar o Peter aqui. — Entra agora!

— Seu bebê! — Papai grita com o barulho,

agarrando meu pulso quando estou prestes a avançar.

— Você está grávida, lembra?

O lembrete é como um balde d'água fria jogado no meu rosto.

Eu esqueci a pequena vida dentro de mim, a criança que Peter quer tanto.

— Entre, Sara. Agora! — Mamãe puxa meu outro pulso e, desta vez, obedeço, entrando na casa quando a rua se transforma em uma zona de guerra.

— Temos que... ficar longe... das janelas — Diz papai, curvando-se no hall interno. — As balas, elas...

— Tudo bem, papai. Apenas respire. — Agarro seu cotovelo quando ele começa a desmoronar, mas ele é muito pesado para eu segurar e eu apenas consigo suavizar sua queda. — Onde estão suas pílulas? — Minha voz em pânico quando seu rosto começa a ficar azul. — Mãe, onde está a medicação dele?

— A c-cozinha. — Ela parece estar entrando em choque. — O armário de cima à direita.

— Ok, já volto. — A janela da sala explode quando passo por ela, mas mal noto os fragmentos de vidro salpicando minha pele.

Eu tenho que pegar o remédio de papai.

Não consigo pensar em Peter agora, não posso me concentrar no terror tóxico que aperta meu peito.

Ele vai conseguir.

Ele tem que conseguir.

Abrindo o armário, pego as pílulas de nitroglicerina de papai e um pote de aspirina, em seguida, corro de volta quando o barulho do helicóptero se desvanece e o tiroteio para.

Mamãe está ajoelhada sobre o corpo inconsciente de papai, seu rosto, uma máscara de terror quando ela olha para mim. — Ele não está respirando. Sara, ele não está respirando.

Eu já estou de joelhos, empurrando o peito de papai enquanto conto baixinho, depois, me inclino para respirar em sua boca.

Seu peito sobe com o ar que lhe assopro, e cai e permanece imóvel.

Lutando contra o meu crescente pânico, começo novamente as compressões torácicas.

Um, dois, três, quatro...

A porta se abre e dois homens corpulentos entram.

É um agente da SWAT e um Peter coberto de sangue.

CAPÍTULO 31

Peter

Eu atiro antes dos agentes, dando dois tiros que os acertam bem abaixo de seus escudos de rosto. Alimentado pela adrenalina, fico de pé, apenas vagamente consciente da dor ardente no meu braço e na panturrilha.

Tenho que parar o agente em fuga.

Não posso deixá-lo ficar com Sara e sua família lá dentro.

Explodindo em velocidade, eu o alcanço na entrada e o atinjo enquanto ele gira, pronto para disparar. A arma faz barulho na varanda e batemos contra a porta, abrindo-a.

Eu só tenho uma fração de segundo para absorver a

cena dentro, mas é o suficiente para eu virar para a direita e evitar cair em uma Sara ajoelhada e seus pais.

Nós caímos no sofá em vez disso, e rolamos pelo chão juntos, lutando pela Glock enfiada no cinto dele. Eu paro em cima dele e tiro a arma, mas ele bate com o cotovelo no meu braço machucado, derrubando a arma da minha mão.

Ignorando a dor excruciante, agarro sua faca e a enfio no espaço entre sua armadura. Ele ofega como um peixe na areia, e eu o apunhalo novamente, depois mais duas vezes.

Seu corpo fica mole embaixo de mim.

— Peter! — A voz de Sara passa através do rugido do meu coração, e eu olho para cima, observando seu rosto branco e cheio de lágrimas. Ela está pressionando o peito de seu pai no ritmo inconfundível da RCP, sua mãe ajoelhada ao lado dela.

Eu saio de cima do homem morto e fico de pé. A sala gira em torno de mim em um círculo doentio, e quando olho para baixo, vejo que a minha perna direita está coberta de sangue e mais sangue está escorrendo pelo meu braço esquerdo.

Claro. As feridas de bala.

Afastando a crescente tontura, começo a dirigir-me para Sara e seus pais. — O que aconteceu? Ele foi baleado? — Eu não vejo sangue em Chuck, mas...

Sara balança a cabeça. — Parada cardíaca. — Curvando-se, ela aperta o nariz dele e sopra em sua boca, e retoma empurrando seu peito.

Porra. Eu pego os frascos de comprimidos que estão fechados no chão, e meu peito aperta.

É o pior pesadelo de Sara, e eu trouxe isso para ela.

— Vocês dois precisam ir. — A voz rouca de Lorna soa como a de um fantasma, e quando eu olho para ela, vejo que ela se assemelha a um, seu rosto como papel pergaminho branqueado. — Antes que eles enviem o...

Uma bala quebra a parede acima de nós, e eu instintivamente salto na frente de Sara e sua mãe, protegendo-os com o meu corpo.

Meu lado esquerdo explode de dor, a força maciça do golpe me jogando para frente enquanto eu empurro as duas atrás do sofá. Minha visão embaça, a dor ricocheteando através das terminações nervosas quando outra bala chia ao meu ouvido.

Não. Porra, não.

Com a minha última força restante, me jogo para o lado, tirando o fogo do atirador de longe de Sara e sua mãe. Outra bala bate no chão ao lado do meu joelho, enviando pedaços de madeira por toda parte, e através da visão cinzenta, vejo uma figura com armadura movendo-se pela porta, segurando uma arma.

É um dos agentes da SWAT em quem eu atirei.

Atordoado e ferido, mas vivo.

Seu escudo facial está faltando, revelando pele manchada e olhos selvagens. — Morra, seu filho da puta — Ele sussurra, e mirando na minha cabeça, aperta o gatilho.

CAPÍTULO 32

Sara

Eu caio deitada de lado, minha cabeça pendurada na lateral do sofá enquanto outro tiro ecoa e um spray metálico e quente atinge meu rosto e pescoço.

— Peter! — Aterrorizada por ele, eu caio de joelhos, limpando o sangue dos meus olhos, e então, eu vejo.

Mamãe esparramada no chão, com o rosto salpicado de sangue.

Ou melhor, a maior parte do rosto dela.

Parte de sua bochecha e crânio está faltando, deixando um buraco sangrento onde uma maçã do rosto costumava estar.

Minha mente se cala, uma parede de dormência no lugar quando um terceiro tiro soa.

Olho para o meu marido, de costas e sangrando, depois, para o agente na porta, seu rosto torcido de ódio quando ele aponta para a cabeça de Peter.

Meu olhar passa para a arma que Peter deixou cair enquanto lutava com o outro agente.

Está a um metro de distância.

Eu a alcanço e pego. É fria e pesada na minha mão, aumentando a dormência gelada do meu coração.

Meus pais estão mortos.

Peter está prestes a ser assassinado.

Eu aponto e aperto o gatilho numa fração de segundo antes de o agente disparar.

Minha bala não acerta, mas o tiro o assusta, fazendo com que seu tiro erre.

Ele gira em minha direção e eu atiro novamente.

Acerta no meio do colete, jogando-o para trás.

Sem qualquer hesitação, eu ando até ele e levanto a arma novamente.

— Não — Ele ofega, engasgando, e eu aperto o gatilho.

Seu rosto explode em pedaços de sangue e ossos. É como um videogame hiper-realista, completo com cheiro, gosto e som surround. Fascinada, largo a arma e estendo a mão para ver se era tão real.

— Sara. — A voz tensa de Peter me alcança como se fosse através da água. — Olhe para mim.

Piscando, eu me concentro em seu corpo de bruços, e um pouco da minha dormência se dissipa quando vejo a quantidade de sangue acumulado ao seu lado.

Ele está ferido.

Seriamente.

Uma onda de terror limpa a névoa remanescente do meu cérebro e eu caio de joelhos, apertando freneticamente sua camisa. Tenho que estancar o fluxo de sangue, para ver se a bala...

— Ptichka, pare. — Ele pega meu pulso com uma força surpreendente, seus olhos nos meus. — Não há tempo. Você tem que me entregar a arma. Coloque-a na minha mão. Você não fez isso, entendeu? E você precisa ir embora. Afaste-se de mim como...

— Não. — Eu retiro sua mão de mim. — Não te deixarei.

Ele precisa de um hospital, mas não há chance de os agentes o levarem para lá depois do massacre. Eles vão matá-lo no local por ter matado muitos deles.

Inocente ou culpado, eles não se importam.

— Ptichka, você deve...

— Levanta. — Ficando rapidamente de pé, eu pego seu braço ileso, puxando-o com todas as minhas forças. — Precisamos ir agora.

Eu não posso perdê-lo.

Eu não vou perdê-lo.

Uma careta torce o rosto de Peter enquanto ele tenta se sentar e falha. — Meu amor, você precisa...

— Agora! — Eu grito, puxando seu braço, e algo no meu tom parece dar resultado.

Com as mandíbulas cerradas, ele se esforça para sentar, e eu me agacho para enlaçar meu braço ao redor de seu torso. Ele é incrivelmente pesado, seu corpo grande todo músculo duro e sólido. Minhas costas e pernas gritam em protesto, mas de alguma forma consigo me levantar, suportando a maior parte do seu peso.

— O carro — Ele grita com voz rouca. — Temos que chegar ao carro.

O carro.

Do lado de fora, estacionado ao lado da estrada.

Nós podemos conseguir.

Temos que conseguir.

Eu dou um passo em direção à porta e, de repente, a maior parte do peso de Peter desaparece. Olhando de relance, vejo que ele está de pé sozinho, embora seu rosto esteja cinzento sob as manchas de sangue e sujeira.

— O carro. Vem — Insisto quando saímos. — Quase lá. Só um pouco mais.

À distância, ouço as sirenes e o rugido de outro helicóptero.

Eles estão vindo.

Vindo para tirar Peter de mim, assim como eles levaram meus pais.

— As chaves. Eles estão no meu bolso — Peter diz, e eu agradeço aos céus pelas pequenas bênçãos, pois, lembro que as chaves precisam apenas estar próximas para que nosso Mercedes desbloqueie e dê a partida.

Abrindo a porta do passageiro, eu coloco Peter no interior, depois, corro para o lado do motorista. Meu coração está batendo num ritmo estonteante, e minhas mãos tremem quando saio para a rua pressionando o acelerador.

— Para que direção vou? — Pergunto freneticamente enquanto os pneus gritam na esquina da estrada principal. Os sons do helicóptero e das sirenes estão ficando mais altos; é só uma questão de tempo até que eles vejam que sumimos e iniciem uma perseguição.

Sem resposta.

Eu arrisco um olhar para Peter. Ele está meio caído em seu assento, seu rosto incolor e seus olhos fechados enquanto ele segura um monte de toalhas de papel encharcadas de sangue contra o seu lado.

Ah não. Oh, por favor, não.

— Peter. — Bato no joelho dele.

Nada ainda.

— Peter, por favor. Eu preciso que você me diga para onde ir.

Ele geme enquanto eu o sacudo mais forte, e seus olhos se abrem turvados. — Cabana perto de Horicon Marsh. Suba na I-294 em direção a 94, pegue a 41 e a 33, vire à direita no Palmatory e siga por 6,5 km. Estrada de terra à esquerda.

Oh! Graças a Deus.

Viro à direita em direção à rodovia e piso o acelerador enquanto ele desmaia novamente. Ele está perdendo muito sangue, mas não posso fazer nada até que eu o coloque em segurança.

Ele morrerá se eles nos pegarem.

Minha mente gira a toda enquanto eu avanço pela estrada. Eu não consigo pensar nos meus pais ou na enormidade do que aconteceu, então, me concentro nos por quês.

Por que eles vieram atrás dele?

Por que alguém atirou naquele agente quando Peter estava prestes a se render?

Eu acreditei em meu marido quando ele disse que não tinha nada a ver com o ataque ao FBI, mas é possível que ele tenha mentido para mim? Eles teriam vindo prendê-lo assim se não houvesse nenhuma evidência ligando-o ao bombardeio?

A lógica diz que não, mas não consigo aceitar isso. Peter fez coisas terríveis, mas ele não é terrorista.

Moralidade à parte, quando ele mata, ele faz isso com precisão e discrição.

Então, por quê? Por que eles acham que ele está envolvido? E quem atirou naquele agente? Alguém da equipe de Peter tinha sido tão estúpido? Se sim, por que eles não nos ajudaram mais?

Se eles estavam dispostos a matar um agente da SWAT, por que deixar Peter para lutar contra o resto deles por conta própria?

Nada disso faz qualquer sentido, mas insistir nisso é me impedir de hiperventilar ao volante. Não consigo pensar em nossas chances infinitésimas de sobrevivência ou que Peter possa estar sangrando até a morte.

Ou que a minúscula vida dentro de mim agora tenha dois fugitivos como pais.

— Diminua a velocidade. — O sussurro rouco de Peter chega até mim quando passo um Toyota indo a cento e vinte na pista rápida. — Não chame a atenção acelerando. Onde está o seu telefone?

Meu pulso pula de alegria quando eu levanto meu pé do acelerador.

Falar é bom.

Falar é muito bom.

— Sem telefone — Respondo, parte do meu alívio desaparecendo quando eu o olho e vejo que está consciente, mas ainda mais pálido. — Eu esqueci minha bolsa em...

— Bom. Significa que eles não podem nos rastrear para cá.

Merda. Isso nem sequer me ocorreu.

— E o seu telefone?

Ele faz uma careta, mudando de posição enquanto pega mais papel-toalha de um rolo enfiado na lateral da porta. — Não rastreável.

— Ok. — Minha cabeça a mil. — O que mais? Devemos deixar o carro? Existe alguém a quem podemos pedir ajuda? Seus guarda-costas? Eles podem...

— Não. — Ele fecha os olhos novamente, pressionando as toalhas limpas ao seu lado. — É muito para eles. Não vão contra o FBI.

Certo. Isso faz sentido. A nova equipe de Peter não é criminosa; eles são pagos para nos proteger das pessoas perigosas do passado de Peter, não nos ajudar a escapar das autoridades.

O que significa que eles não poderiam estar por trás daquele tiro.

— Peter... — Olho para ele, mas ele está de novo com a cabeça pendendo para o lado.

Eu congelo por dentro. — Peter, acorda. Você precisa me dizer o que fazer a seguir.

Nenhuma resposta, apenas o martelar frenético do meu pulso em meus ouvidos.

Eu me aproximo para mexer no seu joelho, mas ele não reage, e vejo que ele não está mais segurando as toalhas de papel, a mão folgada ao seu lado.

Meu peito parece reduzido ao tamanho de uma criança, esmagando todos os órgãos internos.

Isso não pode estar acontecendo.

Não pode terminar assim.

— Peter. — Minha voz trêmula. — Peter, por favor... eu preciso de você. Você não pode fazer isso comigo.

Ele não pode morrer e me abandonar. Não depois de lutar tanto por nós.

Não depois de me fazer amá-lo.

— Acorda, Peter. — Eu agito seu joelho com mais força. — Por favor, acorda.

Mas ele não acorda.

Ele já se foi há muito.

ara

SINTO COMO SE AS PAREDES DO CARRO ESTIVESSEM SE fechando em mim, pego seu pulso e checo a pulsação.

Está lá.

Fraca e errática, mas lá.

Um soluço de alívio irrompe da minha garganta e a estrada à minha frente embaça.

Ele ainda está vivo.

Desmaiado, mas vivo.

Com um esforço hercúleo, me recomponho. Eu não posso cair aos pedaços, não enquanto ainda há um pouco de esperança.

As prioridades primeiro. Eu preciso tratar a ferida de Peter. Não pode esperar mais. Então, o carro. Tenho que levar em consideração que eles estão procurando pelo carro, e é apenas uma questão de tempo até sermos vistos na estrada. Isso significa que preciso encontrar outro meio de locomoção.

O problema é: como.

Se Peter estivesse consciente, ele provavelmente poderia roubar um para nós, mas eu não possuo tal habilidade. Preciso encontrar outra solução, algo que não nos atrasará muito.

Um sinal de saída aparece à frente, e eu percebo que estamos quase no Hospital Advocate Lutheran.

Meu coração pula e bate mais rápido. Talvez eu devesse levá-lo. Agora, antes que as autoridades saibam que estamos aqui.

Antes de mais agentes da SWAT aparecerem e matá-lo por matar tantos deles, o tempo todo reivindicando autodefesa.

Eles teriam que tratá-lo na emergência se eu o trouxesse. Eles teriam que salvá-lo. E quando os policiais chegarem, eles não poderão matá-lo com todas as testemunhas ao redor. Eles terão que deixá-lo se recuperar antes de levá-lo embora.

Antes de trancá-lo em Guantánamo ou em algum outro buraco escuro pelo resto de sua vida.

Mesmo que ele seja inocente quanto a bomba, eles nunca o deixarão sair e, mais cedo ou mais tarde, eles se vingarão.

Se eu levar Peter, nunca mais o verei. Mas se eu não levá-lo, ele vai sangrar até a morte.

Mesmo agora, pode ser tarde demais. Eu posso perdê-lo como acabei de perder meus pais.

Lutando contra o medo sufocante, pego uma pista de saída da estrada, indo em direção ao hospital. Quando chego lá, encontro um lugar de estacionamento debaixo de uma árvore, entre um SUV e uma van.

— Devemos estar bem escondidos aqui. — Minha voz treme quando me volto para Peter. — Agora, vou checar suas feridas, ok?

Ele não responde, mas não espero que o faça.

Aproximando-me, abaixo seu assento para uma posição reclinada. Levanto a camisa e examino o ferimento do tiro a seu lado.

Há um orifício de saída e, dada a sua localização, há uma boa chance de a bala não ter atingido órgãos vitais. Se eu desinfetar a ferida e parar o sangramento, ele pode não precisar do hospital.

Prendendo a respiração, eu rapidamente examino o resto dele. Acho uma arma presa ao seu tornozelo esquerdo, mas não há uma lesão, então, eu ignoro. Descubro que uma bala roçou seu braço esquerdo e outra atravessou sua panturrilha direita.

Ambas as feridas ainda estão sangrando, mas nenhuma delas parece ser fatal.

Eu expiro, tremendo enquanto aperto sua mão frouxa em alívio.

Eu sei o que fazer agora.

Eu só preciso de um pouco de sorte do nosso lado.

Inclinando-me sobre ele, aliso seu cabelo com crostas de sangue. — Aguenta aí, querido, por favor. Já volto, prometo. Apenas espere por mim.

Eu posso fazer isso.

Eu tenho que fazer isso

Chegando-me para trás, eu sento ereta e abro o espelho para me olhar. Como esperado, estou tão bagunçada quanto Peter, meu rosto pálido e riscado de lágrimas, com manchas de sangue e pedaços humanos em toda a minha pele e roupas.

Ainda bem que a equipe da emergência já viu coisa pior.

— Volto logo — Sussurro, dando um último aperto na sua mão, e saltando para fora do carro, corro através do estacionamento até a entrada da emergência.

Ninguém presta muita atenção em mim quando entro, e mantenho minha cabeça abaixada, afastando meu rosto das câmeras nos cantos. Até onde eu sei, minha foto ainda não está no noticiário, mas é melhor não arriscar.

Dentro é o costumeiro pandemônio das emergências, com vários recém-chegados cercando a enfermeira, exigindo serem vistos *agora*, e meia dúzia de enfermeiros e médicos reunidos em torno de dois pacientes amarrados a macas, com um gritando sobre o estado sangrento que está sua perna, e o outro no meio do que parece ser um ferimento grave.

Na parte de trás é uma entrada somente para funcionários. As enfermeiras empurram o paciente gritando para lá, e eu as acompanho, fingindo que estou com ele. Uma enfermeira tenta me impedir, mas alguém a chama, e ela desaparece no corredor, me esquecendo.

Eu sigo a maca sem que ninguém me perceba, e quando passamos por um armário de suprimentos, eu entro e fecho a porta.

Na parte de trás estão esfregões dobrados, roupas de cama, bandagens, amostras de medicamentos e suprimentos de primeiros socorros. Rapidamente, mudo minhas roupas e coloco as roupas de enfermeira, limpo o máximo de sangue que posso do meu rosto com uma fronha, e enfio tudo o que eu julgar útil em uma bolsa que faço de um lençol. Cubro o meu material com mais lençóis e saio, fingindo que estou carregando lençóis sujos para serem lavados.

Ninguém diz nada quando eu entro na área de recepção da emergência e sigo para a saída, certificando-me de que o pacote em meus braços está bloqueando meu rosto das câmeras piscando nos cantos.

Voltando para o carro, acho Peter ainda inconsciente.

— Tudo bem, estou aqui agora — Digo quando coloco o pacote de suprimentos aos seus pés. — Tudo ficará bem.

Ele não pode me ouvir, mas isso não importa.

Sou eu mesmo tentando me convencer.

Ele é muito pesado para eu despi-lo adequadamente, então, levanto a manga e corto a perna de sua calça jeans para chegar às feridas. Entre os meus suprimentos roubados estão sabão neutro e uma solução salina, e eu os misturo com água para lavar todo o sangue e sujeira perto de suas feridas. Ao contrário da sabedoria popular, é uma má ideia usar fortes antissépticos para limpar feridas; esfregar álcool e outras coisas danificam o tecido e retardam o processo de cicatrização.

Quando estou satisfeita que as feridas estão suficientemente limpas e não há fragmentos de bala no interior, dou os pontos e fecho os ferimentos, começando pela ferida ao lado dele. Enquanto eu trabalho, agradeço a experiência que acumulei durante minha residência na emergência e todas as vítimas de tiros que eu tratei.

Ainda assim, minhas mãos estão tremendo quando termino e percebo que a adrenalina está começando a se dissipar.

Isso não é bom.

Ainda há muito que precisa ser feito antes de eu descansar.

— Terei que me afastar por mais alguns minutos, ok? Espere aí por mim, querido — sussurro, acariciando o rosto de Peter. Inclinando-me, dou um beijo suave em sua mandíbula e me afasto, dizendo a mim mesma que tudo o que preciso agora é de um pouco de sorte.

Um pouco de sorte e muita coragem.

Minhas pernas estão instáveis quando volto à emergência. Esta é a parte menos segura do meu plano, que depende de muitos fatores fora do meu controle. A essa altura, nossos rostos podem estar espalhados por todo o noticiário, a caçada entrando em ação. Tudo o que é preciso é um estranho intrometido, e uma nuvem de policiais/FBI descerá sobre nós.

Talvez isso seja um erro.

Talvez eu deva voltar para o carro e dirigir, rezando para que, por algum milagre, ninguém tenha espalhado fotos do nosso veículo nos noticiários.

Estou prestes a voltar e fazer exatamente isso quando um Toyota modelo antigo azul entra no estacionamento, parando logo na entrada. — Socorro! — Grita uma mulher idosa, abrindo a porta, e corro até ela, ajudando-a a tirar o marido semiconsciente.

Pela sua aparência, ele acabou de ter um derrame.

Duas enfermeiras saem da emergência para ajudar, e eu discretamente me afasto, deixando-as levar o paciente e sua esposa frenética. O carro é deixado abandonado, a porta do motorista aberta e, quando olho para dentro, vejo as chaves na ignição.

Bingo.

O pessoal da emergência geralmente envia alguém para mover o veículo em tais situações, mas se eles saírem e descobrirem que o carro foi embora, provavelmente presumirão que já foi retirado por alguém.

Eles não pensarão que o carro foi roubado até que a esposa do paciente retorne e não consiga encontrá-lo.

Sinto-me terrível quando deslizo atrás do volante e conduzo o Toyota em direção ao nosso carro. Eu só posso imaginar o quão estressada a pobre mulher ficará quando tiver que lidar com um carro roubado além do derrame do marido. Mas não há escolha, não com a vida de Peter em jogo.

Eu estaciono o Toyota diretamente em frente ao nosso Mercedes, pulo e corro para o nosso carro. Abrindo a porta do passageiro, olho para o meu marido, imaginando como vou mover noventa quilos de macho inconsciente de um carro para o outro.

Oh, bem, aqui não consigo nada.

Agarrando seus tornozelos, eu puxo com toda a minha força.

Ele se move um centímetro. Talvez.

Caralho.

Coloquei toda a minha força, cavando meus calcanhares no asfalto.

Mais cinco centímetros.

Talvez eu devesse esquecer essa ideia estúpida e dirigir nosso carro. A esposa da vítima de derrame ficará feliz quando encontrar seu Toyota no estacionamento e...

Meu marido solta um gemido baixo.

Meu pulso pula em disparada. — Peter. — Entro no carro, inclinando-me sobre ele. — Peter, querido, por favor, acorde.

Ele murmura algo incoerente, com a cabeça virada para o lado.

— Por favor, eu preciso de você. — Eu sacudo-o gentilmente. — Por favor, acorda.

Seus olhos se abrem, sem foco.

— Assim, querido. — Respiro aliviada e feliz. — Você consegue. Olhe para mim.

Ele pisca, seu olhar lentamente se focando em mim.
— Sara? O que...

— Estamos em um estacionamento do hospital — Digo rapidamente. — Eu consegui um carro para nós, mas não consigo te mover sem sua ajuda. Você pode andar até lá por mim?

Sua mandíbula aperta, mas ele concorda.

— Ótimo, vamos. Vem. — Eu levanto a cadeira para uma posição sentada e ajudo-o a sair do carro. Ele está instável, apoiando-se pesadamente em meus ombros mas, de alguma forma, atravessamos.

Seu rosto está pálido e esverdeado quando o ajudo a entrar no carro, mas ele está se agarrando à consciência com cada fragmento de sua vontade de ferro. — As armas — Ele diz, jogando-se pesadamente no banco do passageiro. — Sob o banco de trás. Pegue-as.

Temos armas?

Eu não estou tão surpresa quanto deveria.

Deixando Peter no Toyota, eu corro de volta e tento levantar o banco traseiro do Mercedes. É preciso um pouco de engenho, mas finalmente consigo abrir e olhar para o arsenal lá dentro.

Além de revólveres e rifles de assalto, existem granadas e o que parece um lançador de foguetes.

Não tem como eu carregar tudo isso no estacionamento sem que alguém me veja e ative um alarme.

Então, tenho uma ideia.

Agarrando os suprimentos de primeiros socorros,

corro de volta e os coloco no banco de trás do Toyota, depois, arranco os lençóis debaixo deles e corro de volta para o Mercedes. As armas são pesadas, então, tenho que fazer três viagens separadas, mas levo tudo para o Toyota, embrulhado em lençóis.

— Terminado — Digo a Peter enquanto vou para trás do volante, ofegante pelo esforço, mas não há resposta.

Ele desmaiou de novo.

Eu me aproximo e deito seu assento, tanto para que ele possa descansar quanto para que não fique visível nas janelas.

Então, respirando fundo, saio do estacionamento e vou para a cabana.

CAPÍTULO 34

Sara

LEMBRANDO-ME DO CONSELHO DE PETER SOBRE O excesso de velocidade, dirijo com cuidado, obedecendo a todas as regras de trânsito e limite de velocidade. O telefone de Peter está travado e não consigo acordá-lo, então, eu uso uma combinação de sinais de trânsito e meu próprio conhecimento vago da área para nos levar para a estrada de terra que ele mencionou.

Não penso nos meus pais ou no homem que matei tão cruelmente. Eu não posso, não enquanto preciso me aguentar. Em vez disso, concentro-me em nos levar ao nosso destino sem parar. Quando entramos no mato, minha bexiga está prestes a explodir, então, saio e vou para trás de uma árvore, estilo acampamento. A senhora idosa guardou uma pequena garrafa de desinfetante para as mãos no carro, e eu a uso antes de voltar a dirigir, tentando não pensar sobre o que acontecerá quando chegarmos à cabana.

Apesar de me esforçar muito, perguntas perigosas passam pela minha cabeça.

O que faremos se as feridas de Peter ficarem infeccionadas?

Haverá comida e água na cabana?

E o pior de tudo, quanto tempo até sermos encontrados?

Porque seremos encontrados. Não posso me enganar por achar que não. Nós tivemos sorte até agora, mas não somos páreo para o FBI. Ou, pelo menos, eu não sou. Peter conseguiu evitar a captura por anos com a ajuda de suas conexões do submundo.

Eu nunca me arrependi de não ter criminosos no meu círculo social antes, mas me arrependo agora. Nenhum dos meus amigos ou conhecidos pode nos ajudar – não sem ter problemas com a lei. Na verdade, além do meu marido, as únicas pessoas que conheço que têm as habilidades e os contatos certos são seus antigos colegas de equipe russos, e eles não estão nem perto de...

Espere um minuto.

Eu tenho o email de Yan.

Foi assim que ele me parabenizou pelo nosso casamento.

Meu pulso salta novamente, a excitação chiando em minhas veias antes que eu me lembre de um fato importante.

Não tenho como enviar um email além do telefone de Peter e, para isso, preciso que meu marido recupere a consciência e coloque sua senha.

Eu olho para ele, meu peito apertado ao ver a palidez do seu rosto. Ele precisa de um hospital, com um intravenoso fornecendo antibióticos e reabastecendo fluidos, não sendo sacudido em uma estrada cheia de buracos.

Se ele morrer será minha culpa.

Será porque escolhi escondê-lo das autoridades em vez de levá-lo ao hospital.

Um sinal de 'Propriedade Privada' aparece à frente, com uma cerca de cada lado e um portão de madeira bloqueando a estrada. Deve ser o nosso destino, a menos que eu tenha feito uma curva errada antes.

Eu paro o carro e saio para abrir o portão. Mas está preso com uma corrente e cadeado. Eu puxo a fechadura enferrujada, incapaz de acreditar que depois de tudo, tenho a decepção por causa de algo tão estúpido.

Buscando conter minha frustração, volto para o carro e tento acordar Peter. Talvez ele tenha uma chave escondida em algum lugar que eu não saiba.

Ele não reage, não importa o quanto eu implore, e quando sinto sua testa, vejo que está quente e úmida.

Meu estômago torce dolorosamente.

Uma febre tão cedo não é um bom sinal.

Com as mãos tremendo, procuro na sua roupa, esperando que ele tenha uma chave escondida em um dos bolsos. Mas não há nada além de seu telefone e a arma amarrada ao tornozelo.

Exausta, desfaleço no chão pelo lado do passageiro do carro.

Não há esperança.

Eu não sei o que fazer.

O que eu estava pensando, brincando de fugitivo? Peter é quem tem o conhecimento e as habilidades, não eu. Eu não posso nem passar por um portão estúpido. Se ele estivesse no meu lugar, provavelmente pegaria a fechadura ou atiraria ou explodiria ou...

Claro, é isso.

Eu preciso pensar fora da minha visão obtusa certinha e estreita.

Levantando-me, coloco o cinto de segurança em Peter e corro de volta para o banco do motorista.

Deslizando atrás do volante, volto o carro até que estejamos a cerca de cinquenta metros do portão e, então, piso no acelerador.

O Toyota avança.

Chegamos ao portão a noventa quilômetros por hora, derrubando a madeira envelhecida de suas dobradiças.

O para-brisa trinca num pedaço do portão que bate nele, mas nenhum dos airbags é ativado, e eu freio, sorrindo triunfantemente enquanto continuamos na estrada a uma velocidade mais moderada.

Sara, 1. Portão estúpido, 0.

Eu olho para Peter, e minha euforia desaparece

quando vejo uma mancha de sangue fresca espalhando-se sob sua camisa ao seu lado.

Seus pontos devem ter rasgado, seja pela batida contra o portão ou pelo mau estado em geral.

Preciso nos levar para a cabana, para que eu possa tratá-lo imediatamente.

A viagem até lá parece demorar uma eternidade, embora, realisticamente, eu saiba que não pode ser mais do que uma milha.

Finalmente, eu a vejo.

Uma cabana de madeira cercada por árvores.

Tremendo de alívio, eu paro e corro para a cabana.

Surpresa, surpresa.

A porta da frente está trancada.

Desta vez, porém, estou preparada. Agarrando uma pedra grande, eu ando até uma janela e bato o máximo que posso. Ela quebra, pedaços de vidro voando por toda parte, e eu uso a pedra para limpar as bordas mais afiadas do vidro restante. Então, eu entro, ignorando o sangue escorrendo pelos meus braços.

Vou cuidar dos meus próprios ferimentos mais tarde. Neste momento, minha prioridade é Peter.

Andando até a porta da frente, eu a destranco e saio, torturando meu cérebro para saber como vou movê-lo para dentro. Seria incrível se ele acordasse de novo e usasse aquela força de vontade impossível para realmente caminhar, mas eu não estou esperançosa devido à sua falta de resposta. Talvez eu possa jogá-lo no lençol e, então, puxá-lo, ou...

Meu olhar pousa sobre um antigo carrinho de mão.

Está encostado na casa ao lado de um machado enferrujado.

Deve estar lá para transportar madeira cortada.

Eu pego as alças, em seguida, testo o carrinho de mão rolando-o para frente e para trás. As rodas rangem, mas parece que funcionam.

Empurro-o para o carro e o viro para que as alças fiquem apoiadas na porta aberta, no chão. Então, eu agarro os tornozelos de Peter e finco meus calcanhares no chão, puxando com toda a minha força.

Ele se move alguns centímetros.

Rangendo meus dentes, eu puxo novamente.

E novamente.

E de novo.

Quando ele está na metade do carrinho de mão, eu vou até o lado do motorista e o empurro mais, meu coração doendo quando ele geme de dor. — Só mais um pouco, querido — Prometo suavemente, e com um último empurrão, eu o rolo no carrinho de mão.

Primeiro passo realizado.

Agora, tenho que levá-lo para dentro da casa e colocá-lo em uma cama.

eter

MEU MUNDO É FOGO E DOR, MISTURADO COM UMA VOZ suave e mãos calmantes. A agonia é implacável, mas quando essa voz está próxima e aqueles dedos frios e ternos acariciam minha testa ardente, posso esquecer de tudo.

Eu posso me concentrar nela.

E é ela. Sara, minha ptichka. Eu sei disso até nas profundezas do meu delírio. O que quer que esteja acontecendo comigo, ela está lá, me tocando, falando comigo, me dando goles d'água. Muitas vezes, ela está me perguntando coisas, sua voz melodiosa cheia de desespero e implorando, mas eu não posso responder a ela, não posso fazer nada além de virar a cabeça em direção a essa voz e aceitar o conforto oferecido por seu toque.

Ela desiste depois de um tempo, seu tom mudando para um de resignação, e eu gosto mais disso, embora não tanto quanto quando ela está cantarolando para mim, sua voz tão suave e gentil como os beijos que ela dá nos meus lábios rachados e queimando.

Eles me fazem sentir bem, aqueles beijos, pelo menos até eu me afundar na escuridão e os demônios virem, envolvendo seus tentáculos em volta do meu peito, me apunhalando com seus atiçadores escaldantes. Meu lado, meu braço, minha panturrilha, eles são impiedosos enquanto me atacam, queimando minha carne até os ossos.

Pasha também está lá, com apenas metade do crânio, o cérebro grotesco sob as ondas brilhantes do cabelo escuro. — Papa! — Ele grita, pulando em mim, enfiando seus espetos quentes mais fundo, me apunhalando até o coração.

— Por favor, Peter, fique comigo — Implora a voz de Sara, e eu me agarro a ela, lutando contra os demônios na escuridão, lutando contra o aperto deles.

Mais beijos vêm. Seus lábios são frios e úmidos, estranhamente salgados. Como lágrimas. Todas aquelas lágrimas que eu a fiz derramar. Mas por que ela está chorando de novo? Eu não quero isso. Eu quero mergulhar em seu carinho, para absorver seu amor, não suas lágrimas. Ela lutou contra mim, mas agora ela é minha. Para cuidar e proteger. Exceto que eu não posso fazer nada além de queimar, o fogo corroendo-me, consumindo-me, cobrindo minha mente com dor.

— Por favor, meu querido. Me diga a senha. Eu preciso desbloquear o seu telefone.

As palavras deveriam fazer sentido, mas não, os sons saltam do meu cérebro como a luz do sol em um lago.

— Papai, você quer ver o meu caminhão? — Pasha está de volta e salta sobre mim, seus pequenos pés como uma bola de demolição batendo no meu lado. — Quer ver? Quer?

Abro minha boca para responder, mas os tentáculos do demônio envolvem meu pescoço, sufocando-me com um laço de fogo.

— Por favor, querido... — Mãos delicadas acariciavam meu rosto e garganta, esfriando a queimadura por dentro. — Por favor, eu preciso que você me dê a senha, para que eu possa pedir ajuda.

— Papa. Papa. Brinca comigo.

— A senha, Peter, por favor. É a nossa única chance.

— Não vai embora, Papa.

— Por favor, querido. Eu preciso de você. Nosso filho precisa de você.

— Por favor, Papa. Eu serei um bom menino. Prometo, Papa. Eu serei.

A agonia é insuportável. Parece que estou me partindo ao meio, os tentáculos em chamas se transformando em chicotes enquanto eu caio mais fundo na escuridão.

— Fique comigo, Peter. Por favor, querido... — A

umidade salgada está de volta em meus lábios, a voz me puxando para cima, protegendo-me dos demônios. — Eu amo você e não posso fazer isso sem você. Por favor... eu não posso te perder também.

Algo dança na ponta da minha língua, algo importante que preciso lembrar. Algo que minha ptichka precisa.

Quatro números flutuam em minha consciência e eu os seguro com esforço.

É um aniversário.

Aniversário do meu amigo Andrey.

Nós sempre o comemoramos naquele acampamento horrível.

— Zero seis um cinco — Sussurro... ou tento. Minha língua não quer obedecer. Eu tento de novo, com a última das minhas forças. — Nol 'shest' ahdeen pyat. Ptichka, passvord den 'rozhden'ye Andreya.

Sara

TREMENDO, LEVANTO-ME ENQUANTO PETER CAI NUM delírio em russo, resmungando palavras desconhecidas intercaladas com o nome de seu filho, como ele vem fazendo há horas. Apesar dos meus melhores esforços, sua condição está se deteriorando rapidamente, e sei que, se eu não tiver antibióticos mais fortes em seu sistema, não conseguirá.

A penicilina que roubei do hospital não pode fazer muito.

As paredes de madeira balançam ao meu redor enquanto eu ando até a pia e volto com uma toalha fresca e molhada, a única coisa que parece ajudá-lo. Sentada na beira da cama, passo sobre o rosto, pescoço e peito, enxugando o suor pegajoso. Meu braço treme de exaustão, meus olhos ardem com lágrimas, mas eu não paro.

Não posso, enquanto ainda há um resto de esperança.

Todo o meu corpo dói, minhas costas tremem com a tensão de transferir Peter do carrinho de mão para essa cama. Já passa da meia-noite, e a única coisa que eu comi foi a solitária lata de sopa instantânea de galinha que encontrei em um armário uma hora atrás. Tentei alimentá-lo, mas só consegui que ele engolisse dois goles. Então, eu tomei o resto. Não para mim, mas para o bebê.

O filho de Peter precisa dos nutrientes.

A sopa não tinha muitas calorias, mas me deu um pouco de energia, o suficiente para que eu novamente tentasse persuadir Peter a me dar a senha.

Eu falhei, igual as vinte vezes anteriores, mas Peter parecia pelo menos me entender nessa tentativa. Ele murmurou 'ptichka' e disse algo sobre uma senha com um forte sotaque russo. Ou talvez ele tenha dito isso em russo. Pelo que sei, é a mesma palavra nos dois idiomas.

Minha visão se turva novamente com lágrimas. Foi um erro vir aqui. Eu não deveria ter assumido esse risco. Mesmo em um ambiente hospitalar estéril, as feridas por arma de fogo são propensas a complicações e, considerando a quantidade de sangue que Peter perdeu e o local, tratá-lo, a infecção era praticamente inevitável.

Se eu o levasse para o hospital, ele teria perdido a liberdade, mas poderia ter vivido.

— Sinto muito — Sussurro, pressionando meus lábios em sua testa queimando. Seu corpo está lutando contra a infecção e se matando no processo. — Eu sinto muito por isso. Por tudo.

E eu sinto. Sinto muito por não admitir meu amor por ele mais cedo, por resistir ao amor dele por tanto tempo. Parecia importante na época não ceder aos meus sentimentos pelo assassino de George. Parecia moral e correto. Mas, agora, vejo minha resistência pelo que era.

Covardia.

Eu tive medo de me apaixonar por Peter, apavorada em ceder e amá-lo. Petrificada achando que se eu o deixasse entrar no meu coração, eu o perderia.

Como eu perdi George para a bebida.

Como se soubesse que inevitavelmente perderia meus pais.

Mais lágrimas escorrem pelo meu rosto, queimando minha garganta no caminho. Essa é uma preocupação que não preciso mais ter.

Eles estão mortos.

O pior aconteceu.

Eu ainda não consigo entender o que aconteceu, não consigo processar o horror de ver o cérebro da minha mãe explodir na minha frente e, então, eu mesma apertar o gatilho. Eu não senti nenhuma hesitação, não me arrependi quando matei o agente que atirou em mamãe, apenas aquela dormência terrível. É como se alguém tivesse assumido o meu corpo, alguém implacável e frio... e poderoso.

Deus, senti-me tão poderosa.

É assim que é para Peter? Quando ele mata, ele desliga a parte de si mesmo que o torna humano, abraçando essa onda de poder? Eu sempre quis saber como alguém com uma capacidade tão profunda de amor e carinho poderia roubar uma vida sem remorso, mas entendo isso agora.

Somos todos monstros debaixo da superfície. Alguns de nós nunca têm a chance de descobrir isso.

Seus lábios rachados se movem e eu alcanço uma tigela de água. Mergulhando uma toalha limpa, eu pingo o líquido sobre sua boca, tomando cuidado para espremer gota a gota para que ele não se engasgue. A febre que atravessa seu corpo está desidratando-o, matando-o diante dos meus olhos, e não há nada que eu possa fazer.

Mesmo se eu quisesse levá-lo ao hospital, ele não sobreviveria a uma viagem de volta naquela estrada de terra acidentada – e sem poder acessar o telefone dele, eu não posso ligar ou enviar um email pedindo ajuda daqui. Nem posso dirigir para algum lugar para fazer isso.

Não posso abandonar Peter por horas doente desse jeito.

Ele está resmungando de novo, com a cabeça balançando de um lado para o outro em agitação enquanto repete uma frase em russo. Parece a que ele estava dizendo antes, quando eu pensei que ele poderia ter me entendido.

— Nol 'shest' ahdeen pyat. Den 'rozhden'ye Andreya, ptichka. — Sua voz rouca é quase inaudível. — Nol 'shest' ahdeen pyat.

Há algo vagamente familiar nessa frase, ou, pelo menos, nas palavras individuais. Eu as conheço? Eu me esforço para lembrar o que os companheiros de equipe de Peter me ensinaram no Japão. *Spasibo*, é 'obrigado' em russo. *Vkusno*, significa 'delicioso'. Ilya também me disse como dizer os nomes de certos alimentos, e Anton começou a me ensinar o alfabeto e a contar até dez...

Eu me sento eletrificada. É isso aí! É por isso que algumas dessas palavras parecem familiares.

Elas são números em russo.

— Peter, querido, é essa a senha? — Minha voz treme quando me inclino sobre ele novamente, alisando seu cabelo umedecido de suor. — Você está dizendo como desbloquear seu telefone em russo?

Ele não parece me ouvir, sua agitação diminuindo quando ele afunda na inconsciência. Respirando fundo para me acalmar, tento lembrar as palavras específicas que ele disse e como é a contagem até dez em russo. Há um ritmo quase musical, se bem me lembro. *Ahdeen, dva, tree*, algo, algo, algo ...

Está bem então. Então *ahdeen* é um, e tenho certeza que Peter disse isso.

Foi a terceira palavra depois de algo que soou como 'nulo' e 'piada'.

Eu reviro meu cérebro, tentando lembrar como Anton pronunciou o resto dos números. *Ahdeen, dva, tree* ... era *chet-alguma coisa*? pet-algo? ...

Não, cinco era *pyat* – o que Peter disse como a última palavra.

Eu tento suprimir minha excitação, mas meu coração está batendo incontrolavelmente. Eu ainda não sei dois dos números, mas posso arriscar um palpite sobre um deles.

Algumas palavras russas são semelhantes ao inglês, o que significa que o que soa como 'nulo' pode significar 'zero'.

Está bem então. Zero, desconhecido, um, cinco, são três de quatro. Eu posso forçar a adivinhar o número desconhecido... se o telefone de Peter não me bloquear por muitas tentativas incorretas, é claro.

Pulando, pego o telefone e, quando começo a digitar o zero, então, todos os dez números chegam até mim.

Ahdeen, dva, tree, chetyre, pyat', shest', sem', vosem', devyat', desyat'.

Eu quase posso ouvir a voz de Anton recitando para mim.

Prendendo a respiração, digito o zero, depois seis, um e cinco.

$\mathcal{H}$enderson

MINHA MÃO DÁ UM SOCO, DERRUBANDO OS CAVALOS DE porcelana que estão na prateleira, a coleção idiota de Bonnie que ela insiste em levar conosco pelo mundo todo. Eles se quebram com um barulho satisfatório, mas não é suficiente para acalmar a ira queimando dentro de mim.

Ainda não localizado.

As palavras na tela do meu computador me provocam, me arranhando por dentro.

Caçada em curso, mas fugitivo ainda não localizado, pontua o email do meu contato na CIA.

Como diabos isso é possível?

Como eles poderiam ter fugido?

De acordo com os agentes da SWAT que

sobreviveram ao tiroteio, Sokolov foi baleado pelo menos duas vezes, e há imagens mostrando sua esposa roubando alguns suprimentos de um hospital, então, ele deve ter sido ferido o suficiente para eles arriscarem parar lá. No entanto, não há nenhum traço de ambos em qualquer lugar, nem do carro que ela roubou naquele mesmo hospital, embora a polícia ache que eles poderiam rastreá-lo em pouco tempo.

Bastardos incompetentes. Não deveria acontecer dessa maneira. Sokolov deveria ter sido morto durante a prisão.

Aquela puta da sniper, Mink, foi bem paga para garantir isso.

Se Sokolov sair do país, é só uma questão de tempo até ele descobrir o que aconteceu e vir atrás de mim e da minha família, e não posso deixar isso acontecer.

Ele tem que ser morto durante a captura, mas para isso, deve ser encontrado primeiro.

Rolando o pescoço de um lado para o outro para aliviar a dor, escrevo um email respondendo ao meu contato.

É hora de expandir a rede chamando a Interpol e todo o resto.

S ara

EU ANDO PELA CABANA CAMBALEANDO, OLHANDO PELA janela quebrada a cada cinco segundos. Está escuro lá fora, o silêncio é interrompido apenas pelos ruídos da floresta.

Ainda assim, continuo procurando, continuo atenta aos helicópteros da polícia.

Já faz quase dezesseis horas desde que roubei o carro do hospital. Até agora, seu dono teria sentido sua falta e denunciado à polícia. Se eles descobriram o nosso Mercedes no estacionamento – e eu ficaria chocada se não o fizeram – todos os policiais da área agora devem estar procurando o Toyota azul e os fugitivos nele.

É só uma questão de tempo até eles encontrarem nossa cabana.

Se Yan não chegar em breve, tudo terá sido em vão.

Eu olho para o telefone de novo, relendo seu email pela décima quinta vez. Eu deveria conservar a bateria, mas não consigo evitar. As duas pequenas palavras na tela são a única coisa que me mantém em movimento.

A caminho.

Isso é tudo o que Yan respondeu quando lhe enviei um email detalhando a situação e a nossa localização. Ele claramente sabe o que está acontecendo porque respondeu em menos de um minuto.

A caminho. É isso aí. Não há detalhes, nem mesmo um simples 'tempo estimado de chegada'. Não tenho ideia se ele estará aqui em minutos, horas ou dias.

Pelo que sei, podem ser semanas.

Tinha sido outra escolha angustiante quando destravei o telefone: ligar para o 911 para chamar socorro médico para Peter, que ele tanto precisa, ou entrar em contato com Yan e continuar com essa loucura de fuga. No final, segui meu instinto, e quando olhei para a tela do celular depois de receber a resposta de Yan, fiquei feliz.

Nossos rostos estão agora em todas as notícias, tanto o meu quanto o de Peter. Cada meio de comunicação, menor e maior, está dissecando nossas vidas on-line, os artigos constantemente atualizados com novos detalhes sobre o nosso casamento e especulações sobre o nosso relacionamento. Em alguns, sou escalada como vítima de lavagem cerebral;

em outros, sou cúmplice desde o começo. Quando se trata de Peter, no entanto, não há ambiguidade.

Em todas as versões, ele é o vilão.

— Ela me disse que ele matou seu primeiro marido — Disse Marsha ao *The Chicago Tribune*. —, que ele a torturou e perseguiu antes de sequestrá-la. Ela desapareceu por meses, e quando voltou, estava completamente confusa. Ele deve ter feito algo terrível com ela, fez lavagem cerebral de alguma forma. Porque quando ele apareceu de novo, ela se casou com ele. Em poucos dias. Ela negou que era ele, ele mudou seu sobrenome de alguma forma, mas eles não me enganavam. Eu sempre suspeitei da verdade.

Meus companheiros de banda também foram entrevistados. — Ele simplesmente apareceu do nada — *The New York Times* cita Phil como dizendo —, durante meses, todos a conhecemos como essa tímida e reservada viúva e, de repente, ela se casa com esse misterioso russo. Ela disse que eles estavam namorando em segredo, mas eu sempre achei que havia mais nessa história. E ele era tão possessivo com ela. Perigosamente possessivo. Você poderia dizer que ele mataria qualquer um que ousasse olhar para ela por um momento a mais. Ele só tinha aquela aura letal sobre ele.

Leio esses artigos, procurando por uma menção de qualquer evidência específica ligando Peter ao ataque da bomba, mas não há nada, nem há nada sobre seu verdadeiro histórico e motivações.

Algumas agências de notícias afirmam que ele é um

espião russo e que o ataque foi a resposta não-oficial de Putin às sanções. Outros especulam que Peter é um assassino da máfia russa e que o ataque tem a ver com uma investigação em andamento. George também é mencionado como um corajoso jornalista cuja história sobre a máfia russa resultou em seu assassinato.

Não há nada sobre a pequena aldeia de Daryevo ou a família de Peter, nem uma única palavra sobre o erro terrível que levou à morte deles.

Alguns artigos falam sobre as mortes dos meus pais e as reações dos vizinhos ao tiroteio, mas não consigo lê-los. Cada vez que eu tento, minha garganta se fecha e meu coração começa a bater num ritmo irregular. O horror e a tristeza são muito fortes, muito recentes, assim como a culpa.

Eu falhei com meus pais, não consegui protegê-los da escuridão que trouxe para suas vidas, e eu não posso encarar isso ainda, mais do que eu posso imaginar um mundo sem eles.

É mais fácil fechar o olho para tudo, trancá-lo bem e me concentrar em sobreviver momento a momento, para me preocupar com a pessoa que eu amo e que ainda está viva.

Parando de andar, sento-me na beira da cama de Peter e sinto sua testa. Ele ainda está queimando, seu corpo lutando contra a infecção que está fazendo com que a ferida em seu lado pareça vermelha e inflamada.

Eu troco as ataduras dele, esmago a próxima dose de penicilina em pó e cuidadosamente dou a ele com colheradas de água. Ele está quase totalmente indiferente, mas eu consigo colocar a maior parte do remédio em sua garganta. Não é suficiente, ele precisa de coisas muito mais fortes, mas é o melhor que posso fazer por agora.

— Aguenta firme, querido — Sussurro, passando uma toalha úmida sobre seu rosto para esfriar. —, a ajuda está chegando. Apenas aguente firme e tudo ficará bem.

Tem que ficar.

Eu não suporto pensar diferente.

EU ESTOU COCHILANDO AO LADO DE PETER QUANDO A porta da frente se abre com um rangido alto.

A adrenalina é tão forte que estou em pé antes de poder processar o som. — O qu...

— Somos nós — Diz Ilya, passando pela porta com Yan. — Temos de ir. Agora.

Percebo que estou ofegante, uma mão pressionada ao meu coração martelando descontroladamente. — Vocês estão aqui. Vocês vieram.

Yan já está em pé perto de Peter. — Me ajuda — Ordena ele ao irmão gêmeo, e Ilya se apressa. Juntos, eles levantam Peter da cama e rapidamente o levam para fora da cabine.

Meu cérebro começa a funcionar e pego o material de primeiros socorros e corro atrás deles.

Do lado de fora há um SUV de cor escura com os faróis apagados, mas o motor ligado. — Fique atrás com ele — Yan diz quando ele e Ilya colocam Peter no banco de trás, e vão para a frente.

Eu me esforço para obedecer. — Há algumas armas no Toyota — Digo sem fôlego quando Yan pega no volante. — Devemos pegá-las ou...

— Não dá tempo — Diz Ilya, enquanto Yan acelera e o carro avança. — Se não sairmos do espaço aéreo americano antes das oito da manhã, eles vão derrubar nosso avião.

Respiro fundo e calo a boca, concentrando-me em proteger Peter do pior dos solavancos. Ele está deitado no banco de trás com a cabeça no meu colo, e com cada buraco que atingimos a toda velocidade, estou com medo de que ele voe do assento e abra os pontos.

A princípio, não tenho ideia de como Yan consegue enxergar bem o suficiente para dirigir sem faróis, mas depois de alguns minutos meus olhos se ajustam e começo a distinguir as formas das árvores e dos arbustos à luz fraca da lua crescente no meio da noite através das nuvens.

— Onde está o avião? — Eu pergunto quando finalmente chegamos a uma estrada asfaltada e a tortura dos dentes cessa. — A que distância é daqui?

— Não muito longe — Diz Ilya, olhando para mim enquanto Yan liga os faróis, provavelmente para se misturar melhor com os poucos carros que passam. — Só mais um pouco, só isso.

— Ok, bom. — Peter está febrilmente murmurando algo de novo, e eu não ficaria surpreso se pelo menos alguns de seus pontos se romperam. — Você acha que poderemos...

— Quieta. — A ordem de Yan é afiada. — Eu não posso perder a próxima curva.

Fico em silêncio novamente, deixando que ele se concentre em nos levar ao nosso destino. Em pouco tempo, entramos em outra estrada de terra, e Yan desliga os faróis enquanto embarcamos em outra aventura de quebrar os ossos.

Mantenho Peter tão imóvel quanto posso enquanto acaricio seu cabelo suado. Parece acalmá-lo, e isso ajuda a me manter calma também. Por mais aliviada que esteja de que não estamos mais sozinhos, sei que ainda não estamos fora da selva – literal ou figurativamente. A tensão no carro é palpável, a adrenalina no ar.

— *Zdes* — Diz Ilya de repente, e Yan vira à direita, quase me jogando para o ar. Consigo pegar os ombros de Peter, mas ele ainda geme em agonia quando sua perna machucada bate no banco da frente.

— Ele está bem? — Ilya pergunta asperamente, olhando para trás. O céu está começando a clarear com os primeiros sinais do amanhecer, e seu crânio raspado brilha na escuridão crepuscular, sua palidez marcada apenas pelo intrincado padrão de suas tatuagens.

— Depende da sua definição — Respondo, mantendo minha voz baixa. Eu não quero distrair Yan novamente. — Ele precisa de um hospital. Urgentemente.

— E você? — A voz firme de Ilya suaviza. — Eu ouvi o que aconteceu com os seus...

— Estou bem. — Meu tom é mais duro do que eu pretendia, mas não posso pensar nisso agora, não posso cutucar aquele poço escuro de pesar e desespero. Eu posso senti-lo borbulhando sob a superfície, mas enquanto eu não toco, não o abro, me impede de me afogar nele.

Ilya me estuda por mais um momento, depois, se vira para a frente. Espero que ele não tenha ficado ofendido, mas mesmo que tenha, não consigo reunir energia suficiente para me importar. Agora que não estou mais no comando de nos levar para a segurança, posso sentir-me começando a me desvencilhar, rosnando por um fio agonizante, e preciso de toda a minha força para me manter inteira.

Tenho que ser forte.

Se não for por mim, então, por Peter e nosso filho.

Continuamos por mais dez minutos e passamos para outra estrada pavimentada e vejo um avião de bom tamanho a uma dúzia de metros de distância.

— Este é o aeroporto? — Olho em volta, observando a floresta ao redor da estreita faixa de asfalto que parece não muito longa.

— Mais uma pista de pouso ilegal — Diz Yan, pulando para fora do carro. — Ilya, ajude-me a tirá-lo.

Saio do caminho enquanto eles levantam Peter para fora do carro e o levam para o avião. Agarrando os suprimentos de primeiros socorros, corro atrás deles, esperando ver Anton, o amigo de Peter e seu companheiro de equipe, lá dentro.

Para a minha surpresa, em vez do rosto barbudo de Anton, me deparo com as características duras de Lucas Kent – o traficante de armas em cuja casa eu fiquei em Chipre. Ele está dentro da luxuosa cabine, braços cruzados sobre o peito largo.

— Olá — Digo cautelosamente, e ele acena para mim, sua mandíbula quadrada apertada. Ele ainda deve estar chateado comigo por persuadir sua esposa, Yulia, a me ajudar a escapar.

Isso, ou ele está apenas preocupado com essa operação.

— Temos menos de duas horas antes do turno do meu homem acabar — Diz ele aos gêmeos, confirmando que é pelo menos parcialmente o último. — Coloque-o aqui — Ele acena com a cabeça em direção a um sofá de couro creme —, e vamos.

Os gêmeos fazem como Kent diz, e ele desaparece na cabine do piloto. Um minuto depois, os motores começam com um rugido, e eu me sento ao lado de Peter no sofá enquanto o avião começa a andar. Yan e Ilya se sentam na frente e eu olho pela janela, prendendo a respiração enquanto o avião acelera.

Com uma pista de pouso tão curta, é necessário um excelente piloto para decolar ali.

Aparentemente, Kent é um piloto infernal porque passamos entre as árvores sem nenhum problema. Eu posso ouvir os motores poderosos acelerando enquanto subimos em um ângulo íngreme, e uma onda de alívio passa por mim quando percebo que estamos no ar.

Não fora da fronteira ainda, mas, pelo menos, no ar.

Assim que o avião estabiliza, eu inspeciono as feridas de Peter. Há algum sangramento fresco em torno de sua panturrilha, mas os pontos em seu lado e no braço se sustentaram, embora o lado continue a parecer irritado e inflamado. Eu lhe dou outra dose de penicilina esmagada com água e coloco novas bandagens.

Pode ser minha imaginação, mas ele parece um pouco mais frio ao toque quando eu termino, e seu rosto parece mais relaxado. É mais como se ele estivesse dormindo em vez de estar com febre alta.

Passo uma toalha úmida sobre seu rosto e o pescoço para esfriar mais, depois, beijo sua bochecha áspera de barba por fazer e vou até onde os gêmeos estão sentados.

— Como ele está? — Pergunta Ilya, levantando-se. — Ele vai resistir até chegarmos ao hospital?

Eu engulo um nó na garganta. — Acho que sim. Isso é... sim, ele vai. — Não me permito pensar que ele não resistirá, realmente não, mas a horrível possibilidade estava lá, roendo meu peito e abrindo um buraco no meu estômago.

— Ele é um bastardo durão — Diz Yan, seus olhos verdes brilhando enquanto ele descansa em seu assento, parecendo um chefão corporativo em suas calças perfeitas de alfaiataria e camisa listrada. — Precisa mais do que algumas balas para matá-lo.

Eu rio de um jeito trêmulo, então, sinto a umidade no meu rosto.

Eu estou chorando?

Limpando a umidade, me viro, envergonhada, assim que uma grande mão toca no meu ombro, apertando levemente.

— Tudo bem — Diz Ilya com firmeza quando volto a encará-lo. — Você fez bem, *kroshka*. Ele vai conseguir, graças a você.

— E vocês — Digo com voz rouca. Não tenho ideia do que ele acabou de me chamar, mas soava mais como um carinho do que como um insulto. — Se vocês não tivessem vindo...

— Sim, você teria se fodido — Yan diz com naturalidade. — Eles estão aumentando muito a caça a vocês dois.

Eu assinto, segurando uma tremedeira. — Percebi isso quando vi as notícias. Eu nem posso começar agradecer a vocês por...

— Então, não agradeça. — Yan se levanta. — Não precisamos do seu agradecimento.

Eu sorrio, me sentindo um pouco desajeitada. — É muito gentil de sua parte, mas eu ainda digo que apreciei muito. Sei o risco que é...

Yan sorri sarcasticamente. — Sabe? Você é agora uma especialista a viver em fuga?

— Não, mas eu estou aprendendo mais sobre isso todos os dias — Digo. — Então, obrigada. Estou grata que vocês vieram, e tenho certeza de que quando Peter acordar, ele também estará. — Eu não tenho ideia do que Yan está tentando, mas suspeito que ele esteja brincando comigo, como um gato com um rato.

Tentando me livrar dessa imagem desconcertante, viro-me para Ilya. — Onde está Anton? — Pergunto. — Ele está bem?

— Está em Hong Kong com alguns negócios — Responde Ilya. — Não teria chegado aqui a tempo. Nós tivemos sorte que Kent estava no México conosco e ele tinha um avião. Caso contrário... — Ele dá com os ombros largos.

— Certo. — Eu mordo o interior da minha bochecha. — Preciso agradecer a ele também.

— Eu não faria isso — Diz Yan secamente. — Ele não é seu maior fã.

— Oh. — Então, o negociante de armas guarda rancor sobre minha fuga ou, pelo menos, o envolvimento de sua esposa nisso. — Eu acho que deveria me desculpar com ele primeiro.

— Por quê? — Yan parece estar se divertindo enquanto se inclina contra o lado de seu assento. — Porque você viu uma oportunidade e pegou? Ele teria feito o mesmo no seu lugar.

— Sim, bem, mesmo assim. — Eu me viro para a cabine do piloto, mas Ilya entra na minha frente, bloqueando meu caminho.

— Você não precisa fazer isso — Diz ele, sua expressão gentil. — Isso é entre ele e Peter.

— Ok... — Eu não sabia que havia um protocolo específico para essas coisas. — Eu acho que vou deixar isso entre eles, então.

Eu me viro para voltar para o assento de Peter, mas lembro-me de algo importante. — Aonde exatamente estamos indo? — Pergunto, olhando para os gêmeos novamente.

— Para a clínica na Suíça — Diz Yan —, para fazer este — Ele aponta para Peter — se levantar. E, depois disso, quem sabe. — Ele sorri sombriamente. — O mundo inteiro agora é sua casa, Sara Sokolov. Bem-vinda ao nosso tipo de vida.

PARTE III

CAPÍTULO 39

Peter

EU ACORDO COM UMA SENSAÇÃO DE BEM-ESTAR QUE desmente o desconforto no meu lado. Mãos suaves acariciam meu cabelo, e uma voz doce está cantando uma melodia suave, me fazendo sentir quente e relaxado.

Abrindo os olhos, eu vejo o olhar assustado de Sara. Ela está sentada na beira da minha cama, segurando um pente que ela deveria estar prestes a usar em mim.

— Você acordou. — Seu rosto se ilumina quando se levanta e se inclina sobre mim, deixando o pente na mesa de cabeceira. — Como está se sentindo?

— Bem. — Minha voz sai rouca, como se eu não a tivesse usado por um tempo. Minha boca está seca também, assim como minha garganta. Umedecendo meus lábios rachados, pergunto com voz rouca: — O que aconteceu? Onde estamos?

Com um sorriso aberto, Sara pega um copo d'água ao lado da cama. — Na clínica da Suíça. Os gêmeos Ivanov nos resgataram.

Tem muita coisa a ser esclarecida, então, eu sugo água de um canudo enquanto vasculho minhas lembranças. Lembro-me da bala rasgando meu lado e Sara me guiando em nosso carro, mas daí, as coisas ficam nebulosas, como uma confusão de cenas. Devemos ter mudado de carro em algum momento, porque tenho uma vaga lembrança de entrar num Toyota azul, mas, depois disso, tudo é um vazio. E antes do tiroteio...

— O bebê. — Eu aperto seu pulso, meu coração disparando. — Ptichka, você e o bebê...

— Estamos bem. — Ela retira o copo d'água, com um sorriso largo. — Eles me examinaram, e nós dois estamos perfeitamente bem.

Eu inspiro aliviado, depois, lembro de outra coisa. — Seus pais. — Meu coração parte ao meio quando seu sorriso desaparece. — Meu amor, eu sinto tanto...

— Não. — Ela se afasta. — Não quero falar sobre isso.

Fico olhando, meu peito doendo, quando ela se afasta, visivelmente se recompondo. Lembro-me mais agora, incluindo o agente em que ela atirou à queima-roupa.

Meu pequeno pássaro cantor, que dedica sua vida à cura, matou um homem.

Para me proteger... e vingar a mãe dela.

Ela puxou o gatilho não uma, mas três vezes.

Eu só imagino o que está passando por sua mente agora, com seus pais mortos e sua antiga vida irrevogavelmente perdida. Sem mencionar o trauma do tiroteio e a fuga que se seguiu.

Como ela nos tirou sozinha? Tenho certeza de que Yan não estava esperando do lado de fora da casa dos seus pais com um avião.

— Sara... — Eu me coloco numa posição sentada, aguentando uma tremedeira quando meu lado protesta de dor. — Meu amor, venha aqui.

Ela se apressa imediatamente. — O que você está fazendo? Deite-se. É muito cedo para você ficar se mexendo.

— Estou bem — Digo, mas eu a deixo me colocar de volta na cama. Eu gosto dela se agitando sobre mim, seu lindo rosto cheio de preocupação.

É melhor que o sofrimento reprimido.

— Me diz o que aconteceu depois que desmaiei — Falo depois que ela verifica minhas ataduras para se certificar de que não sofreram nenhum dano. — Há quanto tempo estamos aqui? Como conseguimos escapar?

Ela respira fundo. — É uma longa história. Mas, essencialmente, nos levei para a cabana que você me indicou, e enviei um email para Yan do seu telefone. Ele falou com Kent, e eles vieram com um avião – os gêmeos e Kent como o piloto. — Ela respira outra vez. — Isso foi há dois dias.

Dois dias atrás? Eu devo ter estado à beira da morte para ficar desacordado por tanto tempo.

Afastando as implicações do envolvimento de Kent, concentro-me em obter todos os fatos. — Ok, agora me diga a longa história — Digo, e então escuto, aturdido, enquanto minha esposa civil detalha sua entrada secreta no hospital e a maneira inteligente de como ela nos conseguiu um carro.

— Então, sim — Conclui ela —, depois que descobri o que você estava dizendo em russo e desbloqueei seu telefone, mandei um email para Yan, e os gêmeos vieram algumas horas depois. Yan disse que os dois estavam no México quando tudo aconteceu, trabalhando com Kent em algum serviço, era só uma questão de pegar o avião de Kent e seguir em frente. Ah, e subornar o cara do controle de tráfego aéreo de Kent com um milhão e meio de dólares. Yan disse que você lhe deve esse dinheiro.

Eu devo muito mais a Yan do que dinheiro, e ele sabe disso. A Kent também.

Bastardos manipuladores. Eu terei que fazer alguns favores sérios para eles um dia.

Notando meu telefone na mesa de cabeceira, eu pego e passo pelos emails para ver se os hackers conseguiram alguma informação sobre o bombardeio. Eu preciso descobrir como essa porra foi arquitetada.

Infelizmente, ainda não há nada, então, coloco o telefone de lado e pergunto a Sara: — Onde estão os gêmeos e Kent? Eles ainda estão por aí?

— Os gêmeos foram a Genebra para uma reunião

de negócios ontem, e Kent voou para casa — Diz Sara. — Anton está voando para cá de Hong Kong amanhã, tenho certeza de que você vai ver ele e os gêmeos.

Isso é bom. Vou precisar da ajuda deles para desvendar essa bagunça, depois que descobrir o que causou isso. Mas, primeiro, há algo importante que preciso saber.

— Ptichka... — Coloquei minha mão em seu joelho. — Por que você fez isso, meu amor? Você poderia ter esperado as autoridades chegarem e me deixar levar a culpa por esse agente. Ninguém teria sido mais sensato, e você poderia ter continuado com sua vida, mantido seu emprego e...

— E o quê? — Ela se levanta, olhando para mim. — Ver você ser preso enquanto sangrava até a morte? Deixar você à mercê de pessoas que não apenas estão convencidas de que você é um terrorista, mas que também o culpam pela morte dos seus colegas? Como você pode pensar que eu faria isso? — Ela fecha suas mãos em punho, seu corpo inteiro rígido de indignação. — Você é meu marido, o homem que eu amo...

— Também o homem que a torturou e sequestrou — Lembro ironicamente, mesmo quando o calor terno enche meu peito. Eu não tinha duvidado do amor de Sara, realmente não, mas uma parte de mim ainda deve ter pensado que ela abraçaria a oportunidade de se libertar, que se fosse uma escolha entre mim e sua vida normal, ela escolheria o último.

Suas sobrancelhas se juntam. — Mesmo? Vamos falar sobre isso agora?

— Não, meu amor. — Suprimindo um sorriso de prazer, eu bato na cama ao meu lado. Eu não deveria achar sua indignação tão adorável, mas não consigo evitar. — Vem aqui.

Ela não se move, apenas me olha de braços cruzados.

— Ok, então, vou me levantar e ir até você. — Eu me movo como se fosse sentar de novo, e de mau humor e frustrada, ela cai na cama ao meu lado.

— Deita quieto — Retruca ela, me empurrando para a cama. — Você vai rebentar os pontos. *Novamente.* — Apesar do seu tom duro, suas mãos são delicadas quando ela se curva para examinar os curativos, e quando respiro seu cheiro quente e doce, meu corpo se revira, reagindo à sua aproximação como sempre.

— Ptichka. — Tem um tom áspero na minha voz quando seguro seu pulso fino. — Meu amor, olha para mim. — Seus olhos de avelã encontram os meus e eu vejo sua pupilas dilatadas quando seguro seu crânio e a puxo para mim.

— Espera, você ainda não está...

Eu engulo seu protesto sem fôlego com um beijo. Seus lábios macios se partem em um suspiro, e invado sua boca, engolindo seu gosto e sensação viciantes. Não é o lugar ou a hora certa, mas eu não consigo parar, a fome subindo pelas minhas veias aquecendo minha pele até ferver.

Ela me ama.

Ela me escolheu.

Ela abandonou sua vida para me salvar.

Parece que a febre voltou para mim, só que não há dor junto. Eu queimo com a necessidade de tê-la, sentir aquelas mãos suaves na minha pele. Ela é minha, agora sem reservas, e enquanto guio sua mão sob os lençóis, as últimas algemas de nosso passado sombrio caem, deixando-nos unidos no presente.

Juntos, não importa o quê.

CAPÍTULO 40

Henderson

S ORRIO ENQUANTO LEIO O EMAIL QUE ACABOU DE chegar à minha caixa de entrada.

Deixando de lado a desafortunada fuga de Sokolov, meu plano funcionou como pretendido, especialmente em relação aos seus aliados. O uso de um explosivo fabricado por Esguerra no ataque terrorista abriu os olhos de todos para o perigo apresentado pelo império ilegal do traficante de armas, e a proteção especial que Esguerra desfrutou graças à sua relação de troca com o governo dos EUA se foi. Ele e todos os seus associados são agora presa fácil, e uma equipe já está a caminho da residência de Lucas Kent, em Chipre.

Melhor ainda, a Interpol está envolvida, exatamente como eu esperava. Os irmãos Ivanov foram vistos em

Genebra, o que significa que Sokolov pode não estar longe. Na verdade, meu contato está rastreando um boato sobre uma clínica secreta nos Alpes suíços especializada em pacientes do lado errado da lei.

Se tudo correr bem, a maioria dos meus problemas acabará em breve.

Em poucas horas, Kent, Sokolov e dois de seus amigos assassinos russos estarão mortos, e logo, as autoridades pegarão o assassino que falta, Anton Rezov. Então, será apenas uma questão de desmantelar a organização criminosa de Esguerra e conseguir o próprio chefão.

Uma vez feito isso, o reino de terror desses monstros acabará, e minha família e eu viveremos realmente em segurança.

ara

SORRINDO, ANDO PELO CORREDOR, MEUS LÁBIOS inchados e formigando do boquete que acabei de pagar a Peter. Suponho que deveria ter esperado algo assim, dada à libido sobre-humana do meu marido, mas ele ainda me pegou de surpresa.

Na minha opinião, pacientes de cama e sexo não se misturam.

Não que Peter seja um paciente típico. Depois que o trouxemos e colocamos o intravenoso nele, ele superou todas as expectativas – minhas e da equipe da clínica. É como se toda a sua vontade de ferro tivesse sido redirecionada para a cura. Poucas horas depois da nossa chegada, sua febre havia cessado e, se os médicos não o sedassem para que ele descansasse e se recuperasse, ele teria recuperado a consciência naquele momento.

Uma enfermeira passando por mim no corredor sorri e diz olá, e eu respondo.

Gosto da equipe aqui. Eles são legais, apesar de seus pacientes serem alguns dos piores criminosos conhecidos pela humanidade. Não que eu esteja muito em posição de julgar.

Eu sou agora uma criminosa.

Eu atirei em um homem a sangue-frio.

Ainda não pude processar isso, assim como não consegui pensar nos meus pais – ou o que significa sermos fugitivos, nossas fotos em todos os noticiários. Eu tenho me focado nos aspectos positivos, regozijando-me por estarmos ambos aqui, vivos e livres.

Que eu ainda tenho Peter e nosso bebê.

Ajuda viver cada momento, passar de uma tarefa a outra. Quando fico ocupada, não percebo o desgaste ou a crescente pressão da dor. Eu sou capaz de sorrir, embora uma parte de mim permaneça entorpecida por dentro.

É quase como quando eu puxei o gatilho, matei algo dentro de mim.

Tomando uma vida, eu perdi um pedaço de mim mesma.

— Olá, Dra. Sokolov — Diz o Dr. Jart quando entro no seu escritório. — Como está seu marido?

— Melhor. — Sorrio para o homem. — Muito melhor.

Suas sobrancelhas grossas e grisalhas se erguem. — Oh? Ele está acordado?

— Definitivamente. Embora eu possa ter... o esgotado. Quando saí, ele estava dormindo de novo.

— Ele vai fazer muito isso — Diz o Dr. Jart. — Seu corpo precisa dormir para se curar. — Ele se levanta e caminha ao redor de sua mesa. — Mas eu tenho certeza de que você sabe disso.

— Eu sei — Admito, observando enquanto ele tira um livro grande de sua estante. Com seu corpo gordo, ele me lembra um pouco do meu chefe Bill, embora, em termos de personalidade, o Dr. Jart seja muito mais amigável.

Eu conheci o doutor brevemente no ano passado, quando passei duas semanas aqui depois do acidente de carro. Quando ele entrou para verificar as feridas de Peter no outro dia, ele me reconheceu e nós começamos a conversar. Ao saber que sou ginecologista/obstetra, ele me convidou para ajudar uma paciente em trabalho de parto – o que fiz de bom grado, depois de me certificar que Peter estava estável e descansando.

Qualquer coisa para tirar minha mente dos acontecimentos dos últimos dias.

— Como vai a Maria? — Pergunto, referindo-me à dita paciente, a amante adolescente de um traficante mexicano que deu à luz gêmeos ontem. — Ela já foi para casa?

— Ela está se recuperando bem, mas não. — Dr. Jart suspira. — Gomez quer que ela fique aqui por pelo menos uma semana, e já que ele está pagando... — Ele dá de ombros, caminhando de volta à sua mesa.

— Entendo. — Ao contrário de um hospital tradicional que depende de pagamentos de seguro e adere a diretrizes rígidas em relação à duração da diária, esta clínica atende aos ultra-ricos do submundo, e são os pacientes – ou qualquer criminoso rico que os pacientes estão ligados – que decidem quando estão suficientemente curados.

— Então, Dra. Sokolov... — O médico se senta e me observa com olhos sombrios penetrantes. — A razão pela qual eu pedi para você vir é que eu queria discutir algo contigo.

— Certo. O que é? — Pergunto, sentada à frente do médico. Espero que eles tenham outro paciente para eu ajudar enquanto Peter estiver dormindo.

Eu preciso ficar ocupada para manter minha mente longe das coisas.

— Você consideraria se juntar a nós aqui? — Dr. Jart pergunta. — Eu não sei quais são seus planos com o Sr. Sokolov, dada as — Ele limpa a garganta — circunstâncias, mas poderíamos realmente usar uma médica com sua especialidade na equipe. Como você sabe, nosso obstetra, o Dr. Ludwig, é excelente, mas ele é homem, e algumas de nossas pacientes, especialmente aquelas de culturas mais tradicionais, ficam um pouco... desconfortáveis com esse fato.

— Oh. — Olho para o médico. — Obrigada. Não sei o que dizer.

Uma oferta de emprego – especialmente uma em

grande parte baseada no meu gênero – definitivamente não era o que eu esperava. Mas, novamente, por que eu deveria estar surpresa? Não há politicamente correto neste meu novo mundo sem leis, onde a violência faz parte dos negócios e as mulheres são vistas como extensões dos homens poderosos a quem pertencem.

— Tenho certeza de que você precisará conversar com o Sr. Sokolov — Diz o Dr. Jart quando eu não digo mais nada. — Se isso é algo que lhe interessa, é claro.

— Certo. — Suprimindo minha feminista interior, concentro-me na oportunidade real – que parece interessante. A perda da minha carreira é algo que evitei pensar também, mas sei que não poderei fazer isso para sempre. Dessa forma, eu ainda poderia ser uma médica, supondo que Peter concorde com a gente ficando aqui por perto.

Pelo que sei, ele está planejando que nos escondamos na Ásia novamente.

— Basta pensar nisso por enquanto — Diz o Dr. Jart. — Você não precisa nos dar uma resposta imediatamente, nem em breve. Entendemos que a situação — Ele limpa a garganta de novo — está volátil no momento, por isso, leve o tempo que precisar para decidir.

— Obrigada. — Levanto-me e aperto a mão dele. — Aprecio isso. — Eu me pergunto quantas vezes ele oferece emprego para suspeitos de terroristas que estão fugindo da lei. Ele não parece totalmente confortável com a 'situação', mas também não fica frustrado com isso.

Os arquivos pessoais neste local devem dar leituras interessantes.

Depois da reunião, paro no café do andar de baixo para pegar um lanche. Quando volto ao quarto de Peter, ele está acordado e procurando por mim.

— Onde você estava? — Pergunta ele, levantando-se para uma posição sentada, com visivelmente menos esforço desta vez. Sua velocidade de cura é notável, ou isso, ou sua tolerância à dor está fora dos gráficos. Ele nem mesmo estremeceu, embora o movimento deva ter puxado os pontos do seu lado.

Fico tentada a pedir que ele se deite, mas me contenho. Ele parece muito mais alerta agora, seus olhos cinzentos agudamente concentrados enquanto ele olha para mim, e eu sei que não vai demorar muito para voltar ao seu estado habitual.

— Eu estava conversando com um dos médicos — Digo, caminhando para sentar-me na beira da cama. — Ele me ofereceu um emprego.

As sobrancelhas de Peter se juntam. — Aqui? Neste lugar?

— Sim. Aparentemente, eles precisam de uma mulher obstetra. — Pegando sua mão, eu esfrego meu polegar sobre os calos em sua palma grande. — O que você acha? Nós obviamente teríamos que ficar na área, e eu não sei quão seguro é.

Nenhum trabalho vale a pena colocar em risco a nossa liberdade.

Peter fica em silêncio por um momento, refletindo sobre isso. — Não é a pior ideia — Diz ele finalmente. — Primeiro, porém, precisamos descobrir exatamente como isso aconteceu.

— Você quer dizer por que eles acham que você é responsável pela bomba?

Ele assente, e eu respiro segurando o aperto no meu peito. Tenho ponderado comigo mesma, e se Peter é inocente – o que acredito que ele seja – há apenas uma conclusão lógica.

— Alguém deve ter forjado a situação para te enquadrar — Digo. — Talvez até alguém dentro do FBI.

— Sim. —Sua expressão não muda. Ele já deve ter pensado nisso. — A pergunta é quem e por quê. — Ele pega seu telefone, como fez antes, e eu o vejo rolar seus emails rapidamente.

— Talvez os federais não tenham nenhum suspeito real, então, decidiram usar você como bode expiatório — Sugiro quando ele abre um email. — Provavelmente foi uma organização terrorista por trás da explosão, mas eles decidiram colocar isso em você. Alguém, além de Ryson, poderia ter ficado chateado com o negócio que você fez, então, quando a oportunidade surgiu... — Paro porque o rosto de Peter se transforma em granito.

— O que é? — Pergunto quando ele continua lendo sem dizer nada, sua postura mais tensa a cada segundo. Meus próprios músculos do pescoço estão bem tensos, meu coração disparado como se estivesse prestes a entrar em parafuso.

O que quer que esteja nesse email não é bom. Eu posso dizer pela sua expressão.

Ele levanta os olhos para encontrar o meu olhar. — Você se lembra quando eu te contei sobre o general aposentado, o encarregado da operação de Daryevo? — Sua voz tem uma suavidade letal. — Aquele que prometi deixar em paz em troca de anistia e imunidade?

— Sim, claro — Digo quando meu estômago aperta. — Henderson, certo?

— Certo. — Suas narinas se abrem. — A porra do Wally Henderson III.

Eu respiro fundo. — Ele é o cara por trás disso?

— Parece que sim. — Um músculo se move no queixo de Peter. — Antes de eles virem para mim, eu pedi aos nossos hackers que olhassem a explosão porque algo sobre isso não cheirava bem. E eles finalmente conseguiram os resultados.

— Eles disseram que Henderson forjou para que fosse você? Mas como? Por quê? Como ele poderia saber que esta tragédia iria acontecer?

Eles vieram atrás de Peter menos de vinte e quatro horas após o ataque. Até mesmo alguém com as conexões de Henderson precisaria de tempo para fabricar evidências fortes o suficiente para enviar uma equipe da SWAT para um bairro tranquilo e suburbano. Mesmo se Henderson tivesse participado na tarefa assim que soubesse da explosão, deveria levar dias, se não semanas, para...

— Porque ele provocou. — A expressão de Peter é selvagem. — O filho da puta foi quem colocou a bomba.

Fico de boca aberta. — O quê?

— Um homem que correspondia à minha descrição foi pego na câmera entrando no prédio como parte de uma equipe de zeladores no dia anterior à explosão. — A voz de Peter é forte o suficiente para quebrar uma pedra. — E minhas impressões digitais foram encontradas em uma das maçanetas que ficavam no terceiro andar, onde a bomba havia sido colocada. Quanto ao explosivo em si, foi muito original, um que é praticamente indetectável – que é como o meu sósia foi capaz de levá-lo através da segurança em uma lancheira. Você sabe quem tem acesso a esse tipo de explosivo?

Eu olho para ele, perplexa. — Não.

— Os militares dos EUA. Eles o obtêm diretamente do traficante de armas que o fabrica, Julian Esguerra.

Meu ritmo cardíaco aumenta novamente. — A mesma pessoa que arranjou o negócio para você? O cara para quem você fez esse favor?

— O mesmo. — A boca de Peter torce. — Então, você vê como eles poderiam pensar que sou o responsável, certo? Os militares dos EUA compram todos os lotes do explosivo que Esguerra fabrica e ele tem uma lista de espera de um quilômetro e meio no caso de eles pararem. No entanto, alguém que conhece pessoalmente o traficante de armas *poderia* obter meio quilo ou mais. Inferno, você provavelmente nem precisaria disso. É uma merda poderosa, como uma bomba nuclear, mas não radioativa.

Oh Deus. Agora me lembro de Peter falando sobre isso com Kent quando jantamos juntos em Chipre. Algo sobre o Tio Sam e restrições de fabricação para um explosivo indetectável. Era esse o explosivo em questão?

— Então, por que... — junto minhas ideias. — Por que você acha que é Henderson que está por trás disso? Poderia ter sido outra pessoa, digamos, o próprio Esguerra? Você disse que ele queria você morto em algum momento, e ele tem as conexões para fazer isso acontecer, certo? Ou talvez tenha sido algum outro inimigo seu?

— Porque isso tem pegadas da CIA por toda parte — Diz Peter severamente. — O zelador que se parece comigo, minhas impressões digitais na cena, minha conexão com Ryson e a bomba sendo plantada em seu andar, é tudo uma armação clássica. Eles estão fazendo esse tipo de merda desde a Guerra Fria. E adivinhe quem, segundo rumores, foi um agente disfarçado em sua juventude?

— Certo, Henderson. — Lembro-me de Peter me dizendo isso em algum momento. — Mas Esguerra também não tem algumas conexões na CIA? Não poderia ter...

— Não. — A mandíbula de Peter tensiona. — Além do fato de que ele já poderia ter me matado de mil maneiras diferentes, se ele realmente quisesse, ele não tinha motivos para foder com um relacionamento mutuamente benéfico com o governo dos EUA. Neste momento, as autoridades acreditam que ele é cúmplice no bombardeio, e eles estão prestes a ir atrás dele também.

— Oh, isso é... isso não é nada bom. — Pelo que eu sei, Esguerra tinha sido intocável até agora.

— Não, não é — Diz Peter sombriamente. — É por isso que preciso falar com o Yan agora. Porque os outros membros da equipe do zelador? Suas descrições combinam com Anton, Yan e Ilya, até as tatuagens no crânio de uma pessoa.

eter

Releio o email dos hackers pela terceira vez, enquanto checo compulsivamente o relógio do meu celular. Três horas atrás, liguei para Yan para compartilhar o que soube, mas ele não atendeu. Deixei-lhe uma mensagem de voz para me ligar de volta, daí, mandei uma mensagem de texto e enviei um email para ele, antes de fazer o mesmo com o irmão.

Nenhum dos gêmeos retornou ainda, e nem Anton.

Checo as horas novamente. São 11h33 da noite, apenas dois minutos depois da última vez que olhei. Sara está dormindo ao meu lado, seus cachos castanhos espalhados sobre o meu travesseiro, e por mais que queira me juntar a ela em um sono tranquilo, não consigo fechar meus olhos.

Meus instintos estão em alerta máximo novamente.

Com cuidado para não acordar Sara, levanto-me para a posição sentada e movo as pernas para o chão. Lentamente e com cuidado eu me levanto, ignorando a dor ao meu lado e na panturrilha. A sala gira quando dou o primeiro passo, mas minhas pernas são capazes de me apoiar.

Bom.

Eu não posso me dar ao luxo de ficar deitado se algo acontecer.

A meu pedido, algumas armas foram entregues no meu quarto, ando até o armário para inspecioná-las. Não é nada chique – apenas uma M16 e algumas Glocks – mas é melhor que nada.

Verifico cada arma e as carrego, tiro uma calça do armário e coloco-a debaixo da minha roupa hospitalar, tomando cuidado para não deslocar o curativo na minha perna. Meu coração está batendo rápido demais com o esforço, e estou suando como um porco, mas tiro o roupão do hospital e visto um suéter folgado, seguido por um par de meias e botas.

— Peter? — Ouço a voz sonolenta de Sara enquanto coloco uma das Glocks no meu tornozelo esquerdo. — O que você está fazendo?

Eu olho para cima de onde estou agachado. — Apenas me vestindo, ptichka. Não se preocupe.

— O quê? — Sara se senta, a sonolência evaporando de sua voz enquanto ela me observa. — Por que você está se vestindo? Você precisa ficar na cama, descansando, não...

— Acho que precisamos partir. — Levanto-me devagar, respirando por causa da dor. — Algo não parece certo.

Sara se transforma em uma estátua na cama. — Você acha que não estamos seguros aqui?

— Não acho que estamos seguros em nenhum lugar neste momento — Digo enquanto coloco a M16 por cima do meu ombro e enfio a outra Glock na minha cintura. — Além disso, estou preocupado de não ter retorno de Yan ou dos outros.

— Não teve? — Ela atravessa o quarto descalça e para na minha frente, a cor do seu rosto combinando com a camiseta branca que está usando no lugar do pijama. — Será que não estão apenas ocupados?

— Tudo é possível. — Pelo que sei, os gêmeos estão no meio de um ataque, e Anton está tendo problemas de recepção no avião. — Na nossa situação, porém, é melhor prevenir do que remediar.

— Mas para onde iremos? Três dias atrás, você estava fora de si e com febre. Você precisa estar num hospital, se curando...

— Estou bem agora — Interrompo. Enquadrando seu rosto delicado com a palma da minha mão, digo em um tom mais suave: — Não se preocupe, meu amor. Você fez a sua parte e agora é hora de eu fazer a minha.

E enquanto ela olha para mim com olhos enormes e assustados, eu beijo seus lábios tentadores, em seguida, pego suas roupas no armário.

CAPÍTULO 43

Sara

Eu me visto enquanto Peter tenta contatar Anton e os gêmeos novamente. Minhas mãos estão frias pelo estresse, meus dedos desajeitados, e são necessárias duas tentativas para amarrar os cadarços dos meus tênis.

— Alguma coisa? — Pergunto quando termino, e Peter balança a cabeça, seu rosto sombrio.

— Nada. Vou tentar Kent, ver se ele sabe de algo.

— Oh, boa ideia. — Mordo meu lábio quando ele disca um número e espera, telefone pressionado em seu ouvido.

— É Peter — Diz rapidamente. — Você... espera, o quê?

Ele ouve em um silêncio tenso enquanto Kent diz o

que aconteceu, e quando ele abaixa o telefone, dou um passo para trás ante sua expressão.

— A Interpol invadiu os restaurantes de Yulia. Todos eles — Diz ele com firmeza. — Lucas mal conseguiu tirar Yulia antes de irem para sua casa em Chipre. Agora, eles estão a caminho do complexo de Esguerra, na Colômbia, o único lugar que pode ser meio seguro para eles.

— Oh, Deus. — Sinto uma onda repentina de náusea. — Você acha que Yan e os outros...?

— Eles podem já ter sido levados, sim. De qualquer maneira, não temos um minuto a perder.

Segurando minha mão, ele me leva para fora do quarto, seus passos tão fortes e seguros como se ele não estivesse à beira de morrer poucos dias atrás.

Tenho que correr para manter o ritmo que ele define enquanto nos apressamos pelo corredor e na escada. — Não pelo elevador? — Eu pergunto, ofegante quando nos apressamos rapidamente para baixo, e ele balança a cabeça, apertando mais minha mão.

— Muito fácil de ficarmos presos.

Quero lembrá-lo de suas feridas e pedir-lhe para ter calma, mas não é a hora. Se as autoridades chegaram ao ponto de ir atrás de Kent – o braço direito de Esguerra e, portanto, outro intocável – Peter está certo sobre a clínica não ser segura.

Todas as regras usuais de engajamento não existem mais.

— Aonde estamos indo? — Pergunto, principalmente para me distrair da náusea crescente. O conhecido enjoo da manhã tem sido marcante em horários aleatórios do dia e da noite, e todo o esforço de descer as escadas não está ajudando.

— Um esconderijo — Peter diz sem olhar para mim, e percebo que seu rosto está extraordinariamente pálido, suas têmporas cobertas de suor do esforço.

Ele não está tão recuperado quanto finge estar.

Preciso de toda a minha força para reprimir um apelo para que ele pare e descanse. Em vez disso, aumento meu ritmo, para que ele não precise se esforçar para me guiar. — Você não vai me dizer onde é?

— Não. — Seu olhar sobe para o canto do teto, e eu vejo uma leve luz vermelha brilhando.

Claro. Câmeras.

Eu deveria saber melhor antes de perguntar.

Descemos o resto do caminho em silêncio e Peter para quando chegamos à porta do saguão. Lentamente, ele abre um pouco e espera, espiando pela fresta.

— Tudo livre — Murmura depois de um minuto, e eu expiro trêmula quando saímos.

— Sr. Sokolov — A recepcionista loira diz surpresa quando passamos pela sua mesa. — Vocês já estão saindo?

— Sim. Depois acerto a conta.

Ela começa a dizer algo, mas já estamos saindo do prédio para um pátio que serve de estacionamento. Está frio, mas lindo aqui fora, com o brilho branco do luar delineando os picos cobertos de neve dos Alpes suíços que nos rodeiam. Mas eu mal noto aquilo, enquanto Peter me leva para o estacionamento.

Meu estômago está agora dando voltas, e tenho que engolir repetidamente para evitar vomitar.

De repente, ele para e se agacha entre dois carros, me puxando para baixo com ele.

— Alguém está vindo — Sussurra ele, pegando sua M16, e um segundo depois, um SUV preto para na frente da clínica.

eter

Espero que os agentes da Interpol saltem do carro, mas, em vez disso, vejo um homem vestido todo de preto.

— Anton! — Eu me levanto e aceno, deixando-o me ver. Ele gira ao redor, aliviado.

— Entrem! — Grita, apontando o polegar para o carro. — Temos de ir.

Sara já está de pé ao meu lado e eu pego sua mão enquanto corro meio mancando na direção do SUV de Anton. Minha panturrilha queima como o inferno, e sinto como se tivesse rasgado alguns pontos no meu lado, mas nada disso importa.

Anton não entra em pânico facilmente, e ele parece mais do que um pouco nervoso.

Ele pula atrás do volante quando chegamos ao carro, e eu me jogo no banco de trás, rangendo os dentes contra uma onda de dor. Sara sobe ao meu lado e saímos do estacionamento antes mesmo de ela fechar a porta.

— Yan e Ilya? — Eu pergunto quando o pior da dor diminui, e Anton me dá um olhar sombrio no espelho retrovisor.

— A Interpol invadiu sua reunião em Genebra. Não tenho notícias deles desde então.

— Caralho — Fecho meus olhos, com um enjoo no estômago. Meu corpo ainda está combalido, fraco e instável, definitivamente sem qualquer tipo de forma para enfrentar um grupo de agentes armados se vierem atrás de nós.

Abrindo os olhos, olho para Sara e a encontro respirando lenta e profundamente, suas feições delicadas com um tom esverdeado pálido.

— Você está bem, ptichka? — Murmuro, e ela assente rapidamente.

— Enjoo matinal — Diz em um sussurro quase inaudível, e eu seguro sua mão, meu peito apertando com uma mistura de fúria e culpa.

Minha Sara está grávida. Este é o momento em sua vida quando o estresse é mais tóxico. Ela deveria estar descansando no conforto de nossa casa, sendo mimada por mim e sua família, não fugindo das autoridades, tendo testemunhado a morte de seus pais.

Eu nunca deveria ter concordado em poupar a vida

de Henderson. Esse *ublyudok* precisava pagar, e dessa vez ele vai.

Eu vou triturá-lo, pedaço por pedaço.

Primeiro, porém, precisamos sair disso vivo.

— Eu tentei entrar em contato com você — Digo a Anton quando ele se vira para a estrada que leva ao aeroporto privativo para os pacientes da clínica. — Você jogou seu telefone fora?

Ele concorda. — Tinha acabado de pousar e estava ao telefone com Yan quando a Interpol invadiu o local do encontro. Então, eu o destruí, por precaução.

— Bom. — Nossos telefones não são rastreáveis, o sinal é refletido pelos satélites de todo o mundo, mas é melhor não arriscar. — Alguma chance de eles terem fugido?

— Tudo é possível — Diz ele, mas não parece acreditar.

— Anton... — A voz de Sara está tensa. — Eu sinto muito, mas você pode parar o carro?

— Pare — Digo, e ele sai da estrada, freando bruscamente. O carro ainda está se movendo quando Sara abre a porta e se inclina para fora. Passo um braço em volta de sua cintura fina e coloco seu cabelo para trás com minha outra mão, segurando-o longe de seu rosto enquanto ela vomita.

— Sinto muito — Murmura ela quando está pronta, e eu lhe entrego uma garrafa d'água do estojo no chão.

— Não se desculpe — Digo quando Anton volta à estrada. — Isso é perfeitamente natural.

Eu mantenho minha voz calma, como se eu não

estivesse nem um pouco incomodado ao ver minha esposa vomitando ao lado da estrada enquanto corremos por nossas vidas. Como se a raiva não fosse como ácido em minhas veias, tingindo minha visão com um tom sangrento de vermelho.

— Você está doente, Sara? — Anton pergunta, e eu percebo que ele não sabe sobre o bebê ainda. E por que saberia? Acabamos de descobrir.

— Estamos esperando — Digo, e apesar dos meus melhores esforços, não soo nada além de tenso.

Se algo acontecer com Sara ou o bebê por causa disso, nunca vou me perdoar.

— Oh. — Anton parece sem palavras. — Isso é... Parabéns.

— Obrigado — Murmuro, e então, eu ouço.

Um barulho de sirenes à distância.

Caralho.

— Corre — Digo a Anton, mas ele já está pisando no acelerador, com o rosto tenso.

Eu me volto para Sara. — Coloque seu cinto de segurança.

Ela se esforça para obedecer, seus olhos de avelã em seu rosto sem cor enquanto verifico minhas armas.

As sirenes estão vindo de trás de nós - da direção da clínica - o que significa que minha intuição estava certa.

Eles vieram atrás de nós.

O rugido de um helicóptero logo se junta às sirenes, e Anton acelera ainda mais, fazendo uma curva íngreme na estrada a uma velocidade arrepiante.

— Vá devagar — Eu grunho enquanto Sara convulsivamente agarra minha mão. — Nós não podemos bater, você entende?

Se fosse só eu e Anton, eu arriscaria, mas não com Sara aqui.

Não quando ela quase morreu em um acidente em uma estrada muito parecida com esta.

Anton solta um pouco o acelerador e eu levo a mão de Sara aos meus lábios. — Vai ficar tudo bem, ptichka — Murmuro, beijando as juntas dos dedos. — Só precisamos chegar ao avião.

— Eles podem já estar nos esperando lá — Diz Anton —, se já sabiam sobre a clínica, podem saber sobre a pista de pouso também.

— A clínica está no mapa, mas a pista de pouso não — Digo, apertando a mão de Sara tranquilizadoramente quando a sinto tensa no meu aperto. — Eles precisam obter sua localização do pessoal da clínica.

Ou assim espero.

Porque poderíamos estar numa emboscada.

Anton não responde, apenas pisa no acelerador novamente quando chegamos a um trecho reto da estrada. Estamos a apenas alguns minutos da pista de pouso agora, mas o rugido do helicóptero está ficando mais alto a cada segundo, abafando as batidas de adrenalina do meu batimento cardíaco.

Finalmente, vejo seus faróis aparecerem atrás de nós enquanto fazemos outra curva fechada.

— Se abaixa — Grito para Sara, empurrando-a no

assento, abro a janela e me inclino para fora, ignorando a dor aguda do meu lado enquanto aponto minha M16 para o helicóptero.

Ele vira para trás das árvores antes que eu possa abrir fogo.

Eu espero, não querendo perder minhas balas.

Um segundo depois, o helicóptero aparece novamente, e dou uma rodada de tiros.

Ele dispara de volta, depois, se afasta novamente.

Caralho. Estamos quase na pista de pouso agora.

Eu espero até que o helicóptero apareça novamente, então, eu abro fogo, apertando o gatilho até que minha arma clica vazia e o helicóptero recua em um esforço para evitar minhas balas.

Voltando para dentro do carro, eu rapidamente recarrego e, em seguida, me inclino na janela novamente.

Desta vez, porém, o helicóptero não volta.

Isso não é bom.

Não temos como segurar-nos com esses filhos da puta atirando em nós.

O carro vira bruscamente e, quando olho para a frente, vejo que já estamos na pista de pouso, indo em velocidade máxima para o avião.

— Lançadores de granada dentro — Grita Anton, pisando nos freios. — Vou correr para pegá-los.

Os pneus gritam a dúzia de metros do avião, e eu cerro meus dentes quando meu lado bate na borda afiada de metal da janela do carro.

Se sobrevivermos a isso, Sara ficará chateada por eu ter fodido meus pontos.

Anton pula do carro, correndo para o avião, e eu forneço cobertura enquanto o helicóptero se aproxima. As sirenes estão ficando mais altas também; eles devem estar bem nos nossos calcanhares.

— Entra no avião, agora! — Eu grito para Sara, e pelo canto do meu olho, eu a vejo tentando obedecer.

Minha M16 clica vazia, mas não há tempo para recarregar, pego a Glock da minha cintura enquanto o helicóptero se afasta, depois volta, pulverizando o carro com balas. O vidro do meu lado explode, os cacos mordendo meu rosto e pescoço. Agarrando a Glock, eu abro a porta e caio, rolando para longe do carro enquanto atiro de volta.

Preciso que eles se concentrem em mim, não no avião ou na Sara.

Balas atingem o chão ao meu redor, enviando pedaços de asfalto voando para os meus olhos. Eu posso sentir o cheiro da pólvora, sentir a queimadura de chumbo quando passa.

Acabou.

Não vou conseguir.

Minha arma clica vazia assim que uma van preta chega na pista de pouso, guinchando até parar perto do nosso carro.

ara

Eu já estou no avião quando vejo uma van preta.

Interpol.

Eles nos alcançaram.

— Anton! — Eu grito sob o tiroteio e o barulho do helicóptero quando ele reaparece na porta do avião com um lançador de foguete apoiado em seu ombro. — Eles estão...

Bum!

O clarão da explosão queima minhas retinas, o som tão ensurdecedor que meus tímpanos quase explodem. O céu parece se transformar em uma bola de fogo, e pedaços ardentes de metal caem.

Puta merda.

Anton abateu o helicóptero.

Meu olhar atordoado passa para a van e vejo duas figuras familiares saltando.

— Yan! Ilya! — Eu nunca estive tão feliz em vê-los – especialmente quando eles se inclinam para colocar os braços de Peter sobre os ombros e correr juntos para o avião.

— Depressa! — Anton grita, e eu ouço as sirenes ficando mais altas. — Nós temos de ir agora.

Ele desaparece de volta dentro do avião e eu corro atrás dele, com os gêmeos e Peter nos meus calcanhares.

Os carros da polícia aparecem exatamente quando nossas rodas se levantam do chão.

— Então, eles estavam perseguindo vocês, não nós? — Confirmo com Yan enquanto limpo a sujeira e o sangue do rosto de Peter antes de remover alguns fragmentos de vidro da sua pele. Sinto-me bizarramente calma, como se estivesse fazendo um exame de Papanicolau de rotina em vez de tratar os ferimentos de meu marido depois de uma fuga angustiante.

Estou me acostumando com a vida em fuga, ou ainda estou em choque e a queda da adrenalina está prestes a me atingir.

— Sim, quase não conseguimos — Diz Yan do assento ao lado do sofá onde Peter está deitado. — O helicóptero estava voando à frente para nos emboscar, mas vocês devem ter chamado a atenção deles. — Enquanto ele fala, segura um espelho para aplicar uma pomada de antibiótico em seu ouvido, onde uma bala roçou, deixando um corte feio.

— Fico feliz que servimos como seu chamariz acidental — Diz Peter quando levanto a camisa para inspecionar a bandagem ao seu lado. Sua cor ainda está estranha, mas ele está consciente e aparentemente se sentindo bem o suficiente para ser sarcástico.

— Ei, foi um trabalho de equipe — Diz Ilya, um sorriso abrindo seu rosto largo enquanto ele descansa no seu assento, de alguma forma completamente ileso. — Não poderia ter sido melhor se tivéssemos planejado isso.

Balanço a cabeça, tentando não pensar de como foi correr para o avião enquanto Peter estava imobilizado pelo fogo do helicóptero. É um milagre que ele tenha sobrevivido, que *todos* nós sobrevivemos e fugimos.

Minhas mãos começam a tremer quando tiro o curativo de Peter, e a percepção me atinge.

Peter poderia ter sido baleado novamente.

Ele poderia ter sido morto, seu crânio destruído por uma bala como...

Não, para.

— Aonde estamos indo agora? — Pergunto para me distrair das lembranças que ameaçam invadir minha mente. Não posso mergulhar naquele poço escuro, não posso me concentrar no que aconteceu com meus pais ou poderia ter acontecido com Peter.

Eu não estou pronta para enfrentar isso ainda.

— Essa é uma boa pergunta — Diz Yan, largando a pomada para pegar o telefone. — Deixe-me ver se o nosso contato turco chegou. — Ele passa o dedo na sua tela algumas vezes e faz uma careta. — Porra.

— O quê? — Peter tenta se sentar, mas eu o empurro de volta.

— Fica parado — Digo, olhando para ele. — Não terminei ainda.

— Nosso cara do controle de tráfego aéreo está preso — Diz Yan enquanto Peter obedece, deixando-me limpar em torno de seus pontos rompidos. — Alguém descobriu sua renda por fora.

— Então, a Turquia está fora. — Peter não parece surpreso. — E Letônia?

— Deixe-me ver. — Yan disca um número, depois, começa a falar em russo.

O que quer que a pessoa do outro lado da linha esteja dizendo não deve ser bom, porque a carranca de Yan se aprofunda a cada momento.

— Qual o problema? — Ilya pergunta quando Yan desliga. — O que esse bastardo lhe disse?

— Aparentemente todos os aeroportos da Europa estão à procura do nosso avião — Diz Yan. — Isso inclui também pistas de pouso particulares. A Interpol colocou um preço ridículo por nossas cabeças, e os rostos de nós quatro estão espalhados em todos os noticiários como os suspeitos por trás do bombardeio do FBI. Eu não confiaria em ninguém agora; eles são tão propensos a nos entregar como a nos ajudar.

— Caralho. — Peter tenta se sentar novamente, e

desta vez, eu deixo. A calma induzida pelo choque se dissipou completamente, e sinto um cansaço terrível combinado com uma ansiedade apertando meu peito.

Podemos ter escapado, mas estamos longe de estar em segurança.

— Se a Europa está fora de questão, a nossa melhor aposta é a Venezuela — Diz Peter enquanto colo uma atadura nova no seu lado, sem nem notar que fiz. — Temos combustível suficiente para chegar lá?

— Deixe-me verificar com Anton — Diz Yan, levantando-se. Ele desaparece na cabine do piloto e reaparece um minuto depois. — Sim, mas não sobra mais nada — Relata ele. — Se alguma coisa der errado, estamos fodidos.

— Digo que devemos ir — Diz Ilya, coçando o crânio tatuado. — Pelo menos, vai ser quente lá.

— Me dê seu telefone — Diz Peter para Yan —, vou falar com Esteban. Enquanto isso, diga a Anton para estabelecer o curso para a Venezuela. De um jeito ou de outro, vamos aterrissar lá.

eter

A PORRA DO GANANCIOSO DO ESTEBAN EXIGE NADA menos que três milhões de euros para fazer os arranjos apropriados, mas não temos espaço para discutir.

Se não aterrissarmos no seu pequeno aeroporto, estamos fodidos.

Finalmente, toda a logística foi resolvida e eu fui até o assento de Sara. É grande o suficiente para dois homens, e ela parece minúscula encolhida com os joelhos até o peito enquanto olha pela janela do avião.

— Ptichka. — forço minhas coxas na frente dela, ignorando a dor puxando na minha panturrilha e lado enquanto descanso minhas mãos em seus tornozelos. — Meu amor, você está bem?

Ela se concentra em mim, piscando. — O que você está fazendo? Deveria estar deitado.

— Estou bem — Digo, mas ela já está em pé, me puxando em direção ao sofá. Suspirando, eu deixo, porque eu me sinto um lixo. — Deita comigo — Digo enquanto me estico no sofá. — Quero te abraçar.

Ela franze. — Mas seu lado...

— Não se preocupe com isso. — Eu a puxo até que ela não tem escolha a não ser se esticar ao meu lado. Rolando para o lado não ferido, eu a seguro por trás, inalando o perfume delicado do seu cabelo enquanto Ilya e Yan se viravam em seus assentos, dando-nos um mínimo de privacidade.

Ela está tensa no início, sem dúvida preocupada em esbarrar em um dos meus ferimentos, mas depois de um minuto, um pouco da rigidez passa. E é quando sinto.

Um tremor quase imperceptível em seu corpo.

Ela está tremendo toda.

Meu peito se aperta em agonia. Meu pequeno pássaro cantor não está fisicamente ferido – essa foi a primeira coisa que me certifiquei quando entramos no avião – mas isso não significa que ela tenha saído sem ter sido afetada.

O que ela acabou de passar é o suficiente para dar TEPT a um soldado experiente, quanto mais a uma mulher civil.

Uma mulher civil *grávida*.

— Como você está se sentindo, meu amor? — Pergunto baixinho, colocando minha mão em sua barriga. Talvez seja minha imaginação, mas parece mais magra do que o normal, como se ela tivesse perdido peso. E talvez ela tenha.

Entre o imprevisível enjoo matinal e todo o estresse, ela pode não estar se alimentando adequadamente.

— Eu estou bem — Murmura ela, mesmo quando sua respiração começa a acelerar. — É apenas…

— O efeito da adrenalina, eu sei. — Mantenho minha voz baixa e suave enquanto retiro minha mão de seu estômago para acariciar seu quadril. — Vai passar.

Ela inspira mais profundamente. — Eu sei. Tudo vai ficar bem.

— Vai sim — Prometo. — Vamos para nosso esconderijo, e tudo vai ficar bem.

É a primeira vez que minto para ela, e a julgar pela rigidez renovada de seu corpo, minha ptichka sabe disso.

Porque não vai ficar bem.

Nada pode desfazer o que foi feito e trazer de volta os pais de Sara.

Tudo o que posso fazer é buscar vingança, e isso farei.

Henderson vai orar pela morte muito antes de eu terminar com ele.

CAPÍTULO 47

*H*enderson

ESCAPARAM NOVAMENTE.

Fúria se mistura com o medo crescente no meu peito enquanto leio o último email do meu contato.

Eles escaparam, todos eles, bem debaixo do nariz da Interpol.

Mais um minuto, e Sokolov e seus amigos russos teriam sido cercados. A Interpol poderia ter pego todos os quatro de uma vez. Em vez disso, eles estão agora no ar, a caminho de alguma porra de lugar.

Isso sem mencionar a fuga bem-sucedida de Kent para o complexo de Esguerra na selva amazônica, onde até o governo colombiano considera impenetrável.

Se todos tiverem a chance de se reagrupar, estou

fodido – porque agora eles devem ter descoberto o que aconteceu e como.

Tomando fôlego para controlar uma onda de pânico, começo a escrever um email para o meu contato na CIA.

Ainda há tempo para interceptar o avião de Sokolov.

Apenas temos que contatar os aeroportos no mundo todo e levá-los a confrontar todos os agentes de controle de tráfego aéreo que possam remotamente aceitar propina.

CAPÍTULO 48

Sara

Eu devo ter cochilado no abraço de Peter porque acordo com o baixo murmúrio de vozes falando russo. Abrindo os olhos, vejo meu marido sentado com um laptop no colo e os gêmeos ao lado dele. Ele está apontando para alguma coisa na tela e falando na sua língua.

— O que está acontecendo? — Pergunto, sentando-me. Me sinto tonta, como se estivesse ausente por horas. E pelo que sei, estive.

É um longo voo da Suíça à Venezuela.

Os homens olham em minha direção. — Só tentando descobrir onde o sniper estava escondido — Diz Yan, ao mesmo tempo que Peter diz: — Nada, meu amor. Não se preocupe.

— Um sniper? — Um novo pico de adrenalina me atinge. — Que sniper? — Então, me lembro. — Oh, você quer dizer o que atirou no agente te prendendo, fazendo todos entrarem em pânico e começarem a atirar? Eu estava me perguntando sobre isso. Eu inicialmente pensei que poderia ter sido alguém tentando ajudar você, mas eles não estavam, estavam? Eles estavam tentando causar problemas.

Peter olha para Yan – ele achava que eu precisava ser protegida disso? – antes de se virar para mim. — É isso — Diz com firmeza. — Henderson deve ter contratado o atirador para ter certeza de que eu fosse morto durante a prisão. Suponho que o plano fosse me atingir, junto com todos que já me ajudaram, e na frente do público, para que nada pudesse ser escondido da mídia. Se eu tivesse sido preso, talvez conseguisse convencer as autoridades da minha inocência por encontrar os verdadeiros culpados, então, tudo poderia voltar a ser como era, e Henderson estaria em sérios apuros.

— Mas se ele tinha o atirador lá, por que não atirar em você ao invés de matar o agente da SWAT? — Pergunto, suprimindo um tremor quando a imagem da cabeça de Peter explodindo flui pela minha mente. — Se aquele atirador estava em posição...

— Bem, por um lado, o ângulo não era ideal para me pegar — Diz Peter —, ou, pelo menos, é isso que determinamos com base em minhas lembranças. Para conseguir aquele tiro, ele devia estar deitado no telhado da casa de três andares no bloco vizinho. Lembra, o branco, com telhado cinza?

Eu assinto e ele continua. — Bem, eu estava mais perto da casa, então, o teto deve ter me protegido, pelo menos parcialmente. Mas o mais importante, se eu *tivesse* sido baleado por um atirador desconhecido, teria levantado todos os tipos de suspeitas sobre quem realmente está por trás do ataque, e eu estou supondo que é a última coisa que Henderson queria. Mas com o agente sendo baleado, era quase certo que os policiais assumiriam que era alguém em conluio comigo, e eu seria morto no tiroteio resultante de qualquer maneira.

— E você quase foi. — Não consigo segurar um tremor desta vez. — Você chegou tão perto de morrer...

Os lábios de Peter se curvam em um sorriso frio. — Sim, mas infelizmente, para Henderson, eu não cheguei lá.

Olho para ele, os cabelos finos na parte de trás do meu pescoço subindo na promessa sombria em sua voz. Eu não esqueci desse lado dele, mas tinha sido fácil não pensar nisso quando estávamos falando sobre nossa vida suburbana. O Peter com quem eu tinha concordado em casar não tinha sido tão diferente do assassino vingativo que invadiu minha casa para matar George, mas tinha sido possível fingir quem ele era, que ele não era mais capaz das coisas terríveis que tinha feito para vingar Tamila e seu filho.

Exceto que ele é.

E sempre será.

E, agora, ele tem mais uma razão para ir atrás de Henderson.

— Como você vai fazer isso? — Pergunto, e até eu fico surpresa em como a conversa soa. — Você já tem um plano em andamento?

Porque Henderson *vai* morrer por isso. Eu sei tão certo quanto sei que Peter me ama. Meu marido letal fará seu inimigo pagar dez vezes, e, por mais errado que seja, não consigo me irritar moralmente com o pensamento.

O monstro recém-desperto em mim *quer* que Henderson sofra, conheça a dor e a perda devastadora.

O sorriso de Peter não vacila. — Não se preocupe com os detalhes, meu amor. Basta dizer que ele não vai sair dessa.

— Eu sei que ele não vai — Digo baixinho, segurando o olhar do meu marido. — Você não vai deixar.

Levantando-me, vou ao banheiro para me refrescar, ciente dos olhos de Peter me seguindo enquanto ando pela cabine.

eter

AS PESSOAS PROCESSAM O TRAUMA DE DIFERENTES maneiras. Algumas, desmoronam e nunca se recompõem. Outras, encontram uma força interna que as mantém a cada dia. Eu sempre soube que Sara era a segunda, mas nunca apreciei mais sua força interna do que agora, enquanto observo a porta do banheiro se fechando atrás de sua figura esbelta.

Ela é uma guerreira, meu passarinho, tão forte quanto qualquer soldado treinado.

— Então, você ainda acha que ela é toda doçura e leveza? — Diz Yan em russo quando eu retiro o olhar da porta e encontro seu olhar friamente divertido. — Porque pelo que vejo, sua pequena doutora perfeita parece ter desenvolvido uma grande sede por sangue.

— Cala a boca, Yan — Diz Ilya abruptamente antes que eu possa responder. — Agora não é a hora.

Sob quaisquer outras circunstâncias, eu já teria minhas mãos na garganta de Yan, mas Ilya está certo.

Estamos prestes a começar nossa descida e não há tempo para besteira.

— Vou fazer uma verificação de última hora da situação em terra — Digo a Ilya, ignorando intencionalmente Yan. — Esteban prometeu que tudo estaria pronto, mas você sabe o quanto eu confio nessa doninha.

— Certo. — Ilya pega o telefone de Yan do bolso de seu irmão e entrega para mim. — Boa ideia.

Eu disco o número do chefe de polícia venezuelano que eu tenho na minha folha de pagamento nos últimos três anos e espero a ligação. Se tudo estiver bem, Santiago não saberá por que estou ligando. Se não…

— Hola? — Ele responde.

— É o Peter Sokolov.

Há um momento de silêncio tenso; então, ele sibila ao telefone: — Por que diabos você está me ligando? É tarde demais; não há nada que eu possa fazer. Eles estão em todo o aeroporto. Eu te disse, eu não posso fazer nada quando todo o departamento...

Eu desligo antes que ele termine e olho para cima para ver um par de olhos verdes idênticos.

— Parece que a pista de pouso de Esteban é um 'não vá' — Digo normalmente. — Alguma outra ideia?

ara

VOLTO E VEJO PETER E OS GÊMEOS AGRUPADOS EM VOLTA da entrada da cabine do piloto. Todos os três homens estão de pé, gesticulando com movimentos rápidos enquanto discutem em russo com Anton.

Meu estômago afunda. — O que há de errado? Aconteceu alguma coisa?

— Nosso contato venezuelano nos abandonou — Diz Ilya por cima do ombro. — Ou talvez ele tenha sido pego, não sabemos com certeza. De qualquer maneira, a polícia está nos esperando pousar, o que significa que precisamos esticar nosso suprimento de combustível e chegar a outro...

— Não há como esticar o combustível, Anton lhe disse isso. — A voz de Yan é dura e afiada. — Eu digo que nós devemos arriscar com a polícia. Se o nosso combustível acabar, isso é morte certa, mas com os policiais...

— Nós temos sete por cento restante — Diz Peter —, isso é suficiente para nos levar a outro aeroporto próximo.

— Eles estarão esperando por nós de qualquer maneira — Diz Yan. — Já estamos no radar deles, e se calcularmos só um pouquinho errado...

— É melhor do que entrar numa armadilha certa — Diz Ilya. — Eu digo para pousarmos em outro lugar. Como uma pista de pouso privada, ou uma estrada, ou talvez até mesmo... — Ele para abruptamente e corre para o laptop que Peter estava usando.

— Qual o problema? — Pergunto, meu coração martelando.

— Colômbia. — Sua voz profunda é incongruentemente animada. — Não estamos longe do complexo amazônico de Esguerra, e ele tem uma pista de pouso dentro...

— Você está brincando, certo? — Yan cruza os braços. — Não há como nosso combustível durar tanto tempo, e isso supondo que Esguerra queira ajudar. Ele está afundado na sua própria merda agora.

— Sim, mas é tudo a mesma merda, você não vê? — Os dedos grossos de Ilya voam sobre o teclado. — Nós somos a razão pela qual ele está sob ataque. Assim...

— Então, ele vai alegremente evitar o problema para a polícia e atirar em nós mesmos — Diz Yan. —

De qualquer maneira, não vejo como teríamos suficiente...

— Vou checar a quantidade de combustível com Anton — Diz Peter e desaparece na cabine.

Eu fico olhando para ele, minha náusea voltando enquanto processo o fato de que não há boas opções para nós.

Mesmo se não ficarmos sem combustível no caminho para o complexo de Esguerra, é pouco provável que o traficante de armas nos receba.

— *Podemos* ter o suficiente para chegar até Esguerra — Diz Peter, reaparecendo na porta. — Tudo depende da velocidade e direção do vento. Neste momento, temos um vento forte. Se ficar como está, vamos conseguir.

— O vento? É nisso que estamos apostando?

Ninguém responde à pergunta retórica de Yan, então, ele caminha até o sofá e se senta, murmurando o que soa como maldições russas em voz baixa.

— Acabei de falar com Kent — Diz Ilya, olhando por cima do computador. — Ele está no complexo da Esguerra agora. Talvez ele consiga convencê-lo a nos deixar ficar um pouco com eles.

— Não há tempo para isso — Diz Peter. — Enquanto eles discutem o assunto, nós ficaremos sem combustível. Eu vou ligar para o Esguerra diretamente. Ele tem que nos deixar pousar. É a nossa única chance.

eter

O TRAFICANTE DE ARMAS COLOMBIANO ATENDE NO terceiro toque.

— Problemas no paraíso? — Ele diz suavemente.

— Contigo também, imagino — Respondo calmamente. A última coisa que quero é que Esguerra descubra qualquer indício de desespero. — Acho que podemos nos ajudar mutuamente.

Ele ri ironicamente. — Sim, claro.

— Você sabe quem está por trás desse show de merda?

— Eu tenho uma boa ideia. O ex-general, certo? O filho da puta que você não matou porque queria brincar de casinha nos subúrbios?

Caralho. Claro que ele já saberia disso. A

informação é tanto o comércio de Esguerra quanto as armas que ele produz.

Eu mudo de tática. — Escuta, lamento que isso tenha chegado a você e sua empresa. Mas a única maneira de consertar isso é expor Henderson e o que ele fez. E eu sei exatamente como fazer isso.

— Sabe? Não é esse o cara que você tem caçado sem sucesso por três anos?

Eu ignoro a zombaria em seu tom. — Sim, o que significa que ninguém sabe tanto sobre ele quanto eu e minha equipe. Levará meses, se não anos, para você coletar todos os dados que temos sobre seus amigos e parentes e para percorrer todos os esconderijos que já encontramos e eliminamos. Encare isso: Você precisa de mim para consertar rapidamente essa situação, antes de perder ainda mais dinheiro. Quanto os ataques às suas fábricas custam a você? Dez milhões por dia? Mais?

Eu estava apenas adivinhando sobre os ataques, mas a julgar pelo silêncio no telefone, eu atingi um ponto forte.

— Julian, me escute — Continuo enquanto Sara e os gêmeos olham para mim intensamente. — Eu posso derrubar Henderson e posso fazê-lo rapidamente. Tudo o que preciso é de um lugar para descansar um pouco e alguns dos seus recursos, e vou provar que você não teve nada a ver com a explosão. A essa altura, no próximo mês, você estará de volta às boas graças do Tio Sam e ficaremos longe de você para sempre. Ou você pode tentar lidar com isso por conta própria, e aguentar todas as agências de segurança depois...

— Foda-se você e sua equipe. — Não há dúvidas sobre a fúria na voz de Esguerra. — Você é a razão para essa porra de bagunça. E sabe de uma coisa? Aposto que se eu entregar você e os outros 'terroristas' da sua equipe para o Tio Sam, terei andado um longo caminho para reparar esse relacionamento.

— Será? Tem certeza? — É a minha vez de soar friamente zombeteiro. — Um explosivo perigoso, seu explosivo, foi colocado em solo americano contra o FBI. Cada agência está envolvida nisso, cada burocrata de alto a baixo. Você realmente acha que tudo será perdoado e esquecido se você entregar seus co-conspiradores? Porque isso é o que eles vão acreditar, você sabe, que você está apenas delatando seus parceiros. A menos que você exponha Henderson pelo que ele é e limpe seu nome rapidamente, você está tão fodido quanto nós.

Há outro longo e tenso silêncio na linha. Então, Esguerra diz asperamente: — Tudo bem. Eu posso te dar um lugar para ficar. Eu tenho um contato no Sudão. Quando chegar lá...

— O Sudão não dá — Interrompo. — Eu tenho um lugar diferente em mente.

— Oh?

— Seu complexo. Chegamos aí em uma hora.

E antes que ele possa responder, eu desligo.

Sara

Eu observo, com o estômago embrulhado, enquanto Peter calmamente coloca o telefone no bolso e volta para a cabine do piloto, provavelmente para informar Anton de que estamos indo para o complexo de Esguerra, independentemente dos sentimentos do traficante de armas sobre o assunto.

— Você sabe que ele pode nos derrubar quando nos aproximarmos — Diz Yan quando Peter reaparece um minuto depois —, e isso se o nosso combustível durar.

— Vai durar — Diz Ilya com confiança. — E ele não vai. Você ouviu Peter, Esguerra precisa que resolvamos essa bagunça rapidamente.

— Sim, claro — Yan murmura e se dirige ao banheiro na parte de trás do avião.

Minhas pernas não se sentem totalmente firmes quando ando até o sofá e me sento.

É assim que vamos morrer?

Não por uma bala, mas por um acidente de avião?

O sofá afunda ao meu lado e uma mão grande e quente cobre meu joelho. — Tudo vai ficar bem, ptichka — Peter murmura, levantando a outra mão para afastar meu cabelo. Seus dedos roçam minha mandíbula, o toque tão suave que me faz querer chorar.

— Como você sabe? — Eu sussurro, então, me repreendo por agir como uma criança carente.

Claro que ele não sabe.

Ele está apenas dizendo isso para me fazer sentir melhor.

— Porque eu conheço Julian — Ele diz suavemente. Ele não se barbeia há dias, e a barba escura acentua a palidez doentia de sua pele. No entanto, ele ainda, de alguma forma, irradia sua força e autoconfiança habituais. Eu sei que é mais provável que seja uma fachada, mas eu não posso deixar de me sentir segura quando ele pressiona seus lábios na minha testa, em seguida, envolve um braço poderoso em volta dos meus ombros, me colocando contra seu lado não ferido.

— Você deveria estar descansando — Murmuro depois de um minuto. Por mais forte que o meu marido seja, ele não é invencível. Foi há poucos dias que ele estava à beira da morte. Mas quando eu tento me afastar, ele me segura com mais força, e eu desisto com um suspiro, colocando minha cabeça em seu ombro.

Não vale a pena brigar.
Afinal, esta pode ser a nossa última hora juntos.

CAPÍTULO 53

Peter

O VENTO DE CAUDA ENFRAQUECE ASSIM QUE ESTAMOS prestes a começar nossa descida. Fico sabendo através de um anúncio conciso de Anton.

Desculpando-me, eu cuidadosamente me liberto do abraço de Sara e me dirijo a ele, grato por ele ter a perspicácia de falar em russo.

Minha ptichka já está bastante preocupada.

Ilya e Yan já estão dentro da cabine, com Yan agachado ao lado de Anton, segurando um computador.

— Quanto falta? — Pergunto sem preâmbulo.

— Não muito — Diz Anton. — Se a velocidade do vento não cair mais, poderemos ter o suficiente para uma aterrissagem difícil, ou talvez não. Depende de quão bem este avião funciona praticamente sem combustível.

— Tem alguma pista de pouso mais próxima? — Pergunta Ilya. — Uma estrada larga também funcionaria.

— Não consigo encontrar nada parecido no mapa — Diz Yan, e vejo-o aproximando-se de uma região densamente coberta de florestas no Google Mapa. — Estamos bem na beira da selva; não há nada além de árvores, rios e estradas estreitas de terra.

Eu seguro um palavrão.

Isto é ruim.

Realmente muito ruim.

Se fosse apenas nós, eu não me preocuparia tanto – as pessoas são conhecidas por sobreviver a acidentes de avião – mas mesmo um pouso forçado pode ser demais para Sara e o bebê.

— O que está acontecendo? — Ela diz atrás de mim, e eu me viro para vê-la olhando preocupada para os controles. — Aconteceu alguma coisa?

Ninguém responde. Até Yan não tem comentários sarcásticos.

— Nada, ptichka. Estamos nos preparando para aterrissar — Digo com voz normal e, pegando sua mão, eu a levo para fora da cabine.

CAPÍTULO 54

Sara

MINHAS ENTRANHAS PARECEM FOLHAS EM UMA tempestade de inverno enquanto Peter me guia até meu assento e me prende, apertando o cinto de segurança no meu colo até que seja quase difícil respirar. Então, ele vai até o sofá e tira as almofadas. Trazendo-as, ele as joga na minha frente, depois, abre um compartimento de bagagem e puxa uma mochila.

— O que você está fazendo? — Minha voz começa a tremer. — Peter, o que você está fazendo?

Ele não responde, apenas puxa uma longa corda e uma faca. Agarrando uma das almofadas, ele a amarra na parte de trás do assento na minha frente, exatamente onde minha cabeça iria bater se eu assumisse a posição clássica de queda de avião e algo me empurrasse para frente.

Ele pega a outra almofada e a coloca à minha esquerda, entre o meu assento e a janela. Ali já está bem apertado, então, ele não precisa usar a corda para segurá-la no lugar.

— Vamos bater? — É uma pergunta estúpida, pois, é óbvio o que está acontecendo, mas eu não consigo evitar. Quero que ele minta para mim novamente, que me diga que o que está fazendo não é nada mais do que uma precaução boba.

— Não, estamos aterrissando — Ele diz como se estivesse lendo a minha mente, e amarra a terceira almofada à minha direita, amarrando-a a mim.

Eu estava errada.

Eu não quero que ele minta.

Eu quero que ele me diga a verdade, daí, posso surtar.

O nariz do avião afunda e meu estômago faz o mesmo, quando sinto a súbita mudança na pressão da cabine.

— Peter. — Minha voz é surpreendentemente firme. — Por favor, senta.

— Em um momento — Diz ele e desaparece quando Yan e Ilya saem da cabine do piloto e tomam seus próprios lugares.

Alguns segundos depois, Peter reaparece com alguns travesseiros. Ignorando meus protestos, ele os amarra ao meu redor, com um pequeno em cima da minha cabeça. Quando ele termina, me pareço com um marshmallow humano.

Então, e só então, ele se senta ao meu lado.

— Pegue alguns desses travesseiros para si mesmo — Imploro, mas ele apenas aperta o cinto de segurança. — Por favor, Peter. Ou, pelo menos, dê alguns para seus companheiros de equipe. Por que eu deveria ter todos eles? Por favor, me escute...

— Não dê ouvidos a ela, Peter — Diz Ilya rispidamente da outra fileira —, vamos ficar bem.

— Mas...

— Relaxa, Sara — Diz Yan friamente. — Meu irmão está certo. Além disso, o preenchimento não ajuda muito.

Peter fala algo ríspido em russo – provavelmente uma bronca por me assustar desnecessariamente – e sinto meus ouvidos explodirem quando nossa descida se acelera.

— Sete minutos para o pouso — Anton anuncia no intercomunicador, e Peter chega do outro lado da mesa entre os nossos lugares, a mão dele escavando o monte de travesseiros para prender os meus. Seu aperto é tão forte como de costume, mas seus dedos estão frios quando envolvem minha palma.

— Seis minutos — Diz Ilya quando o avião se inclina para a esquerda, permitindo-me ter um vislumbre da floresta verde abaixo.

De longe, vejo uma grande área desmatada com um punhado de pequenos edifícios perto de um grande branco, mas o avião se inclina para a direita e tudo que vejo é o céu.

Um som estridente interrompe o zumbido constante dos motores. Parece um gigante limpando a garganta.

Eu paro de respirar, meus olhos arregalados para Peter.

Seu rosto está branco, sua mandíbula em uma linha brutal, mas seu aperto na minha mão permanece firme e reconfortante.

Os motores retomam seu zumbido, e eu inspiro o ar tão necessário. O suor frio está se acumulando sob minhas axilas, e todos os travesseiros me fazem sentir como se eu estivesse sufocando.

— Cinco minutos — Diz Ilya com voz rouca. — Só mais um pouco, e ele poderá acionar o trem de pouso sem estragar nossa trajetória de descida.

Os motores tossem novamente e voltam a funcionar.

O avião se inclina para a direita novamente e eu me forço a olhar pela janela.

O aglomerado de edifícios – o complexo de Esguerra, presumivelmente – está quase diretamente abaixo de nós agora, e vejo que o prédio branco é uma imponente mansão. Eu também noto o que parece torres de guarda na borda da área desmatada.

— Quatro minutos — Diz Ilya, e vejo o nosso destino: uma pista pavimentada a alguma distância da mansão, com uma densa floresta ao redor dos dois lados.

Os motores tossem novamente.

— Três minutos — Diz Ilya, sua voz tensa quando o trem de pouso começa a descer com um rugido.

Com um último ruído, os motores ficam em silêncio e os guinchos param.

Acabamos de ficar sem combustível.

— Ptichka. — A voz de Peter é estranhamente calma quando meu olhar aterrorizado encontra o dele. — Eu te amo. Agora, se segura.

ara

EU SEMPRE ACHEI QUE AVIÕES COM MOTORES COM defeito caíssem do céu como pássaros que haviam sido atingidos. Mas quando olho para Peter com terror paralisado, não sinto uma queda acentuada.

De alguma forma, ainda estamos deslizando para frente quando descemos.

— Sara. — Sua voz aguçada. — Curve-se e abrace seus joelhos. Agora.

Meus membros congelados obedecem de alguma forma e, pelo canto do olho, vejo-o assumir a mesma posição.

Oh, Deus.

Está acontecendo.

É real.

Vamos bater.

Estamos prestes a morrer.

Minha respiração rápida está forte em meus ouvidos, minha mão direita escorregadia de suor enquanto eu a empurro através do monte de travesseiros para tocar o braço de Peter.

Preciso senti-lo.

Preciso saber que estamos conectados ao final.

Então, sua grande mão envolve a palma da minha mão novamente e, por uma fração de segundo, é tudo o que preciso. O brilho de alegria é tão intenso quanto o pânico me consumindo, a onda de amor tão forte supera o medo da morte iminente.

— Eu te amo — Sussurro, virando a cabeça para encontrar o seu olhar prateado. — Sempre vou amar você, Peter... neste mundo e além.

O impacto inicial é como pousar num cavalo bronco empinando. O avião toca o chão com tanta força que salta duas vezes, cada um mais áspero que o outro. O cinto no meu colo é a única coisa que me impede de voar do banco, e meu ombro esquerdo bate na almofada do sofá enquanto o avião tomba violentamente para um lado antes de se nivelar.

O trem de pouso não deve ter descido até o fim, percebo quando o guincho agonizante de metal arrastando sobre o pavimento chega aos meus ouvidos por causa do barulho ensurdecedor do meu pulso. E, então, milagrosamente, estamos desacelerando.

Estamos no chão e desacelerando.

O reconhecimento disso é lento, e apenas quando paramos que eu compreendo completamente.

Sobrevivemos.

Ficamos sem combustível, mas ainda pousamos.

Respirando irregularmente, sento-me e abro os olhos – devo tê-los fechado durante o pouso – e vejo Peter já sentado, seu rosto sombreado pela barba enrugado com uma expressão preocupada enquanto ele solta a mão do meu aperto de dedos brancos.

Soltando o cinto de segurança, ele se levanta e rapidamente me livra dos travesseiros antes de me apalpar da cabeça aos pés.

— Você está bem? — Ele pergunta com voz intensa, e quando eu assinto, me vejo em seus braços e abraçada com tanta força que não consigo respirar. Não que eu precise. Isso, bem aqui, é tudo o que preciso. Seu calor se infiltra no meu corpo congelado, seu perfume reconfortante me envolve, e com meu ouvido pressionado contra seu peito poderoso, ouço seu coração batendo em sintonia com o meu.

Conseguimos.

Estamos juntos e vivos.

CAPÍTULO 56

Peter

SE FOSSE DO MEU JEITO, EU SEGURARIA SARA PARA sempre, sentindo seu calor e respirando seu cheiro, mas ainda há o nosso anfitrião obstinado para lidar.

Relutantemente, a solto e recuo. Ilya e Yan já estão na porta, abrindo-a e abaixando a escada, e vou ajudá-los.

Com certeza, do lado de fora há guardas armados suficientes para derrubar um pelotão. Eles cercaram nosso avião, e atrás deles estão pelo menos vinte SUVs com reforços, com mais uma dúzia parando enquanto eu olho.

— Fique aqui até que eu volte — Digo a Sara por cima do ombro, então, saio para o calor úmido da selva, totalmente preparado para ser baleado no local.

Só porque Esguerra nos deixou pousar não significa que ele vai nos deixar viver. Ele pode ter querido que nosso avião não fosse danificado.

Nenhuma bala me atinge, mas não é hora de relaxar enquanto desço as escadas, a adrenalina me ajudando a esconder o medo.

— Estou desarmado — Grito enquanto os guardas mais próximos levantam suas M16s. Eles devem ser novos; eu não reconheço nenhum dos seus rostos do meu tempo no emprego de Esguerra. — Diga ao seu chefe que estou aqui para vê-lo.

— Você está mesmo? — Diz Esguerra, saindo de trás de um grupo de guardas. — Que coincidência. Porque eu poderia jurar que seu avião simplesmente caiu aqui... visto vocês terem ficado sem combustível.

— Sim, bem, merdas acontecem. Vazamento de combustível no último minuto e tudo isso. —

Ele estala a língua em falsa simpatia. — Deveria demitir seu cara de manutenção. Vazamentos de combustível são perigosos.

— Não são? — Meu sorriso é tão afiado quanto a faca que escondi na minha bota. Apesar do que disse, nunca estou completamente desarmado. — Mas tudo está bem quando acaba bem. Estamos aqui agora, então, por que não deixamos os porquês para mais tarde e nos concentramos no que é importante: encontrar Henderson e resolver essa situação o mais rápido possível?

Os olhos de Esguerra se estreitam em linhas azuis e, por um momento, tenho certeza de que ele vai me matar. Mas o senso de negócios deve prevalecer porque ele apenas diz friamente: — Tudo bem. Você tem duas semanas para consertar essa bagunça. Diego levará você e sua equipe aos seus aposentos.

Ele se vira para sair e eu me permito exalar a respiração que estava segurando.

Estamos longe de estarmos seguros, mas acabamos de ganhar um tempo.

PARTE IV

CAPÍTULO 57

*H*enderson

— MAIS RÁPIDO — GRITO PARA JIMMY ENQUANTO ELE arrasta a mala para dentro do carro, sua expressão de tédio adolescente e petulante. Bonnie e Amber, minha filha de dezoito anos, já estão dentro do veículo, esperando tensamente.

Ao contrário do meu filho estúpido, elas entendem a seriedade disso. Sabem que se Sokolov e seus companheiros nos encontrarem, todos sofreremos mais do que a morte.

A derrota é um sabor amargo na minha língua quando entro no carro e bato a porta. De acordo com minhas fontes, Sokolov está agora no complexo de Esguerra também, o que significa que meus inimigos não estão apenas se reagrupando, mas se unindo.

Nós temos que fugir de novo.

Nós temos que nos esconder.

Pelo menos até eu descobrir outro jeito de chegar até eles.

Sara

EU ACORDO COM OS SONS SURPREENDENTES DE UM BEBÊ chorando, combinado com vozes de mulheres tentando acalmá-lo.

Abrindo meus olhos, me sento, querendo que meu cérebro comece a funcionar para que eu possa descobrir onde estou. E quando olho em volta da sala simples, com suas paredes brancas e tapete cinza, lembro-me.

Estamos na Colômbia, no complexo do traficante de armas.

Mais especificamente, estamos na casa que Diego – um jovem guarda que Peter aparentemente conhecera anteriormente – nos trouxe ontem. Suspeito que nosso anfitrião nos colocou aqui por minha causa. Yan, Ilya e

Anton ficaram com os guardas no quartel, mas Esguerra deve ter percebido que seria estranho para um casal morar com um bando de caras.

Fiquei feliz por isso; gosto da privacidade. Sem mencionar que a casa em si é boa – limpa e moderna, apenas minimamente mobiliada. Eu até encontrei algumas roupas no armário, e elas parecem estar perto do meu tamanho – um progresso, já que minhas roupas consistem apenas do jeans e suéter que eu cheguei.

— Essa não era a residência de Kent? Onde ele está hospedado? — Perguntou Peter quando paramos, e Diego explicou que Lucas e Yulia Kent estão na casa principal com os Esguerras, algo sobre segurança extra e conveniência para reuniões de negócios.

O choro parece estar vindo do lado de fora, então, me levanto e visto um roupão que encontrara no armário ontem. Vou espiar a janela do quarto pelas persianas fechadas.

Duas mulheres jovens de cabelos escuros estão agachadas sobre um bebê deitado num cobertor no gramado verde em frente à casa. Elas estão trocando a fralda da criança, e o bebê está chorando como se fosse a pior coisa do mundo.

Quem são elas?

E onde está Peter?

A julgar pelo sol forte do lado de fora, já é de manhã, o que, dado que desmaiei apenas algumas horas depois da nossa chegada ontem, significa que dormi por cerca de dezesseis horas.

Meu corpo deve ter precisado de descanso depois de todo o estresse.

Automaticamente, coloco a mão na minha barriga. Ainda está plana, sem sinal da vida crescendo aqui dentro, mas eu sei que está lá. Eu sinto.

Um bebê meu.

Dentro de alguns meses, vou trocar fraldas também.

Assumindo que ainda estejamos vivos.

Meu peito aperta, eu recuo da janela. Por um momento, eu quase esqueci a natureza precária de nossas circunstâncias, e o que nos trouxe aqui.

O rugido do helicóptero em meio ao tiroteio, empurrando o peito de papai num esforço inútil para recomeçar seu coração, o rosto de mamãe com um pedaço dele faltando...

Ofegante, caio de joelhos, meu coração dispara quando o suor frio cobre meu corpo. Por um segundo, foi como se eu tivesse sido transportada de volta no tempo, o flashback tão vívido que eu senti o cheiro metálico de sangue e senti o spray quente no meu rosto.

Oh, Deus.

Não posso fazer isso

Não posso relembrar.

Tremendo, fico de pé e tropeço para o banheiro ao lado, onde eu abro o chuveiro no mais quente e entro, deixando a água escaldante queimar o gelo dentro de mim.

Um dia, poderei pensar nos meus pais, mas ainda não.

Não por um longo, longo tempo.

A campainha toca assim que entro na sala de estar, vestindo um short jeans e uma camiseta que encontrei no armário. Eles me servem surpreendentemente bem. Como Peter disse sobre esta ter sido a casa de Kent antes, suponho que todas as roupas de mulher aqui são de Yulia.

Espero que ela não se importe se eu pegar emprestado.

A campainha toca novamente.

— Peter? — Grito, olhando em volta, mas não há resposta. Ele deve estar fora de casa.

Tomando um fôlego, ando até a porta da frente e a abro.

Lá fora estão as duas jovens que eu vi antes, com o bebê agora dormindo num carrinho. Elas parecem ter seus vinte e poucos anos e estão vestidas com vestidos de verão e sandálias casuais. Uma delas é pequena e surpreendentemente bela, com uma cascata grossa e brilhante de cabelos até a cintura e uma constituição esbelta e atlética, enquanto a outra é arredondada, com um sorriso brilhante e uma figura curvilínea. Para meu choque, as duas parecem familiares.

Onde as vi antes?

— Olá — Diz a pequena garota, me estudando com uma expressão peculiar. Seus olhos são enormes e escuros em seu rosto com feições delicadas. — Você deve ser a esposa de Peter. Sou Nora Esguerra.

O nome faz-me lembrar – além do agora familiar 'Esguerra'.

— E eu sou Rosa Martinez — Diz a outra garota com um leve sotaque espanhol. Como Nora, ela está me encarando como se eu fosse algum tipo de animal exótico, e percebo que o nome *dela* também é familiar.

Nós definitivamente nos conhecemos. Mas de onde?

— Oi — Digo devagar enquanto uma lembrança ressoa no fundo da minha mente. É algo de anos atrás, relacionado ao meu hospital... — Sou Sara Cobakis, ou Sokolov. — Ou Garin, ou qualquer outra identidade que Peter nos faça assumir depois.

— E você é médica, certo? — Nora inclina a cabeça. — Eu não sei se você lembra, mas...

— Você foi minha paciente! — Eu exclamo quando me lembro. Meu olhar cai sobre Rosa e meu choque se intensifica. — Vocês *duas* foram.

Eu lembro agora. Foi há anos, não muito depois do acidente de George. Eu fora chamada à emergência para tratar duas jovens mulheres que tinham sido agredidas numa boate. Uma delas, Rosa, havia sido estuprada, enquanto a outra, Nora, sofrera um aborto no processo ao tentar defender sua amiga.

O marido de Nora também estivera lá, um homem incrivelmente bonito que parecia estar prestes a matar todos, exceto sua jovem esposa.

Seria Julian Esguerra?

Já conheci o homem de quem tanto ouvi falar?

Os lábios de Nora se curvam em um sorriso. —

Você tem uma boa memória. Tenho certeza de que teve milhares de pacientes ao longo dos anos.

— Sim, mas... — Percebendo que estou mantendo-as do lado de fora como algum tipo de vendedor de porta em porta, dou um passo para trás e abro a porta. — Por favor, entrem. Vocês devem estar com calor em pé aí.

— Obrigada — Diz Nora, entrando e Rosa segue, empurrando o carrinho na frente dela.

— Esse é o seu filho? — Pergunto a Rosa, mas ela sorri e balança a cabeça.

— É da Nora.

— Oh, sim, esta é Lizzie. — Nora empurra para trás a cobertura do carrinho e se inclina para pegar o bebê dormindo. Colocando-a suavemente no ombro, ela sorri para mim. — Ela tem cinco meses.

— Parabéns — Digo baixinho. Lembro-me de como ela ficou arrasada no hospital, preocupada com a amiga. E Rosa... É difícil acreditar que a garota espancada que eu tratei naquela noite é a mulher de olhos brilhantes em pé na minha frente. Se não fosse pela presença de Nora, poderia levar mais tempo para reconhecê-la; metade do rosto de Rosa estava inchado e com crostas de sangue quando a vi pela última vez.

— Obrigada. — O sorriso de Nora diminui um pouco e, depois, volta com força total. — Ela é o nosso mundo, e é por isso que eu disse a Julian que devemos te dar abrigo, não importa o quanto ele esteja chateado com a situação de Henderson.

Eu pisco para ela. — O quê?

Rosa não tão sutilmente chuta o pé de Nora e diz algo em espanhol rápido.

— Tenho certeza de que ela sabe sobre Henderson — Diz Nora, franzindo a testa para a amiga antes de olhar para mim. — Você sabe sobre Henderson, certo?

— Sim, claro — Digo. — Estou confusa sobre o que sua filha tem a ver com nos dar abrigo.

— Ah, isso. — Nora parece aliviada. — Peter não te contou? — Ante meu olhar confusa, ela explica: — Seu marido fez um enorme favor para nós nos últimos meses, um que pode ter salvado Lizzie das garras de um homem muito mau.

— E você — Lembra Rosa, e Nora assente.

— Certo, e eu. E a vida de Julian também, embora ele não queira reconhecer essa parte.

— Ah, entendo. — Este deve ter sido o favor que Peter havia mencionado - o que finalmente lhe rendeu o acordo de anistia. Eu quero fazer um milhão de perguntas sobre isso e tudo, mas primeiro, eu preciso parar de ser uma anfitriã tão ruim. — Vocês gostariam de algo para comer ou beber? — Ofereço. — Acho que Peter estocou a geladeira ontem...

— Não, obrigada — Diz Nora e se senta no sofá.

— Um copo d'água para mim, por favor — Diz Rosa quando olho para ela.

Grata por ter algo a fazer, vou até a cozinha e encho dois copos com água filtrada da geladeira, um para mim e outro para Rosa. Como o resto da casa, a cozinha é limpa e moderna, quase excessivamente chique. Eu definitivamente posso imaginar Lucas Kent sentindo-se em casa aqui; a estética minimalista parece algo que o atraia.

— Então, como você e Peter se conheceram? — Nora pergunta quando eu volto para a sala de estar e entrego a Rosa seu copo d'água. Ela está agora no sofá ao lado de Nora, e Lizzie está de volta ao carrinho, ainda dormindo pacificamente.

Ela deve ter se cansado com todo aquele choro anterior.

— É uma longa história — Digo em resposta à pergunta de Nora quando me sento numa cadeira em frente a elas — E você e seu marido? E o que os levou a Chicago daquela vez? Você é originalmente da área?

Não tenho certeza se quero entrar nos detalhes da minha primeira reunião com Peter. Por mais legais que essas moças pareçam, não posso esquecer que elas estão do lado do nosso anfitrião – um homem que, se não é precisamente o inimigo de Peter, certamente não é seu amigo.

— Meus pais moram em Oak Lawn — Diz Nora —, então sim, eu sou originalmente da área de Chicago. E você é de Homer Glen, certo?

— Sim. Uau, que coincidência. — Oak Lawn fica a menos de uma hora de carro de Homer Glen.

A esposa de Esguerra e eu éramos praticamente vizinhas.

Nora sorri. — Não é? Muito louco. Quanto a como Julian e eu nos conhecemos, foi numa boate em Chicago. Ele estava na área a negócios, e eu estava com uma amiga comemorando meu aniversário de dezoito anos. Algumas semanas depois, ele me sequestrou e...

Eu quase cuspo a água que comecei a beber. — Ele *o quê?*

— Não é tão ruim quanto parece — Diz Nora, em seguida, sorri, balançando a cabeça. — Oh, o que estou falando? É tão ruim quanto parece. Mas estamos felizes agora, então, isso é tudo que importa. E você? Como conheceu Peter?

— Sim, como? — Rosa repete, e eu sinto algo mais do que simples curiosidade em seu olhar atento.

Eu olho de volta. Algo mais está puxando a parte de trás do meu cérebro, algo grande... E, então, me lembro.

Claro.

Como poderia ter esquecido?

Virando-me para encarar Nora, digo calmamente: — Você já sabe como nos conhecemos. Ou, pelo menos, deveria... porque foi você quem deu a lista de Peter para ele.

Peter

É INCRÍVEL O QUE UMA NOITE DE SONO SÓLIDO PODE fazer. Meu lado ainda dói quando me movo, minha panturrilha e meu braço doem fracamente, mas sinto-me infinitamente mais recuperado quando me sento à mesa de Kent e Esguerra.

Ilya, Yan e Anton juntam-se ao meu lado e sorrio enquanto uma gorda mulher de meia-idade traz um prato de frutas cortadas e biscoitos.

Isso é uma melhoria da forma como Esguerra costumava realizar reuniões de negócios neste escritório. Não havia comida naquela época, até onde me lembro.

— Obrigado, Ana — Digo, quando ela coloca o prato no meio da mesa oval, e a governanta se vira para mim, feliz por ser lembrada. Eu não tive muitas interações com ela quando trabalhei com Esguerra, mas tenho uma boa memória para nomes.

— Bem-vindo de volta, Sr. Sokolov — Diz ela com um sotaque espanhol notável. — É bom vê-lo novamente.

— Igualmente — Digo, e ela sai da sala.

Meu sorriso desaparece quando volto minha atenção para os dois homens sentados à minha frente. Nenhum dos dois parece particularmente satisfeito por eu estar aqui e por um bom motivo.

De acordo com nossos hackers, houve um ataque aos escritórios da Esguerra em Hong Kong na noite passada.

Alheio à tensão na sala, Ilya pega um biscoito. — Que troço bom — Diz ele ao dar uma mordida, e Anton faz o mesmo, pegando um biscoito e um cacho de uvas.

Esguerra os olha friamente, depois, se vira para mim. — Então, Henderson.

— Certo. — Eu coloco uma pasta grossa na mesa para ele. — Isso é tudo o que temos do bastardo. Enviaremos os arquivos por email também, para o caso de você querer analisar os padrões de dados.

— Suponho que você já fez isso? — Kent pergunta, e eu assinto.

— Cerca de uma dúzia de vezes.

— E? — Kent pergunta.

Eu dou de ombros. — Nada conclusivo por enquanto. Mas tenho algumas ideias.

E como Esguerra inclina-se para frente, esqueço o que restava da minha consciência e digo o que quero fazer.

Se Henderson pensava que estávamos em guerra antes, ele estava errado.

Isso é guerra, e muito antes de terminarmos, ele se curvará e implorará por misericórdia.

CAPÍTULO 60

Sara

DIANTE DE MINHAS PALAVRAS ACUSADORAS, NORA estremece, mas não desvia o olhar. — Então, você sabe sobre a lista? Quando li seu nome nos jornais pela primeira vez, fiquei pensando se foi isso que juntou vocês dois.

— Você quer dizer se você é a razão pela qual ele invadiu minha casa para descobrir a localização do meu agora falecido marido me torturando? — Pergunto sarcasticamente, e Nora estremece novamente.

— Foi isso que aconteceu? Eu esperava que talvez Peter a poupasse, ou pelo menos... — Ela abaixa o olhar. — Esqueça.

— Ela queria entrar em contato com você, sabe —

Diz Rosa, inclinando-se. — Quando percebemos quem você era, Nora queria falar com você e avisá-la sobre Peter.

Eu olho para a esposa de Esguerra. — Você fez isso? — Não teria ajudado George – Peter eventualmente o teria rastreado de qualquer maneira – mas talvez se eu tivesse sido avisada antecipadamente, eu não teria sido pega de surpresa na minha cozinha naquela noite.

Talvez eu tivesse concordado em me esconder, como os agentes federais queriam que eu fizesse, e Peter teria encontrado outra maneira de chegar a George.

Talvez meu perseguidor e eu nunca tivéssemos nos conhecido.

Meu peito se contrai com o pensamento e, para minha surpresa, percebo que não quero isso.

Mesmo depois de tudo o que aconteceu, tudo o que perdi, se tivesse uma máquina do tempo e pudesse magicamente reescrever a história, não o faria.

Eu escolheria o meu aqui e agora com Peter sobre qualquer vida sem ele.

— Sim, mas eu não fiz. — Nora olha para mim, seu olhar sombrio. — Eu sinto muito, Sara. Vi o nome do seu marido na lista quando enviei para Peter e, quando estávamos no hospital, pensei que algo sobre o seu crachá parecesse familiar, mas não coloquei dois e dois juntos até mais tarde. E quando eu fiz... — Ela inspira. — Bem, isso não importa agora.

— Isso importa — Diz Rosa, seus olhos castanhos

brilhando. — Ela não fez isso porque o marido a impediu.

— Rosa... — Nora começa, mas sua amiga coloca a mão em seu joelho.

— Não, deixe-me terminar. — Ela me olha diretamente. — Se você vai culpar alguém, Sara, deveria ser eu. Eu disse a Señor Esguerra o que Nora estava planejando, e ele se assegurou de que ela não fizesse aquilo.

Eu pisco. — Você fez? Por quê?

Eu realmente não me sinto ressentida pela falta do aviso – elas obviamente não tinham nenhuma obrigação de me fazer nenhum favor – mas não entendo por que Rosa interferiria de qualquer maneira.

— Porque Peter Sokolov é um homem perigoso. — Seu olhar seguro. — Talvez tão perigoso quanto o próprio Señor Esguerra. E depois de tudo o que Nora tinha passado, a última coisa que ela precisava era que ele viesse atrás dela e do Señor Esguerra por interferir. Seu marido estava obcecado pela lista; ele teria acabado com qualquer um que estivesse no caminho da sua vingança.

— Sim, eu sei — Digo secamente. — Eu estava lá.

É a vez de Rosa desviar o olhar.

— Então, como você acabou se casando com ele? — Pergunta Nora, olhando para mim com um olhar solene. Se não fosse por aqueles olhos grandes e sombrios, com sua pequena estatura e pele suave como bebê, ela poderia ser confundida com uma adolescente. Mas o olhar dela a trai.

É o olhar de uma mulher – uma que conhece mais do que seu quinhão de sofrimento.

Ela disse que seu marido a sequestrou quando ela tinha dezoito anos. Como foi isso para ela? Eu tinha vinte e oito anos quando Peter entrou na minha vida e tive problemas para lidar com as complexidades emocionais de nosso relacionamento distorcido. Como essa garota fizera isso numa idade tão jovem?

Como ela conseguira sobreviver a um homem que, por todas as indicações, é um diabo encarnado?

— Eu imagino que do mesmo jeito que você acabou casada com o *seu* marido — Digo enquanto ela continua olhando para mim, esperando pela minha resposta. — Eu comecei odiando Peter e, depois, ao longo do tempo, isso simplesmente... mudou. Depois que conseguiu a localização de George de mim, Peter o matou e desapareceu, mas, depois, ele voltou por mim.

Eu poderia contar a ela toda história bagunçada, mas não preciso. Ela entende; vejo nos seus olhos.

— Sinto muito, Sara, pelo meu papel no seu infortúnio — Diz ela calmamente. — Eu espero que um dia você me perdoe. E para valer a pena, às vezes você tem que mergulhar na escuridão para encontrar a luz mais brilhante. Isso é o que *eu* tive que fazer, pelo menos.

Eu sorrio, prestes a dizer a ela que não há nada para perdoar, quando o bebê começa a se agitar. Rosa pula e corre para o carrinho, claramente feliz por ter algo para fazer, e Nora se levanta também.

— Devemos ir, deixar você se instalar — Diz ela

quando Rosa pega o bebê e acalma seus gritos balançando-a para frente e para trás — Se precisar de alguma coisa, qualquer coisa, estamos a uma curta distância, na casa principal.

— Obrigada. Vocês têm sido mais do que generosos — Digo a ela, e estou falando sério. Só agora vejo o valor de ela ter convencido o marido a nos dar abrigo; sua observação foi tão improvável que quase passou despercebida.

Quem sabe se Esguerra nos deixaria pousar se não fosse por ela?

Nós podemos dever nossas vidas a esta jovem mulher.

— Foi bom te ver de novo, Sara — Diz Rosa, abrindo um sorriso brilhante enquanto entrega uma Lizzie agora calma para Nora, e eu sorrio de volta, mesmo quando meu olhar é atraído para o bebê.

— Você gostaria de segurá-la? — Nora pergunta suavemente, e eu assinto, um formigamento quase elétrico percorrendo-me enquanto eu pego sua filha.

Ela é macia e quente, como um pequeno pacote de almofadas aquecidas, e quando a coloco contra o meu ombro, do jeito que eu vi Nora fazer, ela vira a cabeça e olha para mim com enormes olhos azuis.

— Ela é linda — Sussurro com reverência, e ela é. Sua cabeça minúscula é coberta por um cabelo escuro e sedoso, e sua pele macia e delicada tem um lindo tom de pálido dourado. Todos os bebês devem ser fofos, mas este aqui... Ela vai ser uma destruidora de corações, posso dizer.

Como meu filho vai se parecer?

Ele ou ela terá as feições de Peter?

— Ela gosta de você — Diz Nora. — Olha como ela está olhando para você. Ela está hipnotizada.

Tiro meu olhar da pequena criatura nos meus braços para me concentrar em sua mãe. — Sua filha é incrível — Digo a Nora sinceramente, e ela sorri.

— Julian e eu achamos que sim, mas somos suspeitos.

— Eu também acho — Diz Rosa, sorrindo —, mas provavelmente também sou suspeita.

— Você tem filho? — Pergunto a ela, e ela balança a cabeça, seu sorriso desaparecendo.

— Não, infelizmente não. — Ela vem até mim e pega o bebê. — Vem cá, Lizzie, querida. Você quer vir com a tia Rosa, não é?

Eu não estou totalmente pronta para deixar o bebê, mas não tenho escolha. Lizzie se joga nos braços de Rosa com um gorgolejo feliz e, de imediato, o lugar onde a segurei pressionada contra mim parece frio e vazio, meu peito oco de um jeito novo e estranho.

Isso deve ser o que parece querer uma criança – desejar realmente uma. Já lidei com bebês antes e gostei, mas nunca senti nada desse tipo.

Talvez seja porque estou grávida. A natureza está me preparando para ser mãe, liberando os hormônios para ter certeza de receber a criança quando ela vier.

Minha mão toca minha barriga no piloto automático, enquanto olho Rosa cuidadosamente colocar o bebê em seu carrinho, e quando olho para ela, os olhos de Nora estão fixos em mim como que compreendendo o gesto.

— Falta quanto para você? — Ela pergunta baixinho, e Rosa ofega, virando-se para olhar para mim.

— Você está grávida?

Mordo meu lábio. Ainda é cedo para contar a todos, mas não tem por que mentir. — Sim — Admito. — Com seis semanas.

— Uau, parabéns — Exclama Rosa, olhando para a minha barriga.

— Sim, parabéns — Nora repete com um sorriso caloroso. — Estou muito feliz por você e Peter.

— Obrigada — Digo, sorrindo.

Minha antiga vida se foi, mas talvez este seja o começo de uma nova, completa com novas amizades.

Talvez, com o tempo, recuperarei um pouco do que foi perdido.

CAPÍTULO 61

eter

Eu me aproximo da casa assim que a porta da frente se abre e uma pequena mulher de cabelos escuros sai com um carrinho de bebê, dizendo: — E apesar de Dr. Goldberg não ser ginecologista/obstetra, ele tem uma máquina de ultrassom. Julian encomendou para mim quando eu estava grávida. Então, ele certamente pode dar uma olhada, certificando-se de que você e o bebê estejam bem. — Ela se vira e para de repente. — Oh, olá, Peter.

— Oi, Nora — Digo. Então, eu vejo sua amiga, a jovem empregada da casa, de pé atrás dela na porta, com Sara ao seu lado. — Olá, Rosa — Cumprimento a empregada antes de voltar minha atenção para a única pessoa que importa para mim. — Ptichka, você está bem?

Sara acena com a cabeça. — Estou perfeitamente bem. Nora estava me contando sobre o médico residente, para o caso de eu querer fazer um check-up depois de tudo. Mas não acho...

— Essa é uma excelente ideia — Digo com firmeza. — Vamos pedir a ele para te examinar hoje. — Eu me lembro de Goldberg do meu tempo aqui, e apesar de preferir que Sara seja examinada por um obstetra, o cirurgião de trauma de Esguerra é tão brilhante quanto necessário.

— Tudo bem — Diz Sara. — Mas ele tem que examinar você também.

Dou de ombros. — Se você quiser. — Quando chegamos ontem, ela trocou todos os meus curativos e deu alguns pontos novos, eu mais do que confio no seu trabalho. Mas se ela se sentir melhor com outro médico me vendo também, não me importo.

Qualquer coisa para manter minha esposa grávida calma e contente.

Nora limpa a garganta e percebo que esqueci completamente que ela e Rosa estão ali.

— Desculpem-me — Digo, recuando para deixá-las passar, e enquanto o carrinho passa por mim, vislumbro um rosto minúsculo com olhos azuis brilhantes.

Lizzie Esguerra.

Meu peito aperta com uma dor súbita e feroz. Porra, eu sinto falta de Pasha. Depois de todo esse tempo, ainda me bate como uma bola de demolição saber que ele se foi, que o bebê de bochechas pintadas que se transformou numa criança inteligente nunca irá à escola, nunca crescerá e terá seus próprios filhos. Nada pode preencher esse vazio doloroso, mas quando meu olhar cai sobre Sara, sinto o pior da dor diminuindo, um calor curativo substituindo a agonia da dor.

Posso nunca mais segurar o Pasha, mas vou segurar meu filho com Sara. Eu já posso imaginar isso. Se for uma menina, ela será doce e graciosa, como uma pequena bailarina, e se for um menino... Bem, ele não será o Pasha, mas também o amarei.

— Obrigada de novo — Diz Sara, acenando para Nora e Rosa enquanto se dirigem para a mansão de Esguerra, elas acenam de volta com sorrisos quando eu entro na casa e fecho a porta.

$\mathcal{H}$enderson

EU ESFREGO MEU PESCOÇO ENQUANTO OLHO PELA JANELA para a paisagem gelada.

A cabana é tão isolada quanto possível, longe das hordas de turistas que invadem a Islândia na esperança de ver a aurora boreal.

Meus inimigos não nos encontrarão aqui, embora eu saiba que eles farão o máximo para tentar. Por enquanto, minha família e eu estamos seguros, mas não me iludo se podemos ficar aqui por um período de tempo mensurável.

Em breve, teremos que fugir de novo, nos esconder de novo.

Isto é, a menos que eu consiga derrubar Sokolov e seus aliados.

Meu novo plano é arriscado – na verdade, insano – mas não vejo outro jeito. Eles não vão parar de vir atrás de mim e, eventualmente, ficaremos sem lugares para nos esconder.

A boa notícia é que eu já conheço as pessoas certas para executar essa missão – a mesma equipe que usei para colocar a bomba no FBI. Eles são inescrupulosos e altamente qualificados, oponentes dignos para os meus adversários.

O que eu preciso agora é colocar as mãos no layout do complexo colombiano de Esguerra.

Então, eu posso levá-los para a batalha.

CAPÍTULO 63

Sara

Eu tento fazer Peter descansar, mas ele insiste em fazer o café da manhã, e estou com muita fome para discutir. Ele está claramente se sentindo melhor hoje, sua cor de volta ao tom normal e saudável e seus movimentos apenas um pouco rígidos.

Se eu não soubesse que ele foi atingido por três balas há menos de uma semana, não acreditaria.

Enquanto devoramos nossas omeletes na cozinha, falo sobre a visita de Nora e Rosa e sobre o fato de que as conheci uma vez, muito antes de conhecê-lo.

— Nora abortou? — Diz, franzindo a testa, e eu percebo que ele não sabia.

— Sim. Vejo que você saiu do emprego de Esguerra antes?

Ele concorda. — Saí logo depois que o resgatei do grupo terrorista que o capturou no Tajiquistão. Lembra que te falei que ele ficou irado por eu ter colocado a esposa dele em perigo durante o resgate? Bem, ela definitivamente não estava grávida na época – ou se estava, eu não sabia. Não a teria deixado me convencer a usá-la como isca se eu soubesse disso.

Certo. Porque Peter tem um fraco por bebês. Eu vi o olhar no seu rosto quando ele viu Lizzie, a agonia misturada com um desejo carinhoso. Isso partiu meu coração, apesar de me fazer amá-lo ainda mais.

Ele será um pai maravilhoso, tão carinhoso quanto meu pai foi.

— Ele não está respirando. Sara, ele não está respirando.

Já estou de joelhos, empurrando o peito de papai enquanto conto baixinho, depois, me inclino para respirar em sua boca.

Seu peito sobe com o ar que eu lhe dou, mas cai e permanece imóvel.

Lutando contra o meu crescente pânico, começo novamente as compressões torácicas.

Um, dois, três, quatro...

— Sara!

Ofegante, olho para Peter confusa. Seu rosto é uma máscara de preocupação enquanto ele me segura pelos braços, e nós dois estamos em pé, mesmo eu tendo estado sentada e comendo um segundo atrás.

— O que aconteceu? — Pergunto com voz rouca quando ele se senta e me puxa para o seu colo, envolvendo seus braços fortes em torno do meu corpo trêmulo. Fico feliz que ele esteja me segurando porque não tenho certeza se posso ficar em pé sozinha. Minha frequência cardíaca está na zona supersônica e o suor gelado está escorrendo pelas minhas costas.

— Você ficou pálida e começou a hiperventilar. — Sua voz está tensa. — E quando te toquei, você começou a gritar.

— Eu... o quê? — Minha garganta está dolorida também, percebo quando a toco com mãos trêmulas.

— Eu quero que você vá a um terapeuta. — Seu olhar prateado é firme. — O mais breve possível.

Balanço minha cabeça no piloto automático. — Não, eu estou b...

— Você não está bem. — Seus braços se apertam em volta de mim. — Você teve um flashback completo. Você não estava aqui; estava em outro lugar. O que você viu? Foram seus pais? Você os viu morrer?

Eu hesito, a dor como uma bala no meu coração. — Não — Minto em desespero. Eu não posso falar sobre isso, não consigo pensar sobre isso. Posso sentir as memórias sombrias borbulhando sob a superfície, ameaçando me sugar. — Não é isso. É apenas...

Caio dolorosamente de lado, minha cabeça batendo na lateral do sofá enquanto ouço outro tiro e um spray metálico e quente atingiu meu rosto e pescoço.

— *Peter!* — *Aterrorizada por ele, eu caio de joelhos, limpando o sangue dos meus olhos, e, então, eu vejo.*

Mamãe estava esparramada no chão, com o rosto salpicado de sangue.

Ou melhor, a maior parte do rosto dela.

Parte de sua bochecha e crânio está faltando, deixando um buraco sangrento onde uma maçã do rosto costumava estar.

— Sara. Porra, Sara!

O rosto de Peter está ameaçador quando olha para mim, seus olhos estreitos e seu grande corpo tenso. Ele deve ter me sacudido, tentando me fazer sair do flashback, porque minha pele está machucada onde seus dedos agarraram meus braços com força excessiva.

— Sinto muito — Sussurro irregularmente. Meu pulso está na estratosfera, minha garganta tão dolorida como se eu tivesse engolido espinhos. Eu não entendo por que isso está acontecendo, por quê, de repente, minha mente está provocando esses truques terríveis em mim.

— Não, não. — Liberando meu braço, ele segura minha bochecha, sua palma grande quente na minha pele congelada. — Não se desculpe, meu amor. Não é sua culpa. Nada disso é culpa sua.

E quando ele pressiona meu rosto contra o seu ombro, me balançando para frente e para trás, fecho meus olhos e tento o meu melhor para acreditar nele.

CAPÍTULO 64

eter

MINHAS ENTRANHAS ESTÃO DANDO NÓS ENQUANTO VEJO Goldberg examinar Sara. O homem baixo e careca é um cirurgião de trauma por formação, mas parece saber o que está fazendo – e qualquer médico é melhor que nenhum.

Claro, Sara é médica, mas não pode fazer seu próprio exame ginecológico.

— Bem, pelo que eu posso ver, você e o bebê estão perfeitamente bem — Anuncia ele quando termina, e solto um suspiro aliviado.

Próximo passo: levar Sara a um terapeuta para lidar com esses terríveis flashbacks.

Picos de gelo ainda agarram meu peito quando penso em como o rosto dela ficou branco e vazio,

327

como se toda a vida tivesse deixado seu corpo. E quando a hiperventilação e a gritaria começaram... Porra, eu daria qualquer coisa para nunca mais vê-la naquele estado novamente. Eu sei o que é TEPT – já vi isso em muitos soldados – e ter minha ptichka sofrendo assim foi mais do que eu poderia suportar.

Preciso fazê-la melhorar.

Preciso desfazer o dano que causei.

— Mas, eu tenho certeza de que você sabe disso melhor do que eu, você precisa evitar o máximo de estresse possível — Diz Goldberg para Sara, e ela assente, parecendo ela mesma, a médica calma e capaz. E se eu não a tivesse visto desmoronar na nossa mesa da cozinha, duas vezes, há menos de uma hora, seria fácil acreditar que ela está bem.

Que os eventos da semana passada foram apenas um pontinho em seu radar emocional.

Mas eles não são. Não podiam ser. Tão forte quanto minha ptichka é, ela tem sofrido muita coisa para não causar impacto nela. Ela se segurou enquanto estávamos no modo de sobrevivência, mas agora que estamos relativamente seguros, sua mente e corpo estão se recuperando, tentando lidar com o trauma extremo.

Até onde sei, ela nem chorou pelos seus pais, ou falou sobre o homem que matou.

Eu não sou psiquiatra, mas isso não pode ser saudável. Talvez seja por isso que os flashbacks estão atingindo-a com tanta força: porque ela está lutando contra seus sentimentos, recusando-se a pensar em sua dor.

Eu também vi isso nas Forças Armadas. Jovens soldados querendo parecer fortes, tentavam controlar seus sentimentos a ponto de *perderem* o controle sobre eles inteiramente. Segurar esse tipo de trauma nunca funciona; os homens sempre acabavam desmoronando, ou se voltando para drogas e álcool para conseguir lidar. Meus pesadelos depois de Daryevo de lado, eu nunca tive esse tipo de problema – mas, novamente, eu tenho sorte de certa forma.

Tenho estado no modo de sobrevivência a maior parte da minha vida.

— Obrigada, Dr. Goldberg — Diz Sara, saindo da mesa, e quando ela vai atrás de uma cortina para colocar suas roupas, eu puxo o médico de lado.

— Ela está realmente bem? — Pergunto em voz baixa. — Porque ela acabou de perder os pais e, no geral, os últimos dias foram... difíceis.

O médico suspira, retirando as luvas. — Eu não sei o que te dizer. Fisicamente, ela está saudável. Emocionalmente... Bem, esse não é o meu departamento. Você pode querer falar com Julian, ver se ele pode trazer alguém à propriedade para ela falar. Eu sei que há alguns anos, Nora estava passando por um momento difícil, e ele trouxe uma terapeuta aqui para ela. Talvez ele pudesse fazer o mesmo por sua esposa?

Eu estava pensando em conseguir que Sara visse um

psiquiatra remotamente, mas em pessoa seria ainda melhor.

— Obrigado, eu vou falar com ele — Digo a Goldberg quando Sara retorna, e ele assente, sorrindo.

— Boa sorte. E lembre-se: mantenha o estresse baixo, ok?

— Obrigada. Faremos o nosso melhor — Diz Sara, sorrindo para ele. É seu doce sorriso caloroso e, por um segundo, sinto uma pontada feia de ciúmes. É ilógico – o médico é cem por cento gay – mas não consigo evitar.

Não via esse sorriso dela há dias.

Não desde que ela perdeu tudo por minha causa.

ara

PETER ESTÁ QUIETO ENQUANTO VOLTAMOS À NOSSA CASA, sua expressão fechada. Eu sei que ele está preocupado comigo, mas gostaria que ele conversasse comigo, me distraísse dos meus pensamentos. Em vez disso, ele segura minha mão em silêncio e, por mais reconfortante que seja seu toque, não é suficiente para impedir que minha mente vagueie... indo a lugares que eu não posso ir.

— Então, Esguerra vai te ajudar a pegar Henderson? — Pergunto com rosto alegre – em parte porque estou curiosa, mas também para ter algo para falar. — Você vai atrás dele, certo?

Peter olha para mim. — Sim, e ele vai.

— Oh, bom. Você já sabe como vai encontrá-lo?

— Temos algumas ideias — Ele diz vagamente, depois, fica em silêncio novamente.

Ótimo. Ele provavelmente não quer falar sobre isso, para que eu não tenha outro surto. É assim que vai ser conosco a partir de agora, com Peter pensando que sou tão frágil que posso me desabar com a menor provocação?

A pior parte disso é que não tenho certeza se ele está totalmente errado. Depois do que aconteceu no café da manhã, minha mente parece um campo minado, cheio de armadilhas e perigos ocultos. Eu não sei o que vai me provocar e fazer com que essas lembranças terríveis apareçam. E Peter nem sabe sobre o mini flashback que eu tive esta manhã, antes da visita de Nora e Rosa.

Se ele soubesse, estaria convencido de que sou um caso perdido.

— Como você está se sentindo? — Pergunto, decidindo me concentrar num tópico mais inócuo. — Como está o seu lado?

Ele sorri para mim. — Muito melhor, obrigado. Mais alguns dias e fico bem como novo.

— Mesmo? Você se curou incrivelmente rápido.

Seu sorriso desaparece. — Tenho uma casca grossa.

Enquanto eu não. Eu sou uma flor frágil, desmoronando se ele disser *boo*. Ele não disse, mas ouvi as palavras de qualquer maneira.

É como se eu *sentisse* sua preocupação por mim.

Desistindo da conversa, eu me concentro em nossos arredores. Estamos passando pelo que deve ser as acomodações dos guardas; vejo homens de cara fechada com metralhadoras entrando e saindo do prédio parecido com um dormitório. Tudo ao nosso redor é de vegetação exótica, e o ar é denso e úmido, perfumado com vegetação tropical e um toque de ozônio das nuvens se acumulando no horizonte.

A mansão de Esguerra fica a certa distância à direita, o prédio branco de dois andares lembrando-me de uma fazenda de plantação do tempo da Guerra Civil. Está rodeada por belos jardins paisagísticos e grama verde luxuriante, bem como por alguns prédios menores.

As torres de vigia que vi do avião são visíveis à distância, com guardas armados em cima delas, e tenho certeza de que existem dezenas de outras medidas de segurança menos óbvias em vigor.

Tempos atrás, ver todos esses homens armados e saber que estou no complexo de um criminoso implacável teria me enervado, para dizer o mínimo. Mas agora, isso me faz sentir segura.

Agora, o inimigo é o povo do qual a maioria dos cidadãos conta para proteção: as autoridades policiais.

Bem, e Henderson, que está usando as autoridades como sua ferramenta de vingança.

QUANDO VOLTAMOS PARA CASA, PETER PREPARA NOSSO almoço e nós comemos, desta vez, sem nenhum colapso da minha parte. Ele ainda está quieto durante a refeição, entretanto, seu olhar se concentrou em mim com uma preocupação indisfarçada.

— Para — Solto um gemido quando não aguento mais. — Por favor, pare de me olhar assim. Eu não vou surtar, eu prometo.

— Você não pode prometer isso porque os flashbacks não são algo que possa controlar, ptichka — Diz ele em voz baixa —, e quanto mais você tenta, pior eles podem ficar. É por isso que vou falar com Esguerra sobre contratar um terapeuta aqui.

— O quê? Oh qual é! Isso pode esperar até...

— Não, não pode. — Seu rosto está definido em linhas implacáveis. — Não com o que aconteceu essa manhã.

— Peter, por favor. Nada realmente aconteceu. Você está fazendo uma tempestade num copo d'água. Não há necessidade de me envergonhar na frente de Esguerra, pedindo-lhe para fazer isso. Além do mais, isso não significaria você dever a ele outro favor? Depois de lidar com Henderson, podemos falar sobre terapia e tudo isso. Até lá...

— Até lá, você verá quem pudermos trazer aqui.

Ugh. Eu empurro meu prato vazio e me levanto. É impossível influenciar Peter quando ele se fixa em algo. Eu tanto amo como odeio isso nele – e, neste caso, é definitivamente o último.

Por que ele não entende que não estou pronta para lidar com as consequências emocionais do que aconteceu? Que eu prefiro arriscar o flashback ocasional a mergulhar na piscina tóxica de culpa e horror em minha mente?

Se eu pudesse simplesmente apagar essas memórias, eu faria. Exceto que eu só não quero pensar sobre eles.

— Ptichka... — Ele pega meu pulso quando estou prestes a sair da cozinha. Seu toque queima através de mim, seus dedos me prendendo como uma algema. — Ouça-me, meu amor. Você está machucada, ferida, como se tivesse levado um tiro. Você deixaria minhas feridas infeccionarem? Ou você faria o melhor para curá-los?

Cerro meus dentes. — Não é a mesma coisa.

— Não é? — Seus olhos cinzentos são suaves enquanto ele empurra uma mecha de cabelo para trás da minha orelha com a mão livre. — Qual a diferença?

Porque não é, eu quero gritar. Porque não importa o que eu faça ou quantos terapeutas eu fale.

Nada trará meus pais de volta.

Esta não é uma ferida à bala que vai curar com cuidado.

No entanto, quando eu olho para Peter, ocorre-me que eu poderia discutir com ele por semanas, e isso não mudaria nada. Eu não posso convencê-lo de que estou bem.

Não com palavras, pelo menos.

Devagar e deliberadamente, lambo meus lábios. Previsivelmente, seu olhar passa para a minha boca, e sua pegada no meu pulso se aperta quando eu repito a ação, em seguida, sigo com meus dentes afundando sedutoramente no meu lábio inferior.

Meu objetivo era distraí-lo de sua preocupação, mas meu próprio coração acelerou quando sua respiração intensificou e seu olhar disparou para encontrar o meu. Suas pupilas já estão dilatadas, transformando a prata de suas íris em aço escuro. Estou ciente do calor emanando de seus dedos enquanto ele segura meu pulso, e a proximidade de seu corpo alto e forte me faz querer derreter contra ele, esfregar meus seios doloridos no plano largo e duro de seu peito.

— Ptichka... — Sua voz é baixa e grave. — Você está brincando com a porra do fogo.

Meus mamilos intumescem em botões duros e apertados, e o calor líquido encharca minha calcinha. Puta merda, estou com tesão. Isso, combinado com a sugestão de violência no aperto muito forte dos seus dedos no meu pulso, faz mais para mim do que horas de preliminares. Além do boquete que paguei para ele no hospital, não fazemos sexo há vários dias, e meu corpo está desesperadamente desejando sua posse.

Dando um passo à frente, levanto-me na ponta dos pés e pressiono meus lábios nos dele, envolvendo meu braço livre em volta do pescoço musculoso. Por um momento, ele está rígido, como se estivesse surpreso com a minha agressão, mas, então, seus instintos assumem o controle, e me vejo encostada na geladeira, com seu corpo duro pressionando em mim e sua boca me devorando como se não houvesse amanhã.

Posso sentir o volume da sua ereção enquanto ele agarra meu outro pulso e estica meus braços acima da minha cabeça, prendendo-os contra o aço frio da geladeira. Mais calor ondula através das minhas entranhas, e gemo em sua boca, levantando minha perna e enganchando-a atrás de sua bunda, para que eu possa esfregar meu sexo pulsante e inchado contra aquela protuberância. Eu não me senti confortável em pegar emprestado a roupa íntima de Yulia, além das outras roupas, e a bermuda jeans é áspera e roça nas minhas dobras desnudas, a sensação desconfortável ainda que perversamente excitante.

— Me fode — Respiro quando ele levanta a cabeça e olha para mim, seus olhos brilhando e sua mandíbula apertada. Segurando ambos os meus pulsos com uma das mãos grandes, ele abre o zíper da sua calça, liberando sua ereção enquanto imploro : — Me fode *agora*.

— Oh, eu vou. Acredite.

Sua respiração é pesada, seu olhar feroz enquanto ele libera meus pulsos e abre o zíper do meu short, e o puxa pelas minhas pernas. Tremendo de necessidade, eu saio do short, e ele agarra minha bunda, me levantando. Enquanto eu me seguro em seus ombros, ele abre minhas coxas largamente e me baixa em seu pau grosso, me espetando em um golpe duro.

O ar sai de meus pulmões enquanto minhas pernas se envolvem em torno de seus quadris e minhas unhas se cravam nos músculos enroscados de seus ombros. Porra, ele é grande. Meu corpo de alguma forma esqueceu essa parte. Meus tecidos internos parecem dolorosamente esticados, minha excitação temperada pela ardência de sua entrada. Isto é, até ele começar a se mover.

Ainda segurando meu olhar, ele puxa e empurra de volta. Não há espera, nem me provoca com estocadas rasas; imediatamente, seu ritmo é duro e impulsivo, impiedoso como o próprio homem. E é exatamente disso que eu preciso. O calor e a tensão crescentes diminuem o desconforto, meu corpo se suaviza e liquidifica, acolhendo-o bem no fundo. Cada golpe martela no meu ponto-G; cada vez que sua pélvis bate contra a minha, pressiona meu clitóris.

Meu orgasmo é tão violento quanto repentino. Explode muito antes de eu estar mentalmente preparada, o prazer me rasgando em duas. Ofegante, grito seu nome, minhas pernas apertando ao redor dele, mas ele não para.

Ele martela em mim até eu gozar novamente.

Eu ainda estou com os tremores do orgasmo quando uma veia começa a pulsar em sua testa escorregadia de suor, e seu pau grosso incha ainda mais dentro de mim. Com um gemido, ele empurra o mais profundamente que pode, e meus músculos internos apertam em torno de seu pau enquanto ele empurra e pulsa, banhando minhas entranhas com sua semente.

eter

Respirando pesadamente, retiro-me relutantemente da vagina apertada e escorregadia de Sara e a coloco cuidadosamente de pé. Ela parece tão oprimida quanto eu, e uma pontada aguda de arrependimento afugenta a sensação.

Eu fui muito brusco com ela.

Porra, mais uma vez, eu fui duro com ela.

Eu sei que ela gosta desse jeito agora, mas ela está grávida.

Traumatizada e grávida.

Que diabos eu estava pensando perdendo o controle assim? Eu preciso estar mimando-a, mantendo-a descansada e relaxada, não fodendo seu cérebro até o limite como um animal fora de controle.

Ela balança em seus pés quando a solto e dá um passo para trás, e eu seguro seu braço, firmando-a quando ela pega uma toalha de papel para enxugar a umidade entre as pernas.

— Ptichka... Você está bem?

Ela abre um sorriso, jogando a toalha enrolada no lixo. — Nunca estive melhor. E você?

Eu franzo a testa, então, lembro dos meus ferimentos. Agora que estou prestando atenção a isso, meu lado doeu um pouco, mas não é nada que eu não possa lidar.

— Eu estou perfeitamente bem — Digo quando um olhar preocupado aparece em seu rosto e ela agarra a bainha da minha camiseta, sem dúvida, com a intenção de levantá-la para inspecionar meu curativo. Suavemente retirando suas mãos, saio do alcance dela. — Verdade, estou bem.

Eu não posso acreditar que ela está preocupada comigo quando eu acabei de atacá-la como um selvagem. Eu sei que a machuquei – eu podia sentir o extremo aperto de seu corpo quando empurrei dentro dela. E se eu machucar o bebê também?

E se ela abortar, como Nora naquela época?

Enquanto estou parado, processando aquele pensamento horrível, ela se inclina e pega seu short do chão. Sua bunda pequena e cheia de curvas brilha no ar com o movimento, e apesar da porra ainda revestir meu pau, eu sinto-o se contorcer com interesse.

Caralho, eu *sou* um animal.

— Sara... — Minha voz está tensa quando ela me encara. — Você está mesmo bem?

Ela pisca. — Eu te disse, nunca me senti melhor. Venha, vamos nos limpar. — E agarrando minha mão, ela me puxa para o banheiro.

TOMAMOS BANHO JUNTOS – BEM, SARA TOMA BANHO, E eu uso o chuveiro de mão para estrategicamente lavar em torno do meu curativo, daí, ela se deita para um cochilo, alegando sonolência alimentar e pós-sexo. Deito-me com ela e seguro-a até ela adormecer. Então, silenciosamente me levanto e saio de casa.

Eu sei por que ela está cansada e não tem nada a ver com comida ou sexo. Seu corpo está se despedaçando após a adrenalina da semana passada, e as exigências do bebê em crescimento não ajudam.

A culpa é como um rolo de arame farpado no meu estômago.

Eu fiz isso com ela.

Eu sou responsável por todo o seu infortúnio.

Se eu não tivesse sido tão egoisticamente obcecado por ela, se eu simplesmente a deixasse, ela ainda estaria em casa com seus pais, vivendo sua vida calma e pacífica. Se eu tivesse ido embora depois do nosso primeiro encontro, ela poderia ter se casado com outra pessoa... alguém que pudesse garantir que ela passasse sua gravidez com conforto e segurança.

Em vez disso, ela está comigo em fuga, sofrendo de flashbacks e exaustão semelhantes ao TEPT.

— Ei, Peter — Diego me cumprimenta enquanto passo por ele na estrada, e eu aceno bruscamente, sem vontade de bater papo.

Tenho um objetivo agora: falar com Esguerra.

Preciso que o terapeuta seja trazido imediatamente.

Em pouco tempo, logo depois, estou batendo na porta da mansão de Esguerra.

— Ele está aqui? — Pergunto a Ana quando ela abre a porta para mim, e a governanta confirma.

— Sim, por favor, entre. Você gostaria de algo para comer ou beber enquanto eu vou buscá-lo?

— Não, obrigado. Eu estou bem. — Sigo Ana até o vestíbulo e me inclino contra a parede, muito preocupado para me sentar.

Ela sobe a larga escada curva e, alguns minutos depois, Esguerra desce, abotoando a camisa enquanto caminha. Seu cabelo está desgrenhado e uma carranca irritada está gravada em seu rosto.

Ou eu o tirei de uma soneca ou algo envolvendo Nora.

Minha aposta é no último.

— O que é? — Ele ruge. — Henderson...

— Não, não é nada disso. — Respiro enquanto sua carranca se aprofunda. — É pessoal. Eu preciso de um favor.

Ele para na minha frente, diversão fria substituindo a preocupação em seu olhar. — Mesmo? Comida e abrigo não são suficientes para você?

— Você conhece algum psiquiatra? — Pergunto, recusando-me a morder a isca. — De preferência, alguém bem versado no tratamento de TEPT.

Ele parece surpreso. — Para você?

Lembrando as palavras de Sara, eu aceno com a cabeça friamente. — Para mim.

Não quero que minha ptichka se sinta envergonhada – não que ela deveria. Precisando de ajuda para processar um trauma extremo não faz de alguém um fraco, apenas normal.

Esguerra me estuda com uma expressão ilegível, então, assente. — Posso conhecer alguém. Em quanto tempo você precisa dela aqui?

— Hoje, se possível. Ou amanhã ou no dia seguinte.

— Tudo bem. Farei meu melhor para trazê-la aqui amanhã.

— Obrigado — Digo e me viro para sair. Eu sei que estou em dívida com ele por isso, e ele certamente irá cobrar, mas se ajudar Sara, valerá a pena.

Eu faria qualquer coisa para ela ficar bem.

— Peter — Esguerra chama quando estou prestes a sair da sala. Quando me viro, ele diz baixinho: — Por que você e sua esposa não se juntam a nós para jantar hoje à noite? Nora adoraria conhecer melhor sua Sara.

— Claro — Digo, escondendo minha surpresa. — Estaremos aqui.

— Sete horas — Diz ele, então, se afasta e volta para o andar de cima.

CAPÍTULO 67

Henderson

MINHAS COSTAS DOEM DE LIMPAR A NEVE O DIA INTEIRO, e Jimmy está chateado para caralho que eu o fiz me ajudar, mas tinha que ser feito.

Precisamos deixar a entrada livre para que possamos sair apressadamente, se necessário.

Meu plano para chegar a Sokolov e aos outros – a Operação Air Drop, como estou chamando – ainda está faltando um componente crucial, que é o layout do complexo da Esguerra e seus detalhes de segurança.

Quando tivermos isso, poderemos atacar, mas, enquanto isso, preciso fazer tudo que estiver ao meu alcance para manter minha esposa e meus filhos em segurança.

Eu tenho que salvá-los dos monstros que nos caçam.

ara

Eu sei que é bobagem ficar nervosa com o jantar depois de tudo que passamos, mas não posso evitar. Por um lado, as únicas roupas que encontrei no armário são shorts e camisetas, e enquanto Peter me assegurou que nós não precisamos de formalidade para nos vestir, eu definitivamente me sentiria melhor se tivesse algo como um lindo vestido de verão para colocar. Além disso, depois do meu cochilo da tarde, meu enjoo matinal decidiu acordar.

É aparentemente tão atrasado quanto eu.

Eu já vomitei uma vez, mas ainda me sinto enjoada quando Peter me leva para a casa principal. Lembrar sua insistência em me contratar um psiquiatra não ajuda. Ele já falou sobre isso para o nosso anfitrião?

Espero que não, mas conhecendo meu marido, ele provavelmente fez.

A procrastinação não é um conceito com o qual ele está familiarizado.

De qualquer maneira, meu estômago se agita quando Peter bate à porta. Um momento depois, ela se abre, revelando uma mulher hispânica de meia-idade.

— Señor Sokolov — Diz ela, radiante. — bem-vindo. E esta deve ser sua linda esposa.

Eu sorrio e estendo minha mão. — Olá. Eu sou Sara.

— Oh, olá. — Ela aperta minha mão vigorosamente. — Eu sou Ana, governanta do Señor Esguerra. Por favor, entrem.

Nós a seguimos até a casa. No interior, a mansão de Esguerra é uma mistura impressionante de decoração tradicional e moderna, com móveis pesados de estilo Barroco, complementados por pisos de madeira brilhante e arte abstrata nas paredes. Eu reconheço algumas das pinturas de uma aula de arte que fiz na faculdade. Se elas são originais – e eu suspeito que sejam – só as paredes do saguão valem milhões de dólares.

Ana nos leva a uma sala de jantar formal, onde uma mesa oval está arrumada com prataria reluzente e pratos com bordas douradas. Nem Nora nem o marido estão lá, mas reconheço o casal sentado em um dos lados da mesa.

Lucas e Yulia Kent.

Suas cabeças loiras estão inclinadas juntas, as mãos entrelaçadas na mesa enquanto riem de alguma coisa.

Quando entramos, no entanto, eles olham para cima, os sorrisos desaparecendo de seus rostos.

Tensão espessa permeia a sala enquanto Ana desaparece, deixando-nos sozinhos.

Peter é o primeiro a quebrar o silêncio. — Lucas. — Ele acena friamente para o homem de queixo duro. Então, se volta para a esposa modelo de Kent. — Yulia. Bom te ver.

— É bom ver você também. — Seus olhos azuis cortaram em minha direção, sua expressão reservada. — E você, Sara.

Minha náusea se intensifica abruptamente.

Oh, droga. Em pânico, eu busco em volta por um banheiro, mas não vejo nenhum.

— Ptichka... — Peter aperta meu braço. — O que há de errado?

Se eu tentar falar, vou vomitar. Apertando minha mão sobre a minha boca, eu desprendo-me dele e corro para fora da sala, de volta à entrada.

Eu mal consigo sair. No segundo em que me inclino sobre a grade da varanda, meu estômago expulsa todo o seu conteúdo.

Naturalmente, Peter me segue e testemunha a coisa toda – e Yulia também, eu a vejo de esguelha. Mortificada, eu termino de levantar enquanto ele segura meu cabelo, e quando olho para cima, ela se foi.

Um segundo depois, no entanto, ela retorna com uma toalha de papel molhada. — Toma — Ela murmura, me dando, e eu aceito com gratidão para limpar minha boca.

Ana vem em seguida – Yulia deve ter dito a ela o que estava acontecendo. Me ajudando, a governanta me leva a um banheiro, onde me entrega uma escova de dentes nova e um tubo de pasta de dente.

No momento em que eu lavei meu rosto e escovei meus dentes, meu estômago parece infinitamente mais estável.

— Você está bem, meu amor? — Peter pergunta assim que saio do banheiro, e eu assinto, evitando olhar.

— Me desculpe por isso.

— Nada para se desculpar — Diz ele, pegando minha mão. — Considere isso o anúncio oficial da sua gravidez.

E dando um beijo na minha testa, ele entrelaça nossos dedos e me leva de volta à sala de jantar.

Os Esguerras já estão lá, sentados em frente aos Kents quando voltamos. Eu imediatamente reconheço nosso anfitrião: ele é de fato o homem lindo que conheci no hospital. Seu cabelo escuro está mais longo do que era então, mas suas características surpreendentemente sensuais são as mesmas. Ao contrário de agora, no entanto, ele não irradia tristeza e raiva; está calmo e no controle, como um rei sentado em seu trono.

Um rei cruel e tirânico, dado o que sei sobre o homem.

Pela primeira vez, me pergunto o que aconteceu com os homens que haviam agredido Nora e sua amiga. O marido de Nora os matou?

Risca isso. Claro que ele os matou.

A única questão é o quanto ele os fez sofrer primeiro.

— Aí está você — Diz Nora, olhando para mim. — Venha, sente-se aqui. — Ela dá um tapinha na cadeira ao lado dela, e eu ando até lá. — Julian, esta é Sara — Diz ela quando paro ao seu lado. — Você deve se lembrar dela do hospital em Chicago.

— Claro. É bom te ver de novo. — Ele olha para mim com um olhar azul penetrante, e pela primeira vez noto algo ligeiramente diferente no olho esquerdo, assim como uma cicatriz fina que vai da maçã do rosto até sua sobrancelha.

Alguém cortou seu olho com uma faca e, em caso afirmativo, como seu olho sobreviveu?

A menos que... seria um olho artificial?

— Obrigada. É bom ver você também - e obrigada pela sua hospitalidade — Digo, suprimindo a minha curiosidade. Não seria bom ficar boquiaberta com o nosso anfitrião implacável.

Ele meneia a cabeça delicadamente enquanto eu tomo meu lugar ao lado de Nora, e Peter senta-se de frente para mim, ao lado de Yulia.

— Obrigada pela toalha de papel — Digo a Yulia, e ela balança a cabeça sem compromisso antes de desviar o olhar. Como seu marido, ela ainda deve estar chateada comigo sobre o que aconteceu em Chipre. Em retrospecto, sinto-me mal por tê-la enganado sobre meu relacionamento com Peter para escapar. Eu não deveria tê-la envolvido no meu último esforço para evitar me apaixonar pelo meu perseguidor.

Tenho que tentar ficar sozinha com ela esta noite, então, poderei me desculpar corretamente.

— Como você está se sentindo? — Nora pergunta delicadamente, inclinando-se, e sorrio para ela, o pior do meu constrangimento desaparecendo com o olhar de preocupação em seu rosto.

— Bem melhor agora, obrigada.

— Eu tive muito enjoo com Lizzie — Confidencia ela com um sorriso triste. — Eu vomitava em todos os lugares, a ponto de Julian ter que levar aqueles sacos de vômito de avião conosco onde quer que fôssemos.

— Eu acho que poderei precisar fazer isso — Digo, e ela ri enquanto Peter nos observa com uma expressão ilegível.

Será que ele desaprova minha amizade com a esposa de Esguerra? Se sim, por quê?

Enquanto penso nisso, Ana entra, carregando um carrinho com tigelas de sopa.

— Pedi que uma canja especial, mais leve, fosse preparada para você — Diz Nora, enquanto Ana coloca uma sopa clara na minha frente, em vez das versões cremosas que vejo na frente de todos os outros. — Imaginei que poderia cair mais tranquilo no seu estômago. Diga-me se você prefere o creme de cogumelos. Comida muito temperada era o maior gatilho para mim quando eu estava no meu primeiro trimestre, então, achei que poderia ser para você também.

— Isso é perfeito, obrigada — Digo, tocada por sua consideração. — Ainda não notei uma correlação com alimentos diferentes para mim, mas *estou* ansiosa por algo mais leve, depois de... você sabe.

— Sim, eu percebi. — Ela sorri. — Fale-me se algum dos cheiros à mesa a incomoda. Ana vai tirar o que quer que seja. O cheiro era outra grande coisa para mim com Lizzie.

— Obrigada. Você é muito gentil. — Mergulho minha colher na sopa e a ponho em meus lábios, saboreando-a com cautela. Para meu alívio, é tão leve quanto Nora prometera, com um tom de cogumelo e um toque de missô. — Sua filha está dormindo? — Pergunto, engolindo a sopa.

— Ela *estava* quando eu a deixei no andar de cima com Rosa há alguns minutos — Diz Nora. Suspirando, ela olha para a entrada da sala de jantar. — Seria errado o fato de que eu já esteja sentindo falta dela?

Eu sorrio. — De jeito nenhum. Ela parece um bebê muito fofo.

Nora revira os olhos. — Eu gostaria. Ela é um pouco de terror, é o que ela é. Não deixe aquele exterior bonito enganar você. Ela é *toda* filha do pai dela.

Esguerra escolhe esse momento para olhar para nós. — O que foi, meu bichinho?

— Nada. — Nora lhe dá um sorriso devotado. — Só estou falando com Sara que anjo perfeito é nossa filha.

Ele ergue as sobrancelhas com óbvio ceticismo, e Nora lhe dá um olhar exageradamente inocente, rapidamente abanando seus longos cílios. Suas pálpebras se abaixam, sua boca toma uma curva sensual, e um olhar passa entre eles, um tão íntimo e caloroso que minhas entranhas se aquecem.

Sentindo-me uma pervertida, olho para o outro lado – apenas para encontrar o olhar forte do meu marido do outro lado da mesa.

— Você não está comendo — Ele observa calmamente, e percebo que não é minha amizade potencial com Nora que o preocupa.

Sou eu.

Ele está me observando como se eu pudesse vomitar, ou enlouquecer, a qualquer segundo.

Meu humor fica sombrio. Tanto esforço para tranquilizá-lo com sexo hoje cedo.

Mergulhando minha colher na sopa, concentro-me em terminar a tigela inteira, então, posso tranquilizá-lo nesse ponto, pelo menos. Ele me observa por alguns segundos, e recomeça a comer sua própria sopa, aparentemente garantindo que eu não estou prestes a passar fome.

Todo mundo termina a sopa rapidamente; os homens entram em uma discussão sobre algumas medidas de segurança no complexo. Apenas ouço parcialmente porque Nora está falando muito sobre os clubes e restaurantes de Chicago.

Aparentemente, estivemos em muitos dos mesmos lugares ao longo dos anos.

Para o segundo prato, Ana traz uma salada verde e uma deliciosa paella de frutos do mar. Nora oferece-me arroz e frango, mas recuso, agradecendo-lhe a consideração.

Meu estômago está se comportando e eu realmente quero aquela paella.

Enquanto a refeição prossegue, noto um padrão estranho na mesa. Embora Nora e Yulia estejam sentadas de frente uma da outra, elas não estão nem olhando nem falando uma com a outra. Na verdade, além de agradecer a Ana e elogiar sua culinária, Yulia falou apenas com o marido ou ficou em silêncio.

Será que os Esguerras não gostam dela por algum motivo? Pensei sobre isso, quando visitamos Chipre, Peter disse algo sobre Esguerra ter 'algo contra ela'.

Terei que perguntar a Peter o que aconteceu.

Há alguma tensão entre Peter e Lucas também, mas não é tão pronunciada. Talvez a ajuda de Kent com nosso resgate compense sua culpabilidade em minha fuga aos olhos de Peter, e os dois homens agora se consideram iguais.

Já estamos na metade da sobremesa – um delicioso tiramisu caseiro, quando a conversa se volta para o assunto que nos trouxe até aqui.

Henderson.

— Parece que esta noite será possível — Diz Esguerra a Peter. — Eu saberei com certeza em cerca de uma hora, seu cara da Carolina do Norte está agindo bem esquisito.

Meu marido franze a testa. — Vamos oferecer mais dinheiro a ele.

— Eu ofereci — Diz Kent —, e também disse a ele que se ele não cooperar, será adicionado à nossa lista. Então, estou supondo que ele vai ceder.

— O que vai acontecer hoje à noite? — Pergunto, olhando ao redor da mesa para os homens. — Vocês já localizaram Henderson?

Esguerra e Kent olham para Peter, que dá uma pequena sacudida de cabeça, negando-lhes permissão para me colocar a par. Meu marido, então, se concentra em mim. — Não é nada para você se preocupar, ptichka — Diz ele calmamente, estendendo a mão sobre a mesa para cobrir a minha —, nós ainda não o encontramos, mas vamos, e esta noite é apenas um passo nessa direção.

Meus dentes se apertam e eu puxo minha mão para longe.

Aqui está, novamente, a suposição de que eu não posso lidar com nada remotamente perturbador.

Antes que eu possa dizer qualquer coisa, ouço o choro de um bebê. Parece que está se aproximando da sala. Um momento depois, Rosa entra, com uma Lizzie gritando em seus braços.

— Desculpem interromper, mas ela não para de chorar — Diz. — Eu a alimentei e troquei a fralda, não sei qual é o problema dela.

Para minha surpresa, Esguerra se levanta em vez de Nora. — Deixe comigo — Diz ele calmamente, e caminhando até Rosa, pega o bebê, lidando com a criança com delicadeza e experiência surpreendentes.

Suas feições suavizam quando ele olha para o bebê, para o pequeno rosto amarrotado, e para minha surpresa, o bebê se acalma enquanto ele a balança suavemente, murmurando algo sem sentido em sua voz profunda. Ele não parece se importar que o estamos observando neste momento de ternura; ele está totalmente preso com a pequena criatura em seus braços.

— Entende o que quero dizer? Totalmente a menina do papai — Nora sussurra em meu ouvido, e eu fecho minha boca, percebendo que estou de boca aberta para o marido dela como se um rabo tivesse acabado de crescer nele.

Eu *não* esperava ver o poderoso traficante de armas tão envolvido com o bebê.

— Ele é o único que pode lidar com ela quando fica assim — Nora continua suavemente, e quando eu olho para ela, vejo-a observando seu marido e filha com adoração.

Ela está claramente apaixonada por ele.

Por um homem que a sequestrou quando ela mal tinha terminado o Ensino Médio.

Acho que não ficaria surpresa, dado o meu próprio relacionamento com Peter, mas ainda é um pouco chocante, observando-os assim. Uma parte de mim quer dizer a ela para ver um psiquiatra para sua Síndrome de Estocolmo, enquanto outra parte maior está torcendo por sua história de amor não ortodoxa.

Se *eles* podem fazer isso funcionar a longo prazo, talvez Peter e eu também possamos.

Talvez daqui a alguns anos, todos estaremos sentados em uma mesa de jantar assim de novo, só que será meu bebê nos braços de Peter.

Nosso mais novo, obviamente. Nosso mais velho estará correndo por aí por conta própria então.

Estou tão envolvida neste sonho que quase esqueço do meu momento com Yulia. Ela pediu licença e está saindo da sala de jantar quando percebo que está indo ao banheiro.

— Com licença, já volto — Digo a Nora e Peter, e sem esperar por uma resposta, levanto-me e corro atrás de Yulia.

CAPÍTULO 69

Sara

EU ALCANÇO YULIA NO CORREDOR AO LADO DO banheiro.

— Espere, por favor — Digo quando ela está prestes a entrar. Percebendo o que estou dizendo, eu rapidamente acrescento: —, quero dizer, não espere se você tiver que ir. Eu estarei aqui, esperando até você terminar.

Ela se afasta da porta do banheiro. — Não, por favor, vá em frente. Eu posso ir em outro lugar. Há muitos banheiros neste andar.

— O quê? Oh, não, estou bem. — Eu rio, percebendo que ela acha que eu preciso urgentemente do banheiro. — Eu só queria falar contigo por um minuto, para pedir desculpas sobre a coisa toda em Chipre.

Seu lindo rosto se fecha. — Não há necessidade. Está tudo no passado.

— Não, não está. Eu causei uma confusão entre Peter e seu marido. Eu realmente sinto muito sobre isso, e sobre te dar a impressão errada sobre o meu relacionamento com Peter. Eu precisava da sua ajuda para escapar, mas eu deveria ter sido mais sincera. Peter matou meu primeiro marido, e ele me afogou, como eu lhe disse – mas isso foi no início, antes que as coisas se complicassem para nós também. Quer dizer, eu era prisioneira dele na sua casa – é por isso que eu estava tentando fugir – mas também estava me apaixonando por ele e...

Yulia coloca uma mão delgada no meu braço. — Tudo bem, Sara. — Seu olhar azul suaviza. — Você não precisa entrar em detalhes. Eu compreendo.

— Você entende?

Ela assente. — Eu não sou uma idiota. Sei que as coisas podem mudar, e que o mais feio dos primórdios pode levar a algo bonito ao longo do tempo. Quanto a me usar para fugir, tenho certeza de que teria feito o mesmo em seu lugar. Na verdade... — Ela para. — Esquece. Estou feliz que você e Peter estejam bem agora. Quero dizer... você está, certo? — Seu olhar passa pela minha barriga, então, ela olha para mim com uma pergunta silenciosa.

— Oh. Sim, com certeza. — Eu estremeço internamente, lembrando de como eu disse a ela que

Peter pretendia forçar uma criança em mim. Cobrindo minha barriga com a mão, digo com firmeza: — Este aqui é muito desejado.

Ela sorri. — Bom. Fico feliz em ouvir isso. Agora, se você me der licença... — Ela olha para o banheiro.

Sorrindo, me afasto, percebendo que estava segurando-a o tempo todo. — Obrigada — Digo enquanto ela entra. — Por sua ajuda naquela ocasião, e por tudo.

— O prazer foi meu — Diz ela, e quando fecha a porta, eu volto para a sala de jantar, sentindo-me infinitamente mais aliviada.

QUANDO EU VOLTO, TODOS ESTÃO DE PÉ, CIRCULANDO em volta da mesa com bebidas depois do jantar e, em pouco tempo, estamos nos despedindo.

— Obrigada. Tudo foi maravilhoso — Digo a Nora sinceramente, e ela sorri.

— Eu não posso reivindicar nenhum crédito. Tudo foi Ana — Diz ela, e neste momento, o marido chama o nome dela do andar de cima.

— Estou indo! — Ela grita de volta, e dando um passo para frente, ela me dá um abraço rápido. — Volte a qualquer momento, ok? — Ela diz, e eu prometo fazê-lo.

Ela sobe e me volto para Yulia. Ela e Lucas estão na casa principal, então, ela está no corredor ao lado do marido, nos observando sair. Impulsivamente, aproximo-me dela e dou-lhe um abraço também.

— Obrigada de novo — Digo enquanto nos separamos, e ela sorri para mim calorosamente.

— Boa sorte, Sara. Espero ver você por aí.

— Oh, você vai — Digo. — Tchau, Lucas. — Eu aceno para ele, sorrindo, e ele me dá um olhar duro em troca.

Ok, apenas um dos Kents me perdoou até agora.

— Pronta? — Peter pergunta, passando o braço em volta da minha cintura, e eu assinto, inclinando-me para ele enquanto me leva para longe.

De volta ao nosso lar temporário.

eter

— ENTÃO, O QUE HÁ COM YULIA E OS ESGUERRAS? — Sara pergunta no café da manhã na manhã seguinte. — No jantar, parecia que havia certa tensão, e lembro que você mencionou algo sobre isso em Chipre.

— Oh, isso? — Passei mais aveia com frutas para ela. Comecei a pesquisar a nutrição ideal para mulheres grávidas e planejo mudar a dieta de Sara para alimentos mais saudáveis. — Sim, definitivamente há tensão e por um bom motivo.

Ela larga a colher. — Oh?

Penso em encobrir a parte ruim da história, mas ela não teve nenhum episódio de flashback nesta manhã ou na noite passada, e isso não tem nada a ver com seus pais ou qualquer um dos eventos traumáticos pelos quais ela passou. Então, decidi falar, especialmente desde que ela parecia estar ficando íntima à esposa loira de Kent na noite passada.

— Você se lembra de quando te falei que Esguerra teve um desentendimento com um grupo terrorista e teve que ser resgatado? — Pergunto. Sara assentiu, então, digo: — Bem, havia uma razão pela qual eles o capturaram. Seu avião havia sido abatido sobre o Uzbequistão, e *isso* aconteceu por causa de algumas informações que Yulia forneceu ao governo ucraniano.

— O quê? — Os olhos de Sara ficam enormes. — Por que ela faria isso? Ela estava com Lucas na época?

— Pelo que ouvi, eles haviam ficado uma noite juntos em Moscou logo antes do acidente. Quanto ao por quê, esse era o trabalho dela na época. Ela trabalhou como espiã do governo ucraniano em Moscou.

— Oh, uau, isso é... — Sara parece sem palavras.

Eu sorrio. — Sim, eu sei. Kent estava no avião também, a propósito. Além de quase cinquenta dos homens de Esguerra. Quase todos eles pereceram – foi como Esguerra acabou em um hospital em Tashkent, ferido e desprotegido.

— Oh, porra — Sara ofega. — Como ela ainda está viva, e ainda casada com Lucas?

Abro um sorriso. Minha pequena civil está começando a pensar como eu. — Honestamente, não tenho certeza — Digo. — Deixei a propriedade logo depois de toda a bagunça começar. Mas eu estou supondo que ela está viva *porque* eles são casados. Eu o ajudei a resgatá-la de Moscou a certa altura porque ele queria puni-la pessoalmente, mas não sei muito além disso. Só que de alguma forma eles acabaram juntos e, até onde sei, estão muito felizes.

Sara balança a cabeça. — Uau. Eu só... não tenho palavras. — Ela continua comento sua aveia, e eu acabo de comer rápido e me levanto para limpar os pratos.

Enquanto carrego a máquina de lavar louça, fico observando-a secretamente. Ela parece perdida em pensamentos enquanto toma seu chá, mas não há sinal daquele olhar terrivelmente vazio, nenhum ataque hiperventilante ou de pânico relacionado aos flashbacks. Ela acordou de um pesadelo na noite passada, mas eu fiz amor com ela e ela voltou a dormir.

Talvez ontem tenha sido uma anomalia, e minha ptichka ficará bem, afinal. De qualquer forma, o terapeuta está voando esta manhã e poderá vê-la já esta tarde.

Outra boa notícia é que a operação da noite anterior ocorreu sem problemas. Com os recursos de Esguerra e meus arquivos detalhados sobre Henderson, pegamos todos que esperávamos pegar, o que significa que estamos a um passo mais perto de resolver a situação.

Se houver algum pingo de empatia em Henderson, ele vai desmoronar.

Se não, nós o encontraremos de qualquer maneira - e ele morrerá sabendo que todas essas mortes estão em sua consciência.

CAPÍTULO 71

𝓗enderson

EU OLHO PARA A TELA DO MEU COMPUTADOR, MINHA pele pinicando com o horror. Eu esperava que Sokolov e os outros usassem todos os recursos para me encontrar, mas eu não esperava isso. As mensagens que enchem minha caixa de entrada são surreais.

Meu tio. Meus primos. A família de Bonnie. Todos os nossos amigos.

Se foram.

Sequestrados de suas casas, suas escolas, em seu caminho para o trabalho e de suas igrejas.

Com os dedos trêmulos, eu clico na CNN e abro um vídeo na web discutindo isso.

— Acredita-se agora que a série de sequestros de ontem à noite em Asheville, Charleston e na área de

Washington D.C. podem estar conectados — Informa o âncora quase sem disfarçar a excitação. — Até agora, nenhuma exigência foi feita, mas a polícia espera ouvir os sequestradores a qualquer momento. No total, dezenove cidadãos foram dados como desaparecidos, com um dos sequestros capturado por uma câmera de segurança.

O vídeo mostra uma imagem granulada de duas figuras mascaradas agarrando tio Ian enquanto ele abastece seu carro num posto de gasolina. Os movimentos dos sequestradores são tranquilos e coordenados – eles são claramente profissionais que sabem o que estão fazendo.

— Em outra reviravolta na história, parece que vários desses cidadãos sofreram sequestros e assaltos num passado recente — Continua o âncora, e a câmera pisca em uma ruiva chorosa – a esposa de meu amigo Jimmy, Sandra.

Graças a Deus eles a deixaram. Já é ruim o suficiente meu amigo mais antigo – demos o nome ao nosso filho em homenagem a ele – estar em suas garras implacáveis.

— Por que isso continua acontecendo conosco? — Sandra soluça, seu rímel escorrendo pelo rosto sardento. — Da última vez, eles o espancaram e atiraram nele, e ele teve que se aposentar das Forças Armadas. E agora isso? Por quê? O que eles querem de nós?

Eu. Eles me querem.

Bílis ácida se agita na minha garganta.

Os policiais não verão nenhuma demanda dos sequestradores porque as demandas foram enviadas diretamente para mim.

Ou melhor, para a CIA, onde eles devem saber que ainda tenho contatos.

Eu deveria ter previsto isso e feito algo para evitar, mas eu presumi que todos que Sokolov havia interrogado antes estivessem em segurança, já que eles não sabiam nada da primeira vez.

Eu estava focado na Operação Air Drop e subestimei o quão sociopatas meus oponentes são.

Meu pescoço dói, a dor sempre presente queimando em agonia quando eu paro o vídeo e clico na minha caixa de entrada, onde leio o último email novamente.

Dezenove horas, dezenove vidas, a mensagem recebida pela CIA diz. *O relógio começa ao meio-dia. Entregue-se, Wally, ou veja todos morrerem, um por um.*

CAPÍTULO 72

Sara

Depois do café da manhã, Peter sai para se atualizar com Esguerra e sua equipe russa, e eu decido ir visitar Nora na casa principal. Pela primeira vez em uma semana, não me sinto tensa ou ansiosa. Meu estômago está totalmente estabilizado e meu coração está batendo em um ritmo normal.

Eu estou cantarolando enquanto caminho, desfrutando da sensação do ar quente e úmido na minha pele. Sinto-me bem, quase como sentia antes de tudo isso acontecer, antes de meus pais...

Minha mente se cala, uma parede de dormência deslizando no lugar quando um terceiro tiro soa.

Eu olho para o meu marido, de costas e sangrando,

depois, para o agente na porta, seu rosto torcido de ódio quando ele aponta para a cabeça de Peter.

Meu olhar cai sobre a arma que Peter deixou cair enquanto lutava com o outro agente.

Está a um metro de distância

Eu pego. É fria e pesada na minha mão, aumentando a dormência gelada do meu coração.

Meus pais estão mortos.

Peter está prestes a ser assassinado.

Eu aponto e aperto o gatilho uma fração de segundo antes do agente disparar.

Minha bala erra, mas o tiro o assusta, fazendo com que ele erre seu tiro.

Ele gira em minha direção e eu atiro novamente.

Ele bate no meio do colete, jogando-o para trás.

Sem qualquer hesitação, eu ando até ele e levanto a arma novamente.

— Não — Ele grita ofegante, e eu aperto o gatilho.

Seu rosto explode em pedaços de sangue e ossos. É como um videogame hiper-realista, completo com cheiro, sabor e...

— Puta que pariu! Sara, o que aconteceu? O que há de errado?

Eu volto à realidade, ofegando por ar. Eu estou no chão, enrolada em posição fetal, com Lucas Kent agachado sobre mim. Suas feições duras estão tensas de preocupação, seus olhos pálidos me examinando da cabeça aos pés. Não notando nenhum ferimento óbvio, ele agarra meus ombros e me levanta.

Meus joelhos estão fracos e eu estou tremendo toda,

minha camiseta encharcada de suor grudada no meu corpo. Eu também estou com tanto frio que estou tremendo apesar do calor do sol batendo na minha pele.

— Você está bem? — Kent pergunta, segurando-me pelos meus ombros. Quando eu aceno com a cabeça no piloto automático, ele me solta e pergunta: — O que aconteceu? Alguma coisa te assustou ou te machucou?

Eu balanço a cabeça, ainda respirando rápido demais para falar.

— Ok. Diego! — Ele acena para o guarda que passa, o mesmo que nos mostrou a casa, percebo tonta. — Fique com ela — Ordena Kent quando o jovem se aproxima com pressa. — Vou chamar Peter.

E antes que eu possa me opor, ele sai correndo.

Peter

— ONDE ESTÁ KENT? — PERGUNTA ESGUERRA QUANDO entro no prédio pequeno e moderno que serve de escritório. Ele prefere fazer negócios fora da casa e longe da família – não importando que Nora seja versada sobre os negócios do seu império ilegal.

— Como vou saber? — Respondo enquanto me sento ao lado de Yan, que está olhando para o celular. Ilya e Anton já estão aqui também, com Ilya mastigando alegremente um biscoito do prato que Ana deve ter trazido novamente. — Ele não está na casa com você?

Esguerra franze o semblante. — Ele estava fazendo a ronda com os guardas esta manhã. — Ele olha para um dos muitos monitores de TV pelas paredes, em seguida, vira para nós. — Parece que vamos ter que passar para ele depois. Tenho uma ligação chegando. — Seu olhar na minha direção. — Alguma notícia de Henderson?

— Não, e eu não esperaria ouvir dele muito em breve. Ainda estamos — Olho para o relógio de um dos monitores — acerca de uma hora para o início do prazo. Estou supondo que teremos que validar nossa ameaça com pelo menos alguns corpos antes que ele perceba que estamos falando sério.

Esguerra assente. — Tudo certo. Já dei aos nossos homens as instruções sobre quais reféns serão mortos primeiro. Alguma notícia de seus hackers?

— Na verdade, sim — Diz Yan, olhando para nós do seu telefone. — Eles acabaram de rastrear o atirador para nós – aquele que atirou no agente durante a prisão de Peter.

Minha mão se aperta sobre a mesa. — Quem é ele?

— *Ele* é aparentemente *ela* — Diz Yan, seus olhos em seu telefone novamente —, responde pelo nome de Mink e é da República Tcheca. Espere, a imagem está carregando agora.

— E os nossos sósias? — Anton pergunta. — Alguma coisa sobre esses filhos da puta?

Yan não responde, e quando olho para ele, vejo uma veia pulsando em sua têmpora enquanto ele olha para a tela do celular.

— Qual o problema? — Ilya pergunta, franzindo, e seu gêmeo sem palavras entrega o telefone para ele.

O rosto largo de Ilya parece se transformar em pedra. — Ela? — Ele olha para o irmão. — *Ela* é Mink?

Que porra é essa? Pego o telefone da mão de Ilya e examino a foto na tela.

O rosto da mulher – capturado em meio perfil pela câmera – é jovem e bastante bonito, com feições delicadas enfatizadas pelo cabelo loiro curto em camadas ao redor do rosto pálido. Do lado do pescoço dela está uma pequena tatuagem de algo indiscernível, e sua pequena orelha está cheia de uma dúzia de piercings.

— Quem é ela? — Pergunto, olhando para os gêmeos. — Como vocês a conhecem?

O rosto de Yan está sério. — Não importa. — Ele pega o telefone de mim. — Estou enviando homens para capturá-la, ela pode saber onde Henderson está.

— Isso importa — Diz Esguerra, enquanto os polegares de Yan batem furiosamente na tela. — Quem diabos é ela?

— Nós a conhecemos em Budapeste — Diz Ilya quando Yan ignora a pergunta. — Ela trabalha como garçonete num bar.

Uma garçonete de Budapeste? Por que isso soa familiar?

— Você dormiu com ela quando estávamos no Japão? — Anton deixa escapar, olhando para Yan. — Ela é aquela que Ilya estava chateado?

A mandíbula enorme de Ilya aperta. — Eu não estava chateado. Mas sim, *ele* — ele aponta o polegar para o irmão — comeu ela.

Yan bate o telefone na mesa. — Cale a porra da sua boca.

Eu assisto a cena com espanto. Legal, o tão controlado Yan está tão perto de perder o controle como jamais vi.

O rosto de Ilya fica vermelho e ele se levanta abruptamente, fazendo a cadeira cair no chão.

Eu pulo de pé também, sabendo que uma briga começará – e, neste momento, Kent entra.

— É Sara — Diz ele, respirando como se tivesse corrido um quilômetro em quatro minutos. — Peter, você precisa vir comigo imediatamente.

CAPÍTULO 74

Peter

IGNORANDO A FORTE DOR DO MEU LADO, LEVO SARA DE volta para a nossa casa. Ela é capaz de andar – eu sei, porque ela me disse com uma voz trêmula – mas não dou a mínima para isso. Ela está tão pálida e frágil que tenho que segurá-la, tenho que sentir seu corpo magro pressionado contra o meu, para que eu saiba que ela está fisicamente ilesa.

Para que eu possa fingir que ela e o bebê estão bem.

Meu sangue congelou na chegada de Kent, e ainda não me recuperei totalmente. Não ajudou o fato de quando eu cheguei correndo, minha ptichka estava ainda mais pálida do que está agora... ainda mais frágil.

— Chegamos — Digo calmamente quando nos aproximamos da casa. — Vamos tomar um banho imediatamente, ok? — Suas roupas estão cobertas de sujeira e grama, assim como as palmas das mãos, os joelhos e metade do rosto.

Ela não se opõe nem ao chuveiro nem à minha ajuda para despi-la – o que me diz o quão terrível ela está se sentindo. Ontem, ela fez tudo para convencer-me que estava bem.

Quando ela está nua, ligo a água e espero que a temperatura se ajuste. Levo-a e tiro minhas próprias roupas antes de me juntar a ela sob o chuveiro. A água imediatamente atravessa meus curativos, mas eu não me importo. Sei que eles podem ser retirados agora sem problemas.

— O que você viu, meu amor? — Pergunto gentilmente enquanto coloco sabão na minha mão. Apesar da minha preocupação com ela, meu pau está endurecendo, atraído pela sua pele sedosa e pelos seios rosados. Impiedosamente, eu reprimo o desejo de fazer qualquer coisa além de lavá-la. Sexo não resolve isso, não importa o quanto eu gostaria.

Minha ptichka precisa enfrentar os demônios que ela está lutando.

Ela precisa deixar a mim – e ela mesma – entrar.

Ela aperta os olhos e balança a cabeça. — Não posso falar sobre isso. Eu sinto muito.

Porra. Sinto vontade de atravessar meu punho pela parede de vidro do box, mas, em vez disso, começo a lavá-la, concentrando-me em ser o mais gentil possível.

Ela não precisa ver mais violência.

Já viu muita.

A PREOCUPAÇÃO, MISTURADA COM UMA BOA DOSE DE culpa, ainda está me devorando por dentro quando dou o almoço de Sara. Não deveria tê-la deixado sozinha por esses trinta minutos. Eu deveria ter estado lá, feito algo para evitar isso.

Inferno, eu deveria ter protegido-a do trauma em primeiro lugar.

Para meu alívio, ela parece muito mais recuperada depois do banho – a tal ponto que está novamente tentando fingir que está tudo bem, que Kent não a encontrou encolhida como uma criança ferida na grama.

— Por que não deixamos o terapeuta descansar depois do voo? — Ela diz quando eu a informo que vou levá-la para ver o médico imediatamente depois de comermos. — Amanhã será breve o suficiente para iniciar as sessões.

— Ela vai descansar depois de conversar com você. — Não vou adiar isso, não depois do que vi. Esguerra me mandou uma mensagem querendo que eu passasse em seu escritório depois do almoço, mas eu não vou deixá-la sozinha novamente.

Henderson e toda essa merda podem esperar.

Sara suspira, cutucando sua salada de couve e, depois, olha para cima. — Você sabe que eu não vou magicamente ser curada se falar com essa doutora, certo? — Seus olhos de avelã estão preocupados. — A terapia nem sempre ajuda em situações como esta.

Pelo menos ela finalmente está reconhecendo que há uma 'situação'.

Levantando-me, ando em volta da mesa até a cadeira dela. — Eu sei, meu amor — Digo baixinho, olhando para o seu rosto virado para cima. Coloco minhas mãos em seus ombros, massageio-os, sentindo a tensão nos delicados músculos. — Não será mágica, mas será um começo.

E me ajoelhando ao lado de sua cadeira, eu envolvo meus braços ao redor dela e a seguro, precisando sentir seu batimento cardíaco contra o meu.

Preciso me convencer de que posso desfazer o dano que causei.

ara

A MÉDICA É UMA MULHER ALTA COM QUARENTA E TANTOS anos. Se Sandra Bullock tivesse interpretado a chefe/vilã estilosa em *O Diabo Veste Prada*, ela poderia ter se parecido com essa terapeuta, até os óculos da moda.

— Olá — Diz ela, estendendo a mão esbelta e bem cuidada. — Sou a Dra. Wessex.

— Oi. — Eu aperto a mão dela. — Eu sou Sara.

Estamos em outra casa parecida com a que Peter e eu estamos hospedados, em um pequeno escritório com uma janela voltada para a rua. Eu posso ver Peter andando do lado de fora; Dra. Wessex foi firme quanto a ele não poder estar presente durante a minha sessão de terapia.

— É um prazer conhecer você, Sara. — Ela se senta atrás de uma mesa brilhante, e eu me sento na cadeira reclinável do outro lado. — Seu marido me contou um pouco sobre o que te traz a mim hoje, mas eu adoraria ouvir sobre isso com suas próprias palavras.

Me ajeito no meu lugar. — Eu realmente prefiro não falar sobre isso.

Ela inclina a cabeça. — Por quê? É porque te dói?

Eu respiro enquanto meu peito comprime. — Não. Quero dizer, sim, claro. Eu só... não quero pensar sobre isso.

— Porque seus pais morreram?

Eu recuo e olho para longe.

— Ou porque aconteceu outra coisa? — A médica pressiona. — Talvez algo que você tenha problemas para processar?

Minha respiração acelera e eu aperto minhas mãos. Enquanto minhas unhas cravam nas palmas, a pequena dor me ajuda a manter o foco no presente.

Eu não posso ir lá.

Eu não vou lá.

Quando fico em silêncio e me recuso a olhar para ela, a Dra. Wessex suspira e diz: — Você já ouviu falar em Dessensibilização e Reprocessamento por meio dos Movimentos Oculares?

Eu dou a ela um olhar vazio e balanço a cabeça.

— É uma psicoterapia relativamente nova, não tradicional, com a qual tive muito sucesso ao longo do ano passado. A ideia aqui é que você passará por suas experiências negativas enquanto se concentra em um estímulo externo. Especificamente, vou pedir-lhe para acompanhar os movimentos da minha mão com os seus olhos ao narrar uma memória dolorosa específica.

Eu pisco. — O quê?

Ela sorri. — Vou fazer isso — Ela move a mão ritmicamente de um lado para o outro, como se estivesse checando minha visão —, e você vai acompanhar o movimento com os olhos. Assim, vamos praticar.

Ela retoma o movimento de um lado ao lado, e eu sigo seus dedos com o meu olhar como um gato rastreando um ponteiro laser. Eu não vejo como isso vai ajudar em alguma coisa, mas vou tentar.

— Ok, bom — Diz ela quando consigo. — Agora, vamos nos concentrar em uma memória angustiante... digamos, seu flashback mais recente. O que você viu hoje cedo? Qual evento você reviveu? Ou se você preferir não se concentrar nisso, escolha outra coisa, ou podemos começar do começo.

Ainda estou acompanhando os movimentos da mão dela com meus olhos e, de alguma forma, isso facilita me separar da pressão vulcânica que se forma no meu peito. Eu posso sentir o enorme peso disso, mas é como se estivesse acontecendo com outra pessoa.

Meus olhos se movem de um lado para o outro, seguindo seus dedos quando começo a falar. Lentamente, hesitante, eu passo pelos eventos daquele dia, desde a equipe da SWAT aparecendo até o momento em que puxei o gatilho pela primeira vez.

É só lá que eu paro, incapaz de dizer outra palavra

porque estou tremendo violentamente. Para meu alívio, a Dra. Wessex não me força. Em vez disso, ela me diz para me concentrar em como meu corpo está reagindo e os pensamentos que estou tendo neste momento. E o tempo todo, ela está movendo a mão num vai e vem, mantendo-me focada.

Mantendo-me distraída da dor e do sofrimento sufocantes.

Quando Peter vem me pegar, eu estou tão tensa emocional e fisicamente que vamos direto para casa, onde adormeço prontamente.

Acordo uma hora e meia depois com o som abafado das vozes masculinas. Vestindo um roupão, eu me aproximo da janela e espio através das persianas fechadas.

São Kent, Esguerra, Peter e Yan. Eles estão do lado de fora, discutindo algo.

Prendendo a respiração, tento entender o que eles estão dizendo.

— Nada ainda — Diz Kent, parecendo enojado. — Temos certeza de que a mensagem chegou até ele?

— Oh, chegou até ele — Diz Peter severamente. — O filho da puta tem medo demais para fazer qualquer coisa sobre isso.

Esguerra olha para Yan. — E o seu caso? Quando é que ela chega aqui?

A mandíbula de Yan se aperta visivelmente, mas ele

parece recuperar o controle. — Logo — Diz ele sem qualquer emoção. —, muito em breve.

— Bom. — Um sorriso aterrorizante curva os lábios de Esguerra. — Quando a tivermos, não importa se Henderson faz a coisa nobre ou não. Vamos encontrar o bastardo de qualquer maneira.

Os homens se dispersam e eu me afasto da janela, confusa, mas esperançosa.

Eu ainda não sei o que exatamente eles estão fazendo, mas parece que estão fazendo progressos com Henderson – e, por mais errado que seja, mal posso esperar que o ex-general receba o que lhe é devido.

CAPÍTULO 76

Henderson

— Você é uma porra de psicopata! Entende? Um psicopata! — Bonnie grita, lágrimas escorrendo pelo rosto. — Cinco pessoas com quem nos importamos estão mortas, e você não dá a mínima!

Eu me abaixo enquanto ela joga um copo, e ele bate na parede atrás de mim, quebrando no impacto. Cada palavra que ela lança em minha direção é tão letal quanto seus projéteis, e a resposta irada combina com minha enxaqueca cobrindo minha visão com manchas vermelhas.

Eu não deveria ter esquecido de reabastecer sua medicação. Ela deveria estar dopada na cama, não passando pelos meus emails e vendo as porras das notícias.

Um prato zumbe no meu ouvido e eu me esquivo.

— Eu me importo! — Grito, contornando a mesa para agarrar seus ombros ossudos. — Minha prima Lyle é uma dessas pessoas mortas. Mas e daí? Eles vão matar todos eles independentemente. E você e Amber e Jimmy também. Você acha que eu deveria me apresentar para esses assassinos em uma bandeja de prata? É isso que eu deveria fazer?

Eu estou sacudindo-a com tanta força que seus dentes estão chacoalhando em seu crânio vazio, mas ela se recusa a recuar.

— Que merda, talvez você devesse! — Ela grita, sua saliva pulverizando no meu rosto. — Todos estaríamos melhor se você estivesse morto!

Enfurecido, eu a empurro para longe – e ela bate na geladeira no momento em que nossa filha entra na cozinha.

— Mãe? Pai? — Seus olhos azuis arregalados vão de mim para Bonnie. — O que está acontecendo?

Caralho. Amber não deveria ver isso.

Dos meus dois filhos, ela é quem está sempre ao meu lado.

— Nada, querida — Eu consigo dizer com calma. — Sua mãe só precisa de seu remédio, isso é tudo.

Deixando Bonnie chorando no chão, eu levo minha filha embora, de volta para o quarto dela.

Eu não posso salvar todo mundo que me interessa, mas *vou* proteger minha família.

Mesmo que os ingratos tornem essa porra difícil de fazer.

Eu finalmente consegui colocar minhas mãos no layout do complexo colombiano de Esguerra, e estou estudando para a Operação Air Drop quando me ocorre que a casa está em silêncio.

Muito silêncio.

Não há explosões de videogame na sala de estar, nem barulho de pratos na cozinha, apesar do horário do jantar.

Minha pressão sanguínea aumenta, e vou de cômodo em cômodo.

Nada.

Ninguém está aqui.

Nossa cabine na Islândia está tão fria e vazia como as estradas cobertas de neve do lado de fora.

Corro para a garagem e, com certeza, o jipe está desaparecido. Bonnie deve tê-lo levado para ir para a cidade com as crianças.

Essa puta estúpida. Eu bato minha palma contra a parede. Eu disse a ela um milhão de vezes que não podemos sair deste lugar. Como ela poderia correr esse risco, considerando o que está acontecendo com todos os nossos amigos e parentes? Ela não percebe que meus inimigos irão esfolar sua costela?

A menos que... Meu peito fecha, o ar evaporando em meus pulmões.

Ela não iria.

Ela não podia.

Ela não ousaria.

No entanto, minhas pernas me levam de volta para dentro da casa, para o quarto dela. Eu olhei dentro brevemente, apenas o tempo suficiente para ver que ela não estava lá.

Então, agora, eu entro e olho em volta, e a fúria quase me cozinha vivo.

Na mesinha de cabeceira, sob o controle remoto da TV, há um pequeno pedaço de papel com a letra dela.

Estamos partindo, diz. *Preferimos correr o risco lá fora do que estar 'seguros' aqui com você.*

eter

ENTRO NO GALPÃO DE INTERROGATÓRIO, ONDE UMA jovem senta-se presa a uma cadeira. Seu rosto pequeno é decorado com hematomas, e seu lábio inferior está partido, dando-lhe um olhar de malícia. Seu olhar, no entanto, é claro e desafiador.

Esta bela sniper não é nem um pouco fácil de lidar. Eu me pergunto se Yan deu a ela esses hematomas durante o interrogatório, ou se são da briga durante a captura dela ontem.

Ouvindo passos, viro-me e vejo Yan e Ilya entrando na sala.

— Acabamos de obter os arquivos sobre os homens cujos nomes ela nos deu — Diz Ilya, estendendo o telefone. — Nossos sósias têm um bom currículo. Todos os quatro são ex-Força Delta, mesma unidade. Eles e alguns de seus amigos foram julgados há quinze anos por estupro em grupo de uma menina de dezesseis anos no Paquistão. Seis deles foram presos, mas os outros os soltaram e todos fugiram. Desde então, eles têm feito trabalhos aleatórios aqui e ali, desde assassinatos menores até plantar bombas para organizações terroristas.

Enquanto ele fala, passo as fotos na tela. Eles claramente tinham bons disfarces enquanto se passavam por nós. Os rostos que me olham têm muito pouca semelhança com os nossos; na melhor das hipóteses, um se parece vagamente comigo – e mesmo assim, seu cabelo é loiro e repicado.

Uma ideia me ocorre. — Quem fez a maquiagem e os disfarces neles? — Pergunto à sniper, ficando na frente da cadeira dela. — Parece que era alguém muito habilidoso.

Ela afirma não saber onde Henderson está se escondendo, e aquele *ublyudok* de uma galinha parideira não cedeu, deixando seus amigos e parentes morrerem em seu lugar, então, nós precisaremos chegar até ele de outra maneira... talvez através da equipe que ele usou para plantar o explosivo.

Ela fica em silêncio por um momento; então, diz carrancuda: — Eu. Eu fiz.

Eu levanto as sobrancelhas com ceticismo. — Está falando a verdade?

Suas narinas se abrem. — Por que eu mentiria? Eu

já te dei todos esses nomes. O que é mais um no grande esquema das coisas?

O inglês dela é tão puro quanto qualquer americano. Eu me pergunto quando e como uma garota tcheca aprendeu a falar tão bem.

— Isso será fácil de verificar — Diz Yan, adiantando-se para ficar ao meu lado. — Ela pode mostrar sua habilidade em mim hoje à noite.

— E em mim. — As mãos de Ilya se contorcem em seus lados enquanto ele olha para seu irmão.

Ótimo. Eles ainda estão na garganta um do outro sobre quem consegue fodê-la.

Deixando minha irritação de lado, faço à menina mais uma dúzia de perguntas, e ela responde a todas, embora com relutância. Como ela é uma contratada privada sem nenhuma lealdade especial a ninguém, sabiamente decidiu cooperar conosco em troca de sua vida e eventual liberdade.

Eu estou planejando matá-la de qualquer maneira – os pais de Sara estão mortos por causa dela – mas, por enquanto, não me importo em deixá-la acreditar que ela vai se safar.

De qualquer forma, ela não é tão útil quanto eu esperava. Ela disse que só encontrou Henderson pessoalmente uma vez, e não tem ideia de onde ele poderia estar se escondendo. Também não sabe onde estão nossos sósias, apesar de frequentemente ter trabalhado com eles no passado.

Outro beco sem saída, mas não estou perdendo a esperança.

Agora, temos mais nomes para rastrear e é provável que nos levem ao nosso alvo.

Quando chego em casa, fico aliviado ao ver que Sara ainda está dormindo, como tem feito nas duas últimas tardes. Embora ela não queira admitir, a gravidez e o enjoo matinal que acompanha estão pesando muito nela.

E isso sem mencionar as sessões de terapia com a Dra. Wessex. O que quer que a terapeuta esteja fazendo com Sara, parece estar exaurindo minha ptichka a ponto de ela desmaiar assim que chega em casa.

— Que tipo de tratamento ela está fazendo com você? — Perguntei a Sara na noite passada, e ela explicou sobre o movimento dos olhos e como ela deve treinar seu cérebro para processar as memórias traumáticas de forma diferente. Não tenho certeza se entendi tudo, mas ela só teve um pequeno incidente de flashback desde o início da terapia, pelo menos até onde eu sei.

É bem possível que ela esteja escondendo de mim. Ela ainda não chorou ou falou comigo sobre o que aconteceu, então, sei que está preso nela, toda a tristeza e dor que preenchem o vazio deixado pelo falecimento dos seus pais.

A parte estranha é que eu sinto um pouco disso também – não apenas como ecos de sua dor, mas como minha própria perda. Nos quatro meses que se seguiram ao nosso casamento, conheci Chuck e Lorna, e comecei a gostar e respeitar os dois. Eles eram pessoas boas, pais amorosos e, embora tivessem todos os motivos para me odiar, eles lentamente se abriram para mim, deixando-me fazer parte das suas vidas.

Uma parte de sua família – uma família que mais uma vez deixei de proteger.

Silenciosamente, voltei para fora do quarto, meu peito dolorosamente apertado. Não sei se algum dia vou me perdoar pelo que aconteceu, por não ter previsto que o inimigo que eu caçava tão diligentemente poderia não se contentar em sair das sombras e retomar sua vida.

Por não antecipar a forma traiçoeira que sua vingança poderia tomar.

Meu humor ainda está sombrio quando entro na sala de estar e abro meu laptop para verificar o email criptografado que usei para alcançar o contato de Henderson na CIA. Todos os dezenove dos nossos prisioneiros estão mortos, então, não estou esperando ver nada, estou checando mais por força do hábito.

É por isso que uma mensagem de um remetente desconhecido me pega completamente de surpresa.

Abrindo o email, eu o li – depois li novamente, incapaz de acreditar nos meus olhos.

Se você quiser Wally, me encontre no Marison Café em Londres às 9 da manhã de quarta-feira. Venha sozinho.

– Bonnie Henderson

ara

— ...CLARAMENTE UMA ARMADILHA — OUÇO ILYA DIZER quando saio do quarto, bocejando da minha soneca. — Ele está tentando te atrair, isso é tudo.

— Obviamente, mas ainda temos que seguir a pista — Kent diz quando paro no corredor e olho para a sala de estar.

Peter, Esguerra, Kent e todos os três colegas russos de equipe do meu marido estão amontoados em volta de um laptop na mesa de centro, enchendo o pequeno espaço com tanta testosterona que quase posso sentir o gosto. 'Masculinidade Letal', são as palavras que me vêm à mente quando vejo seus corpos altos e soberbos e rostos duros.

Masculinidade letal, matadora de calcinha.

É claro que Peter é muito mais magnético do que os outros, decido enquanto continuam falando, alheios à minha presença. Os cabelos loiros de Kent trazem à mente uma pilhagem de viking, e eu sinto algo decididamente cruel em Esguerra – e, até certo ponto, em Yan e Anton. Ilya é o único que parece ter um pequeno fragmento de bondade humana nele, e definitivamente não é meu tipo – embora eu possa ver quantas mulheres achariam os músculos excessivamente grandes e as tatuagens no crânio excitantes.

— E temos certeza de que Peter é o único que deveria ir sozinho? — Esguerra diz, agachando-se para ver a tela do laptop. — O email não é direcionado para ninguém específico.

Minha respiração fica presa no peito e todos os pensamentos da aparência dos homens desaparecem da minha mente.

Alguém está tentando fazer com que Peter vá para algum lugar sozinho?

— Nossos hackers estão rastreando o email agora — Diz Yan, olhando para o celular. — Saberemos o endereço IP de onde foi enviado em breve.

Peter acena com desdém. — Não será um endereço IP real. Henderson sabe como cobrir seus rastros.

— Mas e se não for Henderson? — Esguerra se levanta. — E se for sua esposa?

Ilya bufa. — Sim, claro. E se acreditarmos nisso, ele tem uma ponte que ele pode...

— Não, Julian está certo — Peter interrompe. —

Algo sobre isso é muito não-jeito-Henderson-de-agir. Se ele quisesse me atrair, ele forneceria uma pista mais convincente – colocando, digamos, seu contato na CIA ou algo assim. Assinar esse email com o nome de sua esposa é como dizer diretamente que é uma armadilha. Você não precisa ter trabalhado para a agência para saber que é uma tática com menor probabilidade de sucesso.

— Talvez seja por isso que ele está usando — Diz Kent. — *Porque* é tão absurdo e inacreditável.

— Ou talvez porque não foi ele a escrever o email. — Esguerra cruza os braços sobre o peito. — Eu estou dizendo, poderia ser da esposa dele.

— Por que sua esposa contataria Peter? — Anton pergunta, coçando a barba. — Acabamos de matar dezenove dos seus amigos e parentes e deixamos os corpos para os policiais encontrarem. Você acha que ela tem alguma vontade de morrer?

— Talvez tenha — Diz Yan quando levo minha mão sobre a minha boca, suprimindo um suspiro horrorizada.

Dezenove pessoas?

Eles mataram dezenove pessoas inocentes em sua busca para pegar Henderson?

— Pense nisso — Continua Yan, alheio ao martelar doente do meu batimento cardíaco. — Nós estamos atrás do marido há anos. Pense no estresse que toda a família tem sofrido. Não é isso que pensávamos que poderia acontecer quando fomos atrás dessas pessoas pela primeira vez? Não esperávamos que alguém da família de Henderson – a esposa, a filha, o filho – pudesse escorregar sob pressão e cometer esse tipo de erro?

— Isso é mais do que um erro — Diz Kent. — Nós não a encontramos porque ela contatou seus amigos por preocupação. Ela nos procurou, pelo endereço de email que só Henderson e seu contato da CIA teriam.

— A menos que ela tenha acessado o email do marido e tenha visto a mensagem encaminhada da CIA — Diz Esguerra. — Então, ela também teria o email.

Ainda segurando minha mão sobre a minha boca, eu me afasto, tomando cuidado para não fazer barulho.

Eu entendo agora porque Peter não quis me contar detalhes sobre o plano deles.

Não é por causa do meu estado mental – é porque o que eles fizeram foi assassinato em massa.

eter

ESTAMOS NO MEIO DE CRIAR ESTRATÉGIAS SOBRE COMO abordar melhor a situação quando Sara entra na sala de estar.

— Aí está você — Digo, sorrindo. — Como foi sua soneca?

Seus olhos brevemente encontram os meus e se afastam. — Tudo bem. Olá, todo mundo. — Ela acena para os homens sem um sorriso.

— Vamos nos reunir hoje à noite — Diz Esguerra, levantando-se do sofá. — Oito horas, meu escritório.

Eu olho para Sara, que passou por nós até a cozinha e está se servindo de um copo d'água. Não quero deixá-la sozinha, é por isso que eu chamei todo mundo aqui.

Entendendo meu dilema, Esguerra diz: — Sara,

Nora queria saber se você poderia ajudá-la com Lizzie hoje à noite. Rosa tem a noite de folga.

Sara olha, com o rosto inexpressivo. — Claro, eu ficaria feliz em ajudar.

Esguerra assente, satisfeito, e todos rapidamente se afastam, deixando-nos sozinhos. Fico feliz porque não gosto desse estranho humor que Sara está.

Será que aconteceu alguma coisa enquanto ela dormia?

— Ptichka... — Entro na cozinha e paro na frente dela. — Você teve outro flashback esta tarde?

Ela pisca para mim. — O quê? Não, eu não tive.

Eu lhe dou um olhar duvidoso. — Você tem certeza?

Sua delicada mandíbula aperta. — Sim. Eu estou bem. — Colocando seu copo d'água no balcão, ela se afasta.

Só não vou deixá-la escapar com uma mentira tão óbvia. Agarrando o braço dela, eu a viro para me encarar. — Então, qual o problema? — Eu exijo. — O que aconteceu?

Ela olha para mim e vejo um vazio peculiar em seus suaves olhos de avelã. — Nada. Nada aconteceu.

— Sara... não se feche para mim.

Tem algo agonizante em seu olhar antes de ela o esconder com aquele vazio. — Eu te disse, não é nada.

— Não é nada se você se recusar a falar comigo. Ptichka... — Eu solto o braço dela para colocar uma mecha de cabelo atrás da orelha. — Por favor, meu amor, me diga o que está errado.

Seu rosto se fecha. — Nada. Apenas deixa.

Apenas me deixe. Eu deixo cair a minha mão, ouvindo as palavras não ditas tão claramente como se ela tivesse gritado para mim. O email tinha me distraído temporariamente do meu humor sombrio, mas agora está de volta, o conhecimento de que eu causei tudo isso pressionando-me, sufocando-me com seu peso doentio.

Eu fiz isso para Sara.

Seus pais estão mortos por minha causa.

Sua antiga vida está perdida por minha causa.

Porque eu não a deixei.

Porque eu nunca posso deixá-la.

— Você me odeia? — Pergunto baixinho. — Não culpo você se disser que odeia.

Ela olha para mim, suas pupilas escurecendo quando sua respiração acelera. Ela não nega, e por que iria?

Se não fosse por minha obsessão por ela, seus pais ainda estariam vivos.

— Eu deveria. — Sua voz embargada. — Uma pessoa normal odiaria.

A pressão no meu peito cresce, a dor torna-se mais aguda. Claro que ela deveria. Eu sou o culpado por tudo isso.

— Eu sinto muito. — As palavras desconhecidas forçam-se através da minha garganta, arranhando no caminho. — Sinto muito sobre isso, sobre tudo. Eu não consegui protegê-los... te proteger. Eu deveria ter previsto que ele faria algo assim, mas... — Paro, sabendo que não tenho uma desculpa real.

Com todos os guarda-costas e as medidas de segurança que eu tinha, eu estava preparado para meus inimigos atacarem, mas não dessa maneira.

Os olhos de Sara se arregalam enquanto eu falo, e antes que eu termine, ela começa a sacudir a cabeça. — Do que você está falando? — Ela exclama quando eu me calo. — Eu não sou esse tipo de pessoa... Você acha que estou te culpando pela morte dos meus pais?

Franzo, confuso. — Não está?

— Claro que não! Se qualquer coisa, sou eu quem... — É a vez dela de se separar, os olhos cintilando com um brilho doloroso. Antes que eu possa dizer qualquer coisa, ela continua: — O ponto é que Henderson é culpado pelo que aconteceu, não você. *Ele* colocou o explosivo, matando todas aquelas pessoas inocentes para que ele pudesse culpar você pelas mortes. *Ele* enviou a equipe da SWAT para a casa dos meus pais.

— Eu sei. Mas ele era *meu* inimigo.

— Sim, e você é *meu* marido. — As lágrimas agora estão inundando nos seus olhos. — *Eu* me apaixonei por você. *Eu* te trouxe para a vida deles. *Eu* te forcei para a chamada vida normal nos subúrbios. Se eu tivesse aceitado meus sentimentos por você antes, poderíamos ter vivido felizes no Japão. E, então, nada disso teria acontecido, e meus pais ainda estariam...

— Você está realmente tentando dizer que é culpada por essas coisas? — Eu interrompo incrédulo. Segurando suas mãos nas minhas, aperto suavemente. — Sara, ptichka... você se sente de alguma forma responsável pelo que aconteceu?

Ela não se lembra como acabou no Japão primeiramente? Como eu me forcei em sua vida e a roubei?

As lágrimas nos olhos dela brilham mais e ela tenta desviar o olhar novamente, mas eu não a deixo. Nós vamos chegar ao fundo disso. Agora. Hoje. Não importa o quanto isso seja difícil.

Porque, finalmente, minha ptichka está se abrindo, falando sobre o que aconteceu.

— Sara... — Largando suas mãos, eu acaricio sua mandíbula delicada. — Meu amor, você não é de forma alguma culpada. Está tudo em mim, tudo isso. Desde o primeiro momento em que vi você, eu te quis e não deixei nada ficar no meu caminho... nem mesmo seus sentimentos. Eu era um bastardo, e ainda sou, porque mesmo depois de tudo o que aconteceu, não consigo fazer a coisa certa.

Sua graciosa garganta se move. — A coisa certa?

— Ir embora. Deixar você ir. — Minha boca se contorce quando abaixo minha mão. — Isso é o que um homem bom faria. Um homem que queria se arrepender de seus pecados. Mas esse não sou eu. Não posso fazer isso. Os nove meses que estivemos separados quase me destruíram - e eu preferiria queimar no inferno por toda a eternidade do que passar uma vida inteira sem você.

Ela recua, e eu novamente vislumbro o tormento em seu olhar antes que ela o deixe cuidadosamente em branco. — Você não precisa fazer isso — Diz ela com dificuldade. — Eu não estou pedindo para você me deixar. Eu não *quero* que você me deixe. Essa é a última coisa que quero – e definitivamente não culpo você pelo que aconteceu com meus pais.

— Então, o que você quis dizer quando falou que deveria me odiar? Que uma pessoa normal me odiaria?

Sua respiração se agita novamente, e ela recua, sacudindo a cabeça quando mais umidade se acumula nos seus olhos. — Esquece isso. — Sua voz treme. — Esquece.

Fico olhando para ela, uma nova suspeita me ocorrendo. — Quando você acordou? — Pergunto, com um palpite.

Um estremecimento visível ondula sobre sua pele, e sei que acertei em cheio.

Ela nos ouviu.

Eu tento lembrar o que dissemos exatamente, e estremeço internamente.

Os dezenove cadáveres foram definitivamente mencionados.

Aproximando-me, seguro seus ombros finos. — Sinto muito que você ouviu isso — Digo calmamente. — Pelo que valia a pena, eu estava contando com Henderson se trocando por pelo menos algumas dessas pessoas.

Ela engole. — Sim, claro.

— Você preferiria que eu não fizesse nada? Você quer que ele ande livre depois do que ele fez?

Seu peito se estufa. — Eu preferiria. — Sua voz é tensa enquanto ela olha para mim. — Não que andasse livre, mas fosse preso. Pagasse pelos seus crimes da maneira normal.

— E você quer isso? — Pergunto baixinho. — Se você pudesse acenar com uma varinha mágica e mandá-lo para a prisão por seus crimes, isso satisfaria você? Seria suficiente considerando o que ele fez? A nós, a Tamila e Pasha... aos seus pais?

Sua respiração acelera mais com cada palavra que falo, e posso vê-la começar a tremer. Saindo do meu aperto, ela se move para ir embora, mas eu pego seu pulso e a viro para me encarar.

— Me diz, Sara. — Implacavelmente, eu a puxo para mais perto. Eu quero esclarecer tudo, para chegar ao âmago do que a está incomodando. — É isso que você quer para ele? Sua justiça civil normal? Ou você quer que ele sofra? Para conhecer a verdadeira dor e perda?

As lágrimas descem, cobrindo suas bochechas com a umidade. — Para com isso — Ela ofega, puxando seu pulso. — Eu não... eu não sou...

— Não é assim? — Eu me recuso a deixá-la ir. — Você tem certeza disso, meu amor? Não há uma parte de você que está um pouco feliz que o padrasto da sua paciente recebeu seu justo quinhão? Que *você* puxou o gatilho para o agente que matou sua mãe? Que embora Henderson ainda esteja lá fora, ele já está pagando por seus crimes em carne e osso?

As lágrimas correm com mais força, e eu a sinto tremer quando digo suavemente: — Ele merece, Sara. Você sabe que merece. É lamentável que outros tenham morrido em seu lugar, mas é assim que esse mundo funciona. Não é justo. Não é mesmo. Eu sei... porque se houvesse alguma justiça nesta vida, meu filho estaria aqui conosco hoje. Em vez de morrer com um carrinho de brinquedo em punho, ele cresceria para dirigir a versão real. Ele iria à escola e sairia para namorar. E um dia, em algum momento no futuro, ele conheceria alguém que amaria tanto quanto eu te amo – alguém que o faria esquecer as lições brutais da vida.

Ela está chorando agora, batendo no meu peito e soluçando, e eu envolvo meus braços ao redor dela, segurando-a quando a represa finalmente se rompe e ela cede à sua dor.

Enquanto ela enfrenta sua dor e perda.

ara

Eu choro pelo que parecem horas, tão presa na minha dor que mal sinto quando Peter me pega e me leva para o sofá na sala de estar. Enquanto ele me segura em seu colo, gentilmente me balançando para frente e para trás, sofro por meus pais e pelo homem que matei, pelas vítimas de Peter e por Pasha e Tamila. E, acima de tudo, sofro pela mulher que eu fui uma vez, que não podia imaginar tirar uma vida... ou amar um homem capaz de matar.

Isso me atinge em ondas, toda a dor e culpa e raiva. Deus, há muita raiva. Eu não sabia que tinha isso em mim. Se Henderson estivesse aqui agora, eu o mataria com minhas próprias mãos. Eu o observaria morrer e aproveitaria cada momento horrível. Apesar de todas as possibilidades contra, Peter e eu construímos nossa vida de sonho juntos – só para perder tudo em alguns minutos devastadores.

Foi assim para Peter quando Pasha e Tamila foram mortos? Ele se sentia assim, como se seu mundo tivesse parado de girar?

Enquanto choro, eu revivo tudo – todas as memórias que eu lutei tanto contra. Eu ouço o tiroteio e o rugido do helicóptero, sinto o cheiro do sangue e pânico no ar. Vejo meus pais morrerem e o peso frio da arma na minha mão enquanto puxo o gatilho... uma, duas, uma terceira vez.

Lembro-me de como era ver o rosto do agente explodir e saber que tomei uma vida humana, que no fundo sou capaz das mesmas coisas que Peter.

Eu choro por isso e por saber que meu filho nunca conhecerá uma vida verdadeiramente pacífica, que ele ou ela irá crescer num mundo colorido com sombras da escuridão. Eu choro pelo meu pai, que nunca chegou a ser um avô, e pela minha mãe, cujos últimos momentos foram gastos debruçados sobre o corpo morto do marido.

Eu choro por eles e me enfureço com o destino, e o tempo todo, Peter está lá, me segurando.

Emprestando-me sua força, para que eu possa desmoronar sem quebrar.

CAPÍTULO 81

Eu espero até que os soluços de Sara se acalmem antes que eu ceda ao calor escuro que se forma nas minhas veias. Por uma hora inteira, eu a segurei no meu colo, sentindo seu corpo flexível tremer e tremer, seu bumbum bem feito se contorcer em minha virilha enquanto seus seios macios se esfregavam contra o meu peito.

É errado desejá-la desse jeito quando acabei de testemunhar a profundidade do seu sofrimento, mas não posso evitar. Sua agonia me arranhou profundamente, tirando a camada fina de civilidade que mascarava meus impulsos mais básicos.

Eu sou uma besta desencadeada e ela é minha presa.

Selvagemente, eu a beijo, saboreando o sal das

lágrimas secando em seus lábios enquanto minhas mãos rasgam suas roupas, mostrando sua pele macia. Ela é passiva no início, drenada pela tempestade emocional que sofreu, mas em pouco tempo, seus esbeltos braços me envolvem, e ela me beija de volta, suas mãos rasgando minhas roupas com ferocidade correspondente.

Minha camiseta cai no chão, juntando-se à pilha de suas roupas, daí, ela está mexendo no zíper da minha calça jeans enquanto senta nua no meu colo.

— Deixa que eu — Ordeno com voz rouca quando parece estar levando uma vida, mas ela já tinha conseguido, e meu pau sai livre, inchado e dolorido, desesperado para ser enterrado em seu calor apertado e úmido.

— Eu te amo — Ela ofega quando eu mergulho profundamente, e sinto seus músculos internos apertarem em torno de mim, me envolvendo, me dando boas-vindas, apesar da dor que eu devo estar causando.

Assim como ela está me abraçando, apesar de todo o sofrimento que eu trouxe à vida dela.

Eu não mereço o amor dela, seu perdão, mas quando eu deslizo meus dedos em seus cabelos, segurando-a para o meu beijo devorador, sei que tenho.

Que ela é verdadeiramente minha, para o melhor ou para o pior.

*S*ara

— VOCÊ TEM CERTEZA DE QUE VAI FICAR BEM? — PETER pergunta pela décima vez enquanto nos aproximamos da mansão de Esguerra depois do jantar, e eu assinto, olhando para sua expressão preocupada.

— Não se preocupe. Eu ficarei bem.

Pela primeira vez em uma semana e meia, não estou mentindo. Meus olhos sentem como se eu tivesse esfregado-os com uma lixa, e tenho uma forte dor de cabeça de todo o choro – para não mencionar alguma dor pelo nosso sexo na sala – mas tudo isso é pouco. A pior parte da dor – a tristeza e a culpa que eu fui incapaz de enfrentar todos esses dias – está diminuindo, embora possa nunca desaparecer completamente.

Claro, ainda há a questão dos dezenove reféns mortos, mas estou tentando não pensar nisso. Por que o que adiantaria?

Meu marido pode ser um monstro, mas eu não posso viver sem ele mais do que ele não pode viver sem mim.

— Eu não tenho que ir — Peter diz novamente. — Podemos apenas dar meia-volta e ir para casa.

— Você quer dizer de volta para a casa que Esguerra está nos deixando ficar? O mesmo Esguerra cuja hospitalidade se baseia em você ajudá-lo a conseguir Henderson de uma maneira rápida?

Peter ergue os ombros largos num dar de ombros, parecendo despreocupado. — Ele vai entender se eu não conseguir ir para a reunião.

Eu sorrio para ele, meu peito inundando com calor incandescente. Meu cavaleiro das trevas, sempre disposto a entrar em batalha em meu nome. — Talvez, mas não há necessidade. Eu vou ficar bem. E, para ser sincera, quero muito passar um tempo com Nora e Lizzie.

— Tudo bem, meu amor. Se você tem certeza — Ele diz quando paramos na porta da frente da mansão. — Ligue para mim se precisar de alguma coisa, ok? Eu não vou estar longe. — Ele aponta para um pequeno prédio próximo – deve ser o escritório ao qual Esguerra se referiu.

— Parece bom. Vejo você em breve. — Colocando minhas mãos nos seus ombros largos, levanto-me na ponta dos pés e pressiono meus lábios nos dele. Eu pensava num beijo de adeus, mas ele passa um braço em volta da minha cintura e desliza a mão no meu cabelo, me segurando enquanto aprofunda o beijo, saqueando minha boca como se não tivéssemos feito sexo em meses, em vez de meras horas. Meu ritmo cardíaco acelera, um calor aumenta embaixo enquanto seu pênis endurece contra a minha barriga e, por um momento, estou tentada a concordar com a sua proposta não dita.

Podemos não cumprir nosso compromisso hoje à noite, podemos voltar para casa e passar as próximas duas horas na cama.

É só quando Peter quebra o beijo para tomar ar que minha cabeça limpa o suficiente para perceber que estamos fazendo cena na varanda da frente de Esguerra – e que a cortina na janela próxima se movimentou como se alguém estivesse espiando.

— Espera... — Respirando pesadamente, saio da sua pegada e dou um passo atrás. — Não podemos – não deveríamos aqui.

Ele olha para mim, seu peito poderoso subindo e descendo, e eu sei que se não estivéssemos em público, ele já estaria em mim.

— Tudo bem — Diz ele guturalmente, suas grandes mãos flexionando de lado. — Mas não fique aqui por muito tempo... Lembre-se, antes de mais nada, você é minha.

E com essa declaração, ele se vira e se afasta.

~

SE NORA NOTOU MEUS OLHOS INCHADOS E VERMELHOS, ela é bastante diplomática para não dizer nada enquanto eu a acompanho até o quarto de Lizzie. Em vez disso, ela me diverte com uma história sobre uma arara vermelha que vira em sua corrida matinal hoje, e outros encontros interessantes com a vida selvagem local.

— Parece que você adora isso aqui — Digo, sorrindo enquanto ela se inclina sobre o berço para pegar sua filha. O bebê solta um som descontente, mas logo ela se acomoda nos braços da mãe, colocando a cabeça minúscula no ombro delgado de Nora.

— Eu realmente amo. — Nora sorri para mim enquanto se senta numa cadeira de balanço, gentilmente acariciando as costas de Lizzie. — E amo desde o começo.

Mastigando meu lábio inferior, me sento no pequeno sofá ao lado da cadeira. A curiosidade sombria está me atormentando, mas não sei se deveria ter algo pessoal com essa jovem. — Você adora *tudo* sobre isso? — Eu finalmente me arrisco.

Eu não estou falando sobre o clima ou a natureza local, e vejo que Nora entende. Ainda assim, minha pergunta é vaga o suficiente para que ela possa responder assim se quiser – eu não quero deixá-la desconfortável de qualquer forma.

Seus olhos ficam sombrios e pensativos enquanto

ela me estuda. — Não — Diz baixinho. — Nem tudo, embora eu *o* ame.

Claro que ama. Eu vi no jantar. E ele a ama... embora alguns possam dizer que um homem assim não é capaz de sentir essa profundidade.

Antes de conhecer Peter, eu teria concordado com eles, mas como tudo na minha vida, minhas opiniões sobre o assunto mudaram e evoluíram nos últimos dois anos.

Agora sei que os assassinos implacáveis podem amar e que o coração pode não ter uma bússola moral.

— Você sabe sobre a operação mais recente deles? — Eu pergunto baixinho quando Nora fica em silêncio. — Aquela com todos os reféns?

Eu provavelmente não deveria falar sobre isso, mas eu ainda não consigo tirar as dezenove pessoas mortas da minha mente.

Nora assente. — Sei. Eu presumo que você também saiba?

— Peter não ia me dizer, mas esta tarde, eu os ouvi. — Eu engulo. — Então, sim, agora eu sei.

— Ah. Eu estava pensando sobre... — Ela gesticula para os meus olhos e sorri com tristeza. — Deixa pra lá.

Eu ergo minha cabeça, maravilhada com o quão calma ela está, como ela não se abala com isso tudo. — Isso não te incomoda? — Pergunto, incapaz de resistir. — Você não acha esse tipo de coisa... horrível?

Ela suspira, mudando o bebê para o outro ombro. — Acho. Claro que eu acho. Eu não sou como Julian; não nasci para esse tipo de vida.

— Então, como você faz? Como você deixa isso passar?

— Para ser honesta — Diz ela calmamente —, eu não sei. Tudo o que sei é que eu o amo... que eu preciso dele como a floresta tropical precisa do sol. Meu mundo é mais sombrio nele, mas é mais brilhante também, mais rico de muitas maneiras.

Mordo o interior da minha bochecha. Eu a entendo tão completamente que é assustador. — Você já se perguntou se é você... se algo dentro de você está errado e quebrado? — Pergunto quando o bebê começa a se mexer. — Se talvez as mulheres normais não tivessem... entende?

Ela suspira novamente e coloca Lizzie de volta no outro ombro. — É possível. Eu sei que Julian e eu... Bem, o jeito que estamos juntos não é para todo mundo, isso é certo. — Ela está prestes a dizer mais, mas a agitação de Lizzie está aumentando, e Nora se levanta, balançando o bebê para acalmá-la.

Eu me levanto também. — Posso segurá-la?

Nora sorri quando a agitação do bebê se transforma em gritos. — Agora? Você tem certeza?

— Eu preciso da prática — Digo ironicamente. — E seu marido disse que você poderia ter ajuda.

— Nesse caso, toma. Esse pacote de alegria é todo seu. — Ela entrega o bebê com ansiedade exagerada.

Para a minha surpresa, Lizzie para imediatamente de chorar e olha para mim com grandes olhos azuis.

— Por quê, sua pequena traidora? — Diz Nora para

a sua filha com indignação fingida. — Vai ver se você vai ser amamentada hoje à noite.

Eu rio, balançando o bebê em meus braços, e enquanto ela gorgoleja, seu minúsculo punho alcançando meu cabelo, eu sinto a pressão no meu peito aumentando, as nuvens escuras se levantando o suficiente para me deixar vislumbrar um toque de luz.

CAPÍTULO 83

*H*enderson

NÃO ENCONTRADO.

As palavras pulando no redor do meu cérebro cheio de enxaquecas, as letras se contorcendo na tela como cobras.

Todos os meus contatos estão me dizendo que minha esposa e filhos não estão em lugar nenhum. É como se eles desaparecessem no ar.

Meu pescoço doendo, a agonia irradiando pelo meu braço esquerdo. Eu quero uivar como um animal e tomar um maço de pílulas, mas não consigo.

Preciso de todo o meu juízo para isso.

As chances são altas de que Sokolov já os tenha. O que mais poderia explicar seu desaparecimento? Não há registros deles saindo da Islândia, nenhum bilhete de avião emitido para alguém que corresponda à sua descrição.

Eles devem ter sido capturados e desaparecido.

Logo, receberei uma ordem para me entregar, junto com algumas partes do corpo de meus filhos. Sokolov não vai poupá-los – não depois do que ele fez com o resto dos nossos amigos e familiares.

Não depois do que aconteceu com seu filho naquela pequena aldeia de merda.

Há apenas uma coisa a fazer, um último plano desesperado para tentar.

Pegando o telefone, disquei o número na minha mesa.

— Operação Air Drop iniciada — Digo quando o homem do outro lado atende. — Prepare o time. Atacamos no próximo sábado, em uma semana.

CAPÍTULO 84

Peter

EU REPASSO NOVAMENTE O PLANO A COM MEU TIME, Kent e Esguerra. Então, passamos pelos Planos B, C, D e E.

Ao contrário de um trabalho de assassinato, estamos indo mais ou menos cegos. A armadilha poderia vir de qualquer lugar, assumir qualquer forma que a mente treinada pela CIA de Henderson possa conjurar. De franco-atiradores para o MI5 para a Interpol, podemos ser emboscados de uma centena de maneiras diferentes, e temos que estar preparados para todas elas.

Também temos que admitir a possibilidade improvável de que não seja uma armadilha, e Bonnie Henderson realmente tenha nos chamado.

É por isso que, apesar da minha extrema relutância em ficar longe de Sara por qualquer período de tempo, vou para Londres com a minha equipe na terça-feira, depois de amanhã.

Não posso achar que minha ptichka irá reagir bem a isso, mas não há outra escolha. Kent e Esguerra também irão, para fornecer reforço com suas próprias equipes.

Temos que encontrar Henderson e terminar isso.

Não há outra escolha.

— Como você acha que Nora se sentirá em relação a você ir pessoalmente? — Pergunto a Esguerra enquanto estamos encerrando.

Ele dá de ombros, embora sua expressão seja séria. — Ela não ficará feliz, mas sabe que isso é importante. Não posso delegar algo tão grande; amolecer é perigoso em nosso tipo de negócios. Além disso, vocês quatro que estarão em maior perigo. Kent e eu só nos envolveremos se todo o resto falhar... e, ao contrário de vocês, nossos rostos não estão espalhados por todo o noticiário da noite.

CAPÍTULO 85

Peter

NA SEGUNDA-FEIRA À NOITE, PREPARO TODOS OS PRATOS favoritos de Sara e abro uma garrafa de suco de uva espumante para o jantar. Embora já faz alguns dias desde que Sara teve flashbacks, odeio a ideia de deixá-la sozinha por tanto tempo.

Mesmo com ela se hospedando na casa dos Esguerras, com Nora e Yulia por perto, eu ficarei preocupado o tempo todo que estiver ausente.

— Por que você tem que ir? — Ela pergunta novamente, seu rosto em forma de coração comprimido com o estresse. Seu prato, cheio de sua massa favorita, está à sua frente sem ser tocado, assim como sua taça de champanhe com o suco espumante. Ela não comeu o dia todo – desde que soube que estou indo para Londres.

— Você sabe que é quase certamente uma armadilha — Continua ela enquanto eu penso em como fazer com que ela consuma algumas calorias. — Ele está te atraindo, usando o email da esposa como isca.

— Eu sei... E nos planejamos para isso — Eu a lembro pacientemente enquanto empurro a tigela com pão fresco para ela. — Além do mais, é uma chance de conseguir algum progresso. É difícil preparar uma armadilha sem deixar vestígios; em algum lugar, de alguma forma, ele está fadado a fazer merda.

— Mas e se ele não fizer? — Ela empurra a tigela para longe. — E se ele conseguir prender você?

— Ptichka... — Eu suspiro. — Você sabe que ele vai continuar vindo atrás de nós. Eu tentei me afastar disso uma vez e vimos o que aconteceu. Se eu não tivesse aceitado o acordo e desistido de caçá-lo...

— Não. — Os olhos de Sara brilham de forma dolorosa. — Não faça isso de novo. Eu te disse, isso não tem a ver contigo. Eu sei o quão difícil foi para você fazer aquele acordo, e não importa o resultado, eu sempre serei grata por você ter tentado... que você tenha feito esse tipo de sacrifício por mim.

— Então, come. Por favor. — Empurro a tigela de pão para ela novamente. — Se não por você, por mim e nosso bebê.

Ela pisca, como se só agora percebesse que ela só deu no máximo uma mordida de qualquer coisa que eu fiz. Pegando um pedaço de pão, ela obedientemente o morde e, depois, coloca um pouco de macarrão na boca.

Eu olho uma escorrida de molho deixada em seu lábio superior, e como se estivesse lendo minha mente, ela passa a língua sobre ela, fazendo meu corpo apertar.

Porra, quero mordiscar aqueles lábios macios e suaves... senti-los pressionados contra minhas bolas enquanto ela usa essa língua em mim.

A onda de desejo é tão forte que me pega desprevenido. Meu ritmo cardíaco aumenta, e vou da excitação leve para uma ereção completa em um segundo. A única coisa que me impede de esticá-la nessa mesa é que ela está finalmente comendo.

Relutantemente, com uma óbvia falta de apetite, mas comendo.

Controlando meu desejo, termino meu próprio prato, observando-a vigilantemente o tempo todo.

Ela consome cerca de metade da massa em seu prato antes de desistir e se declarar satisfeita. Eu a incentivo a comer uma sobremesa – uma tigela de frutas com creme de coco batido – e, então, finalmente cedo à minha própria fome.

Deixando os pratos sobre a mesa, eu a pego e a levo para o nosso quarto.

CAPÍTULO 86

Sara

PETER ESTÁ CUIDADOSO COMIGO DE NOITE, COM UMA gentileza incomum e, por ora, essa ternura é exatamente o que quero. Desde essa manhã, quando ele me disse que vai para Londres, fiquei paralisada de medo, tão apavorada por ele que mal conseguia respirar.

Ele ainda não está totalmente curado, embora aja como se as feridas não importassem. Nos últimos dois dias, ele voltou a treinar com Anton e os gêmeos, realizando feitos de força e resistência que poucos atletas ilesos conseguiriam fazer. Apesar disso, estou ciente de que ele não é sobre-humano – que ele pode sangrar e morrer a balas, como qualquer um.

Falei com Nora depois do almoço, enquanto Peter

estava finalizando a logística com seu marido e os outros. Ela estava aparentemente calma, mas eu poderia dizer que estava bem preocupada, sua ansiedade apenas mais profunda. Ela me contou mais detalhes sobre o plano deles, sobre como Kent e Esguerra estavam liderando as equipes de apoio, como seis dúzias de seus guardas mais bem treinados estariam envolvidos em toda a operação. Como os homens passaram por mais de cinquenta simulações diferentes, preparando-se para tudo sob o sol.

Aquilo deveria ter me tranquilizado, mas o vazio do medo na minha barriga só aumentou. No mínimo, essa conversa me impressionou o quão perigoso é todo o esforço – particularmente para Peter e seus colegas de equipe.

Como os fugitivos mais procurados, eles estão indo direto para a cova do leão.

Fechando os olhos, tento não pensar nisso, me concentrar apenas nos lábios de Peter que se arrastam sensualmente nas minhas costas. Estou de barriga para baixo e ele está beijando cada vértebra na minha espinha, suas palmas calejadas deslizando sobre minha pele com uma aspereza deliciosa, acariciando e massageando-me toda. Cada toque de seus lábios esculpidos envia um calor formidável se espalhando pelo meu corpo, cada golpe de suas grandes mãos relaxando e despertando ao mesmo tempo.

— Você é tão doce — Sussurra ele reverentemente, chovendo beijos no meio da minha cintura, a curva da minha bunda, a parte inferior sensível das minhas nádegas. — Tão linda por toda parte. — Sua voz profunda, levemente acentuada é como veludo para meus ouvidos, aumentando o calor em minhas veias e a tensão pulsante crescendo no meu âmago.

Seus dedos deslizam entre as minhas pernas, encontrando minha abertura escorregadia, e eu gemo enquanto ele me penetra com dois dedos, me esticando, enchendo-me até que eu ofegue de necessidade. Já estou tão excitada que estou prestes a gozar, e quando ele rola os dedos dentro de mim, pressionando meu ponto-G, meu corpo fica em espasmos, a liberação varre através de mim como uma onda quente.

Eu ainda estou descendo do alto quando ele me rola e me cobre com seu corpo musculoso. — Eu te amo — Murmura ele, olhando para mim enquanto se sustenta num cotovelo. Sua palma livre curva ao redor da minha mandíbula, seu polegar suavemente acariciando minha bochecha, e a ternura em seu olhar metálico me derrete até o osso.

— Eu também te amo — Sussurro, meu peito pulsando. — E sempre te amarei, meu querido... não importa o que o destino coloque no nosso caminho.

Suas pupilas dilatando, seus olhos mais sombrios, e quando ele se inclina para me beijar, há uma nova fúria em seu beijo, um tipo de fome mais quente e mais sombria. Sua mão sai do meu rosto e desliza entre os nossos corpos, e eu sinto seu pênis pressionando contra a minha entrada enquanto ele coloca os joelhos entre as minhas pernas, separando-as.

Erguendo a cabeça, ele captura meu olhar com o dele e, em seguida, empurra, me penetrando todo o caminho em um golpe suave. Eu inspiro fundo na plenitude repentina, no calor e pressão dele.

— Fala de novo — Pede ele com voz áspera. — Eu quero ouvir você dizer isso enquanto te fodo.

— Eu te amo — Suspiro quando ele se retira e mergulha fundo. — Te amo muito. — Ele empurra ainda mais fundo. — Sempre vou te amar. — Fico cada vez mais sem fôlego enquanto seus movimentos aumentam o ritmo. — Vou te amar para todo o sempre, enquanto estivermos vivos.

eter

TODOS OS MEUS SENTIDOS ESTÃO EM ALERTA MÁXIMO quando me aproximo do Café onde eu deveria encontrar Bonnie Henderson. Como os gêmeos ainda não mataram a sniper capturada, decidi usar suas habilidades em preparar disfarces, e não pareço nada comigo. Minha barriga é um barril, e sou além de sardento dos cabelos ruivos, mas também estou ostentando pouco cabelo e um queixo duplo.

Se eu tivesse uma mãe, nem ela teria me reconhecido.

Trinta e seis homens de Esguerra estão posicionados ao redor do restaurante, garantindo um raio de dez quadras contra atiradores e policiais. Por enquanto, não parece haver nenhuma atividade incomum acontecendo, mas isso não significa nada – e é por isso que Kent e Esguerra estão acampados nas proximidades, cada um com uma equipe de backup no caso de Henderson agir rápido e de forma desonesta.

E eu estou totalmente esperando que ele faça isso.

O que complica a situação é que uma mulher com as descrições de Bonnie Henderson foi vista entrando no restaurante quinze minutos adiantada. Eu duvido que seja ela – não tem como Henderson usar sua própria esposa assim, mas significa que eu tenho que me aproximar da pessoa com aparência de Bonnie para descartar a pequena possibilidade de que tudo isso seja real.

Quando estou do outro lado da rua do Café, paro e me certifico de que minhas armas escondidas estejam ao alcance de minha mão. Através da minúscula escuta no meu ouvido, meus colegas de equipe me informam que ainda não há nada de suspeito acontecendo, então, eu respiro e atravesso a rua.

Eu a vejo no Café imediatamente. Ela está em uma pequena mesa nos fundos, de frente para a porta. Meu disfarce funciona: seu olhar desliza por mim enquanto eu informo à recepcionista sobre minha reserva usando um sotaque britânico nasalado. Eles aprontaram tudo – Yan certificou-se disso – e eu sigo a recepcionista até uma mesa que está a alguns metros de onde meu alvo está sentado.

Eu me sento de frente para ela. Abrindo o cardápio, discretamente a estudo, procurando por pistas de sua verdadeira identidade. O mais estranho é que ela se parece com todas as fotos e vídeos da esposa de Henderson que estudei ao longo dos anos. Cada coisinha combina, até o fato de que ela parece mais velha do que em todas aquelas fotos, seu rosto magro cansado e envelhecido. Ela ainda é uma mulher atraente – eu posso ver porque Henderson se casou com ela há tantos anos – mas a vida em fuga claramente cobra seu preço.

Ou talvez seja isso que Henderson queira que eu pense quando ele conseguiu essa agente da CIA ou quem quer que seja, como sua esposa.

O garçom se aproxima da minha mesa, eu peço panquecas e uma omelete enquanto continuo estudando meu alvo. Ainda faltam dez minutos para nos encontrarmos, mas a mulher parece estar ficando nervosa, olhando para a porta, depois, para o restaurante com um crescente nervosismo.

Seu olhar me alcança uma vez, mas sem nenhuma suspeita particular.

O garçom traz as panquecas primeiro, e eu faço uma produção devorando-as com gosto, embora eu mal as prove. Se esta 'Bonnie', ou qualquer outra que Henderson tenha plantado no restaurante, está procurando por qualquer comportamento anormal, eles não encontrarão na minha mesa.

São cinco e nove quando ela começa a ficar realmente muito nervosa. Ela se levanta, como se fosse sair, depois, se senta novamente.

Não é muito profissional para um agente da CIA.

Minha omelete chega, e quando eu dou a primeira

mordida, ela se levanta, seu corpo magro tenso de ansiedade. Mastigando o lábio, ela olha em volta novamente, então, começa a se dirigir para a saída.

Bem, isso é interessante.

Agindo por instinto, eu agarro seu pulso enquanto ela passa pela minha mesa.

— Bonnie Henderson? — Digo, mantendo o sotaque britânico, e ela fica completamente rígida, o medo torcendo seu rosto.

— Deixe-me ir — Ela sussurra em um tom aterrorizado. — Eu não vou voltar para ele. Deixe-me ir ou vou gritar.

Ainda mais interessante.

— Eu sou Peter Sokolov — Digo com o meu sotaque normal, liberando seu pulso fino como papel. — Você queria me encontrar?

Ela congela novamente, olhando boquiaberta para mim. — Mas você...

— É um disfarce — Digo calmamente. — Por favor, sente-se.

Ela se atrapalha com a cadeira em frente à minha, suas mãos tremendo quando puxa para fora. Se eu fosse um cavalheiro, me levantaria e ajudaria, mas não é para isso que estou aqui.

Se esta é realmente a esposa de Henderson – e estou começando a pensar que pode ser – ela vai me levar para o marido de uma forma ou de outra.

O garçom se aproxima, curioso com o súbito acréscimo à minha mesa, e peço duas xícaras de café só para fazê-lo sair. Algo estranho parece estar acontecendo com Bonnie/quem-quer-que-seja. Agora que ela está sentada do outro lado da mesa, ela parece mais calma e mais composta – pelo menos, se você ignorar o fino tremor de suas mãos.

— Você me mandou um email — Digo assim que o garçom saiu. — Por quê?

Ela respira fundo. — Porque eu tive que fazer. Essa loucura tem que acabar.

— Eu concordo. — Eu sorrio friamente. — Que bom você se entregar assim.

— Você não entendeu. — Ela aperta as mãos sobre a mesa, escondendo os tremores. — Eu não estou me entregando. Eu estou te dando o que você quer: meu marido.

Eu inclino minha cabeça. — Em troca de quê?

Ela levanta o queixo. — De você deixar a mim e meus filhos em paz.

Ah, Eu estava começando a suspeitar que poderia ser algo assim. Ainda assim, isso não faz totalmente sentido. Por que trair o marido e se expor a tal perigo?

— Por que eu aceitaria essa barganha já que tenho você? — Pergunto. — A menos que você pense que está segura porque estamos nos encontrando em público?

Sua garganta balança quando ela engole. — Eu não sou uma idiota. Eu sei do que você é capaz.

— E ainda assim você está aqui. Interessante.

O garçom reaparece naquele momento, e nós dois ficamos em silêncio, esperando que ele nos sirva café e vá embora.

Assim que ele sai, Bonnie pega sua xícara e toma

um gole do líquido quente escaldante. — Ele não vai negociar a si mesmo por mim. — Sua voz treme um pouco quando ela abaixa a xícara. — Então, você pode esquecer de me usar como barganha. Não vai funcionar melhor do que com os reféns.

Então, ela sabe disso. Isso está ficando mais intrigante a cada segundo.

— O que você está propondo? Que eu prometa não matar você e seus filhos, e você me leva ao esconderijo do seu marido?

— Sim. Bem, não exatamente. — Ela se retrai. — Eu não posso levá-lo a ele diretamente porque eu não sei onde ele está. Ele provavelmente já fugiu do nosso último esconderijo assim que soube que eu fugi com as crianças, caso você nos encontrasse, você entende.

— O que você está oferecendo? E por que você fugiu?

Ela hesita e pergunta em voz baixa: — Você sabe como Wally e eu nos conhecemos?

Tento lembrar se encontrei as informações no enorme arquivo que tenho sobre Henderson. — Não — Admito depois de um momento. — Não sei.

Seus lábios pressionam juntos. — Achei que não soubesse. Ninguém realmente sabe disso. Wally gosta de dizer às pessoas que nos conhecemos em um bar, mas esse não é o caso. Quero dizer, nós nos encontramos num bar, mas nos conhecemos antes – quando eu era uma estagiária novata na agência, e ele era seu astro em ação... e meu professor.

Eu escondo minha surpresa. Eu poderia

inicialmente ter pensado que ela era um agente fazendo o papel da esposa de Henderson, mas não esperava que a esposa de Henderson fosse da CIA.

Ela é muito convincente como uma socialite nervosa.

— Não se preocupe, eu não sou um agente — Diz ela rapidamente, como se eu estivesse com medo de atirar nela por essa revelação. — Eu saí do programa de treinamento depois que Wally me engravidou. Acabei perdendo aquela criança, mas nunca voltei. Você entende, Wally e eu nos casamos, e ele deixou a agência pouco tempo depois, querendo seguir uma carreira militar para poder ter uma vida familiar mais estável – o que significava que eu teria que ficar em casa com as crianças.

Eu pego minha xícara de café. — E você está me dizendo tudo isso por quê?

— Porque eu quero que você entenda por que eu estou aqui. — Seus olhos fixos no meu rosto enquanto saboreio o líquido quente e amargo. — Eu entrei para a agência porque sou uma patriota, Sr. Sokolov. Porque queria proteger nosso país das ameaças tanto estrangeiras quanto domésticas... dos terroristas que explodiram um prédio apenas por isso.

As peças do quebra-cabeça finalmente se juntam.

Claro.

Isso é o que a empurrou para o limite.

— Quando você descobriu? — Eu pergunto, abaixando o café.

— Que Wally estava por trás da bomba do FBI em

Chicago? Alguns dias atrás – ao mesmo tempo em que soube que ele deixou todos os nossos amigos e parentes morrerem em vez de ceder às suas demandas. — Ela parece quase calma quando diz isso, mas eu posso ver o que lhe está custando.

No entanto, quando ela achou essa informação, deve ter sido um choque doloroso.

— Por que vir a mim? — Pergunto, examinando-a de perto. — Certamente, você deve me odiar pelo que fiz para você e sua família. Por que não apenas entregar seu marido às autoridades? Eu suponho que as evidências que você tem são bem fortes.

Ela assente. — E isso é outra coisa que posso oferecer a você. Se você mantiver o seu lado no acerto, eu farei o meu melhor para limpar o seu nome – desse crime em particular, pelo menos. Quanto aos motivos de estar aqui, falando com você, são muito simples. — Ela respira fundo. — Estou cansada, Sr. Sokolov. Estou exausta por temer e odiar você, e meus filhos também. Entregar Wally não acabaria com esse pesadelo para nós; o julgamento se arrastaria por anos, e o tempo todo você estaria tentando chegar até ele através de nós. Este é o melhor caminho – o único caminho – para acabar com isso. Eu nunca vou te perdoar pelo que você fez com a minha família, mas vou fazer essa barganha com você. — Sua voz falha. — Tudo o que eu quero é que isso acabe... para meus filhos retomarem suas vidas normais.

Ela é convincente, vou dar isso a ela. Tão convincente que estou tentado a acreditar nela. Mas há mais uma coisa que preciso saber. — Quando falei com você pela primeira vez, você pensou que eu era alguém que seu marido mandou. Eu suponho que isso significa que ele está procurando por você. Como é que ele não a encontrou, com todas as suas conexões?

Seu rosto se fecha novamente. — Tenho meus contatos, Sr. Sokolov. Meu marido nunca entendeu isso. Ele acha que seu sucesso é devido ao seu próprio brilhantismo, mas eu estive ao seu lado o tempo todo, abrindo caminho, fazendo amizade com todas as pessoas certas, confabulando com suas esposas e outras pessoas... — Ela para, como se percebesse quão insensíveis são suas lembranças amargas. — De qualquer forma — Continua ela —, estou me preparando há dois anos, para o caso de ficar viúva com você no nosso encalço. Eu tinha documentos para mim e para as crianças, junto com dinheiro e tudo o mais necessário para ficarmos escondidos sozinhos. Mas, então, isso aconteceu.

— E você usou seu estoque de emergência para fugir do seu marido.

Sua boca se afina. — Certo. Então me diga, Sr. Sokolov, temos uma barganha? Se eu te entregar meu marido, você nos deixará em paz?

Eu pego meu café novamente. — Você disse que não sabe onde ele está.

— Eu não, mas sei o que ele valoriza mais do que qualquer coisa no mundo.

— E isso é?

Ela me dá um olhar pensativa. — Nossa filha.

Amber. Ela é a única pessoa além dele mesmo que ele ama verdadeiramente.

Eu tenho que esconder minha surpresa novamente. Esta mulher está realmente considerando dar-nos sua filha adolescente como refém?

Porra, ela é doida?

— Tudo bem — Digo, abaixando a xícara. Se ela *está* sem seus remédios, não vou olhar os dentes na boca do cavalo. — Isso parece um bom plano – e sim, se conseguirmos atraí-lo com sua filha, deixarei você e seus filhos em paz. — E também estou falando sério. Embora eu adoraria ter Henderson sofrendo por saber que sua família está morta, eu nunca fui realmente atrás de sua esposa e filhos.

É a cabeça *dele* na bandeja que eu quero.

— Nesse caso, aqui está. — Ela pega um telefone e empurra através da mesa em minha direção. — Isso é tudo o que você precisa agora, mas há mais de onde isso veio, desde que você me deixe sair daqui hoje.

Eu pressiono 'play' no vídeo na tela, e uma hora depois, percebo que a esposa de Henderson não é insana – e que, embora ela tenha deixado a agência, a agência nunca a deixou.

 ara

EU FICO ANDANDO PELA SALA DE JANTAR DOS ESGUERRAS, a ansiedade abrindo um buraco no meu peito. Nora e Yulia estão aqui, assim como o jovem guarda Diego. Ele está recebendo atualizações ao vivo sobre a operação em curso através de seu fone de ouvido, assim, sei que Peter acabou de entrar no restaurante, enfrentando a provável armadilha.

— Ele está falando com ela agora — Diz Diego, olhando por cima de sua tela do laptop depois de vinte minutos agonizantes, e corro para ver uma imagem borrada de um homem que não se parece nada com Peter sentado em frente a uma mulher magra.

— Essa é de uma câmera de longo alcance —

Explica Diego. — Não queremos assustá-los por chegar perto demais.

— Mas tudo ainda está quieto? — Yulia pergunta, inclinando-se sobre o ombro, e ele assente.

— Ou os comparsas de Henderson são sobrenaturalmente bons ou não há ninguém por perto.

Eu olho para Nora. Ao contrário de Yulia e eu, ela está sentada em silêncio, sem fazer perguntas. Se não fosse por seu aperto de morte no carrinho de Lizzie, eu pensaria que ela estava levando com naturalidade.

Voltando minha atenção para a tela, vejo que Peter disfarçado e a mulher ainda estão conversando.

— Não se preocupe — Diz Yulia em voz baixa. — Se alguém no restaurante espirrar errado, nossos snipers o acerta.

— Sim, eu sei. — Um sorriso sem graça puxa meus lábios. — É incrível o quão reconfortante ter snipers pode ser.

Ela sorri de volta e compartilhamos um momento. Quando olho para Nora, no entanto, ela não está olhando para nenhuma de nós.

Claro. Com tudo isso, eu esqueci que ela não se dá com Yulia.

Eu me pergunto se ela se ressente pelo fato de eu estar.

— Ele está saindo do restaurante — Diz Diego de repente, e meu olhar se fixa na tela.

Com certeza, Peter já está na rua.

Diego fica em silêncio, ouvindo atentamente qualquer informação que o time londrino esteja transmitindo para ele, e quando vejo um grande sorriso aparecer em seu rosto, meus joelhos ficam fracos de alívio.

O email *era* da esposa de Henderson.

Peter e os outros estão seguros.

CAPÍTULO 89

*H*enderson

EU ESTOU REPASSANDO A LOGÍSTICA PARA NOSSA operação no sábado, quando uma notificação aparece na minha tela. É um email do meu contato na CIA.

Desculpe, é o título da mensagem.

Tudo dentro de mim vira gelo quando vejo o texto e o anexo de vídeo que está encaminhando.

Sentindo que estou prestes a vomitar, pressiono o 'play'.

O rosto sujo de minha filha, cheio de lágrimas, preenche a tela. — Papai — Ela soluça enquanto a câmera se afasta, mostrando-a amarrada a uma cadeira em uma sala indescritível com paredes brancas. — Papai, por favor, me ajude. Eles disseram que vão nos matar. Por favor, papai, ajude!

O vídeo para, deixando-me suficando por ar.

Sokolov tem ela. Ele tem todos eles.

Agora é um fato.

Tremendo, li o texto encaminhado.

Você sabe o que eu quero, diz. *Plaza de Bolivar, Bogotá, às 15h de quinta-feira. Esteja lá ou a veja morrer.*

Eu esperava isso, sabia que teria de vir, mas ainda me atinge como um soco no estômago.

Amber. Minha doce e leal filha.

Aquele monstro vai matá-la. Ele não vai poupá-la, mesmo se eu fizer o que ele diz.

Não há mais tempo para planejar a logística, sem a chance de resolver os entraves.

A Operação Air Drop não pode esperar até sábado.

Tem que acontecer hoje à noite.

ara

— Você acha que ainda pode ser uma armadilha? — Pergunto a Nora enquanto nadamos em sua piscina olímpica uma hora depois. Com o fim imediato da crise, Yulia voltou para o seu quarto, com muito tato, poupando Nora de sua presença, por isso, somos apenas as duas, pela linda varanda da mansão.

Bem, e Rosa com Lizzie, mas ambas estão dormindo na sombra.

— Tudo é possível, mas Julian não acha — Responde Nora, dando braçadas de costas. Seu corpo no biquíni é tão elegante e atlético, é difícil acreditar que ela teve um filho apenas alguns meses antes.

Também estou usando um biquíni – um que peguei emprestado de Yulia, já que somos mais próximas de tamanho apesar da diferença de altura. O short e as camisetas que usei de fato acabaram sendo de Yulia. Ela os esqueceu na casa de Kent quando eles se mudaram para o Chipre, e ela está mais do que feliz por eu estar usando alguns deles.

— Me fala se estiver precisando de mais alguma coisa — Ela me disse quando conversamos sobre as roupas esta manhã. — Lucas mantém uma mala cheia das minhas coisas no nosso avião, só para o caso, por isso estou totalmente equipada.

Voltando minha atenção para Nora, pergunto: — E o que vai acontecer amanhã? Julian acha que Henderson vai realmente aparecer em Bogotá?

— Essa é a esperança — Diz ela, virando-se para nadar com braçadas fortes. Sou uma nadadora decente, mas tenho que me esforçar para acompanhá-la enquanto ela corta a água, alcançando o lado da piscina em pouco tempo.

Está claro que ela não quer falar sobre esse assunto, mas eu não posso deixar isso de lado. — E se ele não o fizer? — Pergunto quando ela diminui a velocidade. — Ele não se entregou por nenhum dos reféns.

Ela para e fica de pé, alisando o cabelo molhado com as duas mãos. — Eles não eram a filha — Diz ela, olhando contra o sol enquanto olha para mim. — Mas, de qualquer forma, mesmo que as coisas não saiam conforme o planejado, Julian, Lucas e Peter vão improvisar alguma coisa. Isso é o que eles fazem, e eles são bons nisso.

Embora Nora não saiba o que vai acontecer mais do

que eu, algumas das dificuldades no meu peito aliviam ante a lembrança das capacidades de Peter.

Meu marido é bom nisso.

Terrivelmente bom.

Nadamos por mais uma hora, conversando sobre coisas mais agradáveis, como a próxima exposição de arte de Nora em Berlim – aparentemente, ela é uma pintora séria – e quando Lizzie acorda, exigindo comida, voltamos para casa.

Com alguma sorte, tudo acabará amanhã.

CAPÍTULO 91

*H*enderson

— VAMOS POUSAR BEM AQUI — DIGO, LEVANTANDO A voz para ser ouvido sobre o rugido dos motores enquanto aponto para um caminho de árvores na foto do satélite —, daí, vamos para lá. — Eu aponto para o prédio branco no meio.

— Entendi. — Danser empurra para trás seu cabelo loiro escuro, seu rosto de perfil lembrando estranhamente Sokolov. — Você tem fotos dos alvos?

— Aqui. — Eu entrego a foto da esposa de Esguerra. — Queremos capturar essa mulher ou seu bebê – ou, de preferência, os dois. Eles são nosso ingresso para fora do complexo.

Barrett espia a foto sobre o ombro de Danser. — Ela parece bem pequena. Deve ser bastante fácil.

— Esta também serviria, mas eu não sei se ela estará na casa principal. — Pego uma foto de Sara Sokolov e a entrego a Danser e seus colegas de equipe. — E esta aqui — Mostro uma foto de corpo inteiro da esposa de Kent — Seria um ótimo bônus, exceto que ela também poderia estar em qualquer lugar do complexo.

— Oh, porra. Olhe para esses cabelos loiros e pernas. — Kilton tira a foto de mim — Eu a foderia, com certeza.

— Eu foderia todas, menos o bebê — Diz Russ, acariciando sua barba lascivamente. — Talvez todas as três de uma vez.

É preciso todas as minhas habilidades de atuação para esconder meu desprezo instintivo. Eu não posso me dar ao luxo de antagonizar esses quatro idiotas ou qualquer outra pessoa em seu time. Mas, e se eles forem burros o suficiente para pensar com seus paus? Eles fizeram um bom trabalho de plantar o explosivo no prédio do FBI, e têm experiência com saltos de paraquedas.

Preciso deles para isso.

É minha única chance de salvar Amber.

Massageando os dolorosos nós no meu pescoço, olho para os outros seis homens em nosso avião de transporte militar. — Vocês estão cientes da sua parte nisso?

— Eles estão — Diz Danser antes que qualquer um deles possa responder. — Time Alfa vai atacar os guardas na fronteira norte às 00h58, e Time Beta estará esperando por você com o helicóptero no ponto de fuga na fronteira sul.

— E se Esguerra não sair de casa para verificar o confronto na fronteira norte? — Pergunta Barrett. — Matamos o filho da puta?

— Não, só vamos feri-lo — Digo. — Queremos ele vivo, ele pode forçar Sokolov a fazer a troca pela minha família. Caso contrário, se o traficante de armas estiver morto, ninguém se importará se tivermos sua esposa e filho. É claro que, se tivermos sorte e tropeçarmos na esposa de Sokolov, isso será ainda melhor.

— Então, só para ficar claro — Diz Kilton. — Queremos que a esposa de Esguerra e/ou o bebê, como reféns, saiam vivos do complexo e também trocá-los por sua família. Mas, se acontecer de nos depararmos com a esposa de Sokolov ou com a loira gostosa, também as pegamos.

— Certo — Digo. — Com a esposa de Sokolov como prioridade desses dois. Se a tivermos, não importa se Esguerra for morto. Sokolov fará a troca de qualquer maneira.

— E quanto a Kent? — Russ pergunta. — O que fazemos se ele estiver lá?

— Se nós não tivermos a esposa dele, então, o mate — Digo. — Mas se você a pegar como refém, então não.

Quanto mais influência eu tiver sobre meus inimigos, melhor. Quando comecei a planejar essa missão, o objetivo era usar os reféns que conseguíssemos para atrair Sokolov e os outros para uma armadilha e matá-los, mas a captura da minha família aumentou as apostas.

A prioridade agora é salvar Amber.

— Você não acha que Kent poderia estar em Bogotá com Sokolov? — Danser pergunta, entregando as fotos de volta para mim.

— Não sei se Sokolov está em Bogotá — Digo, enfiando-as no meu casaco. — Só porque ele me disse para estar na praça amanhã não significa que ele estará lá. De qualquer maneira, esteja preparado para qualquer coisa. Dada a impenetrabilidade dos muros, a lógica determina que a casa em si não seja especialmente bem protegida – mas, é claro, não há garantias.

— Bem, caralho. — Russ sorri. — Isso deve ser divertido. Tem certeza de que quer fazer isso com a gente, meu velho?

Ignorando a pergunta do idiota, pego meu tubo de oxigênio e começo a me preparar para o salto. Até esse vídeo chegar à minha caixa de entrada, eu não iria me juntar a eles nesta missão insanamente perigosa, mas, agora, não há escolha.

Esta operação não é apenas minha única chance de ganhar força sobre meus inimigos, mas a própria Amber pode estar no complexo. Não sei com certeza, claro; eles podem mantê-la em Bogotá ou em qualquer outro lugar do mundo. Mas dado que o local de encontro indicado é na Colômbia, no território de Esguerra, há pelo menos a possibilidade de que eles estejam escondidos na propriedade do traficante de armas.

Se tivermos sorte, não sairemos com apenas os reféns.

Podemos resgatar minha filha também.

CAPÍTULO 92

Sara

Depois de Lizzie ser alimentada, Nora me faz uma turnê pela casa. É tão grande quanto parece do lado de fora, com mais de uma dúzia de cômodos, incluindo uma biblioteca dedicada, um home theater com uma enorme tela, uma academia com todos os tipos de equipamentos e uma sun room que serve como seu estúdio de arte.

As pinturas inacabadas no interior são uma mistura marcante de surrealismo e expressionismo moderno, com formas e objetos familiares, como árvores distorcidas em algo intrigantemente sinistro. As cores se inclinam fortemente para vermelhos e pretos, como se tudo fosse consumido pelo fogo.

— Você é incrivelmente talentosa — Digo sinceramente, e Nora sorri, me agradecendo. Enquanto a turnê continua, ela explica que começou a pintar como uma forma de evitar enlouquecer na ilha particular onde Julian a manteve quando a sequestrou pela primeira vez.

Quero lhe fazer um milhão de perguntas sobre isso, mas já chegamos no quarto onde estou enquanto Peter está fora – um quarto lindamente decorado duas portas depois da suíte principal e ao lado do quarto da Yulia. Nora se desculpa para cuidar de alguns negócios, e eu decido tirar uma soneca rápida, já que estou cansada.

Estar grávida é muito parecido com tomar conta de um jardim de infância, eu acho.

Quando acordo, é hora do jantar e eu me junto a Nora na sala novamente. Yulia está visivelmente ausente, e quando pergunto a Nora onde ela está, ela me informa que a esposa de Kent já comeu.

— Ela ainda está no horário de Chipre — Ela explica com um sorriso tenso quando Ana traz a comida.

Decido não pressioná-la ainda mais – deve ser estranho ter a mulher que quase matou seu marido como convidada sob seu teto. Em vez disso, enquanto comemos, pergunto sobre a família de Nora e como eles se sentem sobre seu casamento com Julian.

— Oh, eles ainda estão esperando que eu seja sábia e me divorcie dele — Diz ela, cortando seu salmão, e enquanto me diverte com as interações tensas de seu pai com o marido, lembro-me o quão bom Peter tinha sido para os meus pais, ele fez o melhor que pôde para acalmar suas preocupações sobre ele.

Quão longe ele tinha ido para se certificar de que eles fizessem parte da minha vida.

Meu peito aperta de novo, meus olhos cheios de lágrimas, mas desta vez, não me afasto da dor. A agonia da perda ainda está fresca, a ferida insuportavelmente aberta, mas posso pensar neles agora, posso lamentar sem me perder no horror de suas mortes.

Não percebo que as lágrimas escaparam até que Nora silenciosamente me entrega um guardanapo.

— Eu sinto muito, Sara — Diz ela sombriamente. — Isso foi insensível de mim.

— Não, eu estou... — Abro um sorriso fraco. — Estou bem, verdade. É só que…

— Você acabou de perdê-los, eu sei. — Seus olhos mantêm uma compreensão sombria. Ela perdeu alguém chegado também?

Antes que eu possa perguntar, Rosa entra na sala de jantar, carregando Lizzie, e eu me viro, limpando displicentemente a umidade em minhas bochechas. Eu não quero que a amiga/babá de Nora me veja assim.

Já é ruim o suficiente que Nora tenha testemunhado minhas lágrimas.

Nora se desculpa para ir alimentar o bebê novamente – Lizzie vai se transformar em um monstro escandaloso se não for alimentada imediatamente, explica se desculpando – e eu termino minha comida e vou para o meu quarto.

Quando passo pela porta de Yulia, ouço-a falando ao telefone em russo. Sua voz é quente e suave, como se estivesse falando com uma criança ou um amante e, por um segundo, me pega de surpresa. Mas, então, me lembro das fotos de um adolescente em sua casa, a que eu decidi que seria seu irmão porque ele se parece com ela.

Poderia ser com esse menino que estaria falando?

Estou intensamente curiosa sobre a história dela, com toda a parte de espiã e tudo mais, mas não quero incomodá-la enquanto está no telefone. Entrando no meu quarto, fecho a porta e caminho até a janela, olhando o sol se pôr sobre as árvores.

Tenho saudades de Peter.

Deus, sinto muito a falta dele.

Agora, ele e os outros devem estar no ar, a caminho da reunião em Bogotá amanhã. Se tudo correr bem, a essa hora amanhã à noite, ele estará comigo.

Sua busca por vingança finalmente terminará.

Andando até uma estante de livros, peguei um terror aleatoriamente e me enrolei numa poltrona para lê-lo. Embora tenha acordado da minha soneca há apenas algumas horas, estou cansada de novo e, antes de me aprofundar demais na leitura, me vejo cochilando.

Bocejando, tomo um banho rápido e vou para a cama. E, então, previsivelmente, não consigo dormir.

Levanto-me, leio um pouco mais, depois, escrevo as

palavras para uma melodia que está no fundo de minha mente o dia todo. Ela é raivosa e sombria, bem diferente das minhas músicas habituais, mas algo assim parece se encaixar – cru, honesto e curador.

Sentindo-me cansada de novo, volto para a cama e, desta vez, caio num sono inquieto.

CAPÍTULO 93

*H*enderson

O AR FRIO PASSA POR MEUS OUVIDOS, ABAFANDO O rugido aterrorizado do meu coração enquanto mergulhamos no céu escuro a trinta mil pés. A noite está do nosso lado; as nuvens escondem até o menor brilho do luar.

Meus óculos de visão noturna estão presos na minha máscara de oxigênio e vejo as outras quatro figuras ao meu lado. Caímos livremente pelo que parece ser uma eternidade antes de eu sentir um choque violento, e os paraquedas acima de nós se desdobram.

— Lá — Diz Danser no rádio quando os contornos das copas das árvores aparecem abaixo. — Esse é o nosso ponto de pouso.

É um trecho coberto de floresta dentro do complexo de Esguerra, longe das torres de vigilância no perímetro. O principal perigo aqui são os drones que patrulham o ar, mas graças ao mais recente equipamento da CIA, tenho uma solução para isso.

Quando estamos bem acima das árvores, meu dispositivo detecta os drones que se aproximam e se sincroniza automaticamente com eles, permitindo que meu contato na CIA controle as câmeras enquanto estivermos no alcance. Os operadores de drones não verão nada além do cenário habitual enquanto nossos paraquedas flutuam.

Como não faço saltos de alta altitude há duas décadas, estou voando em conjunto com Danser, e seus pés tocam o chão primeiro, sofrendo o impacto. Ainda assim, meus joelhos quase se dobram quando pousamos, evitando por pouco sermos atingidos por um galho de árvore. Quando me inclino para recuperar o fôlego, Danser solta o nosso equipamento e o coloca nos arbustos.

O resto da equipe faz o mesmo e, quando terminam, quase posso ficar em pé.

— Pronto? — Danser pergunta através das comunicações, e eu assinto, ignorando a fraqueza residual em meus membros.

Até agora, tudo foi conforme o planejado, e não serei a razão de falharmos.

Silenciosamente, nos arrastamos pela escuridão, usando as árvores como cobertura. A parte mais complicada será a área aberta ao redor da casa, mas é para isso que serve a distração na fronteira.

Fazendo uma pausa na borda do caminho florestal, esperamos pelo sinal do Time Alfa. Os minutos passam com uma torturante lentidão e sinto o suor escorrer pelas minhas costas enquanto olho para o prédio branco à frente.

Porra de umidade da selva.

É pior que o calor seco no Iraque.

Como suspeitávamos, a residência real de Esguerra não parece ser fortemente protegida. E por que estaria? Com os drones e toda a segurança nas fronteiras, a mansão está dentro de uma fortaleza.

Há apenas dois guardas andando em círculos ao redor da casa, e quando eles passam perto de nós, Russ e Kilton disparam tiros silenciosos, acertando-os diretamente na testa.

Primeiro obstáculo eliminado.

— Começando agora — Diz o líder do Time Alfa pelo rádio, e ouço tiros no fundo.

— Vamos dar quinze minutos, ver se alguém sai — Diz Danser, e esperamos, olhando atentamente para a casa.

Não há sinais de movimento dentro, nenhuma luz se acende.

Ou os guardas de fronteira de Esguerra não informaram o chefe sobre o que está acontecendo, ou ele não acha que isso requer sua presença.

Ou, se tivermos sorte, ele não está em casa.

Só como mais uma precaução, esperamos mais vinte minutos e, então, Danser nos leva para a frente.

Agachando-nos, atravessamos o amplo gramado, usando os arbustos bem cuidados nas laterais como cobertura, à medida que nos aproximamos da área da piscina atrás.

Tudo está quieto aqui também.

— Vá em frente — Danser sussurra para mim quando paramos na porta dos fundos. — Faça a porra da sua mágica.

Assentindo, puxo o dispositivo da CIA novamente. Ele se conecta com o wi-fi da casa e se sincroniza com as câmeras e o sistema de alarme, dando ao meu contato acesso para desativar tudo.

Enquanto ele está fazendo isso, eu ativo um embaralhador de sinal de celular, no caso de alguém tentar pedir ajuda.

— Tudo pronto — Digo baixinho quando recebo a confirmação do meu contato. — É hora do show.

CAPÍTULO 94

Sara

EU DURMO MAL, ACORDANDO O QUE PARECE SER A CADA meia hora. Cada vez que cochilo, sonhos ruins sobre Peter combinam com fragmentos de pesadelos sobre as mortes de meus pais para me acordar. É no quinto despertar que vou cambaleante ao banheiro, com os olhos turvos, e decido ler um pouco para distrair meu cérebro hiperativo.

Colocando um roupão de seda que peguei emprestado de Nora, ligo a lâmpada de cabeceira, pego um livro e me enrolo na poltrona, bocejando.

Com um pouco de sorte, não ficarei acordada por muito tempo.

Estou no meio de outro capítulo quando ouço.

Um som rangendo do lado de fora da minha porta.

Assustada, olho e vejo a porta se abrir.

Uma figura alta e vestida de preto está na porta – um homem barbudo que nunca vi antes.

Seus olhos se arregalam quando me vê, ele levanta rapidamente o rifle de assalto em suas mãos, apontando para mim.

Eu reajo com puro instinto.

Com um grito estridente, pulo da cadeira.

Um corpo grande pousa em cima de mim, tirando todo o ar dos meus pulmões antes que eu possa rolar para longe. — Cale-se, sua puta — Rosna o homem no meu ouvido quando uma mão enluvada fecha minha boca. O odor pungente de suor masculino e cigarros velhos sufoca minhas narinas e, então, ele me puxa pelos meus cabelos, sua mão sobre a minha boca sufocando meu grito de dor.

Aterrorizada, eu agarro sua mão enluvada, lutando com todas as minhas forças, mas assim como com Peter na minha cozinha, não há nada que eu possa fazer enquanto ele me arrasta para fora do quarto, seu aperto áspero nos meus cabelos quase arrancando-os pelas raízes. Lágrimas de dor escorrem pelo meu rosto enquanto ele meio que me arrasta, e meio me carrega pelo corredor, meus gritos de pânico abafados pela palma da mão dele.

Ele está indo para a suíte principal, onde Nora e o bebê estão, percebo horrorizada, e logo estamos lá.

Abrindo a porta com um chute, ele me empurra para dentro. — Peguei a cadela de Sokolov — Ele anuncia triunfalmente, e eu vejo mais dois homens armados dentro.

Um deles está segurando uma faca na garganta de Nora, e o outro está pegando o bebê dormindo no berço.

eter

ESTAMOS PRESTES A COMEÇAR NOSSA DESCIDA EM Bogotá quando Julian recebe a notícia.

— Isso é estranho. — Ele franze, olhando para o telefone. — Diego acabou de me mandar um email dizendo que houve um tiroteio com intrusos desconhecidos no extremo norte da propriedade. Ninguém se machucou, e os intrusos desapareceram de volta na selva antes que pudessem ser capturados. Ele enviou uma equipe para procurá-los, mas sem sorte até agora.

Eu me levanto, meu pulso dispara enquanto meus instintos ficam em alerta total. — Quem tentaria violar seu complexo assim? E o que eles estariam fazendo na selva à noite?

— Exatamente. — Suas feições sombrias quando ele se levanta e se dirige para a cabine do piloto, o telefone pressionado ao ouvido. — Estou ligando para Nora.

Eu o sigo enquanto ele cobre a distância com passos largos, ignorando os olhares questionadores no rosto de meus companheiros de equipe.

— O número dela vai direto para a caixa de mensagens — Diz ele, tenso, quando entramos na cabine do piloto.

Kent olha para nós.

— Houve um tiroteio na fronteira norte, e eu não consigo falar com Nora em casa — Esguerra fala pensativo. — Eu vou puxar as imagens das câmeras em casa. Você pode ligar para Yulia?

Kent acena com a cabeça, apertando a mandíbula enquanto pega o telefone. — Estou ligando.

Merda. Eu dei a Sara um telefone provisório antes de sairmos, mas não ligaria para ela – já passou da meia-noite e quero que ela durma bem. Mas meu senso de perigo aumenta a cada segundo.

O telefone de Sara vai direto para a caixa de mensagens também, e quando olho para Kent, posso ver pela expressão dele que a mesma coisa está acontecendo com o de Yulia.

— As câmeras estão desativadas. Estou enviando os guardas — Diz Esguerra com firmeza, e vejo o medo profundo que estou sentindo refletido em seus olhos.

Algo está errado na propriedade.

Muito, muito errado.

— Mudando o curso para o complexo — Diz Kent

sombriamente, e o avião se inclina embaixo de mim enquanto os motores aceleram com um rugido.

CAPÍTULO 96

Sara

— ENCONTREI ESTA AQUI — DIZ UM QUARTO HOMEM, arrastando uma Rosa de camisola lutando. Ele também tem a mão presa na sua boca, abafando seus gritos de pânico. — Parece que tivemos sorte. O resto da casa está vazia. Nenhum sinal de Esguerra, Kent ou Sokolov. — Como seus três camaradas, ele está fortemente armado, com um rifle de assalto pendurado no ombro e duas pistolas enfiadas no cinto.

Quem quer que esses homens sejam, são determinados, e estamos completamente sozinhas, percebo com uma onda de terror. Os guardas não estão nem perto da casa, e com Peter e os outros longe, ninguém vem ao nosso auxílio.

O homem que se inclina sobre o berço de Lizzie se

endireita, com o bebê ainda dormindo na frente dele.

— Não achou a loira? — Ele diz com evidente desapontamento.

— Não, infelizmente — O que está segurando Rosa diz e a gira para encará-lo. Sua boca se abre para um grito, mas antes que ela possa emitir um som, ele dá um soco em sua mandíbula, de baixo para cima, e ela cai no chão, inconsciente.

Eu congelo, olhando horrorizada quando o sangue escorre de um canto da sua boca.

Ele bateu nela tão casualmente, como se ela não fosse uma pessoa.

Como se ele não se importasse se ela vivesse ou morresse.

— Nós só temos que nos contentar com essas duas — Continua ele, apontando para mim e para a cara pálida de Nora, cujo captor a está restringindo, segurando uma das mãos sobre a boca e pressionando a faca na garganta com a outra. Como eu, ela está usando uma fina túnica de seda, mas ao contrário da minha, está aberta em cima, revelando as curvas internas de seus seios.

O agressor de Rosa lambe os lábios, olhando para aquele V de pele dourada, e meu estômago se contorce com um horror doentio.

Eles estão planejando nos estuprar?

Matar-nos?

— Onde está o velho? — O que segura Nora pergunta enquanto volto a lutar em pânico, e percebo que algo sobre ele parece familiar, como se nos tivéssemos conhecido antes.

— Ele foi checar o pequeno prédio próximo. Disse algo sobre querer procurar sua família — Diz meu agressor, me restringindo. — Me dê uma fita adesiva. Esta está ficando irritada – ele continua, grunhindo, enquanto eu golpeio meu cotovelo no seu tórax.

— Só apaga essa puta — O idiota que bateu em Rosa aconselha, mas traz a fita de qualquer maneira. Eu só tenho tempo para soltar um curto grito pela vida, antes de um pano ser enfiado na minha boca, e a fita adesiva cobri-lo.

— Assim está melhor — Meu captor murmura, agarrando meus braços. — Agora os seus pulsos também.

O outro homem está prestes a obedecer quando Lizzie acorda com um grito.

— Merda. Silencia essa criança — O captor de Nora ordena quando o bebê, aborrecido por ser mantido por um homem desconhecido, começa a chorar no volume máximo.

O rosto de Nora fica ainda mais branco, os olhos queimando como brasas, enquanto o agressor de Rosa se aproxima e cola a fita adesiva na boca minúscula do bebê, abafando seus gritos indignados.

Se olhares pudessem matar, ele teria morrido ali mesmo.

— Vá encontrar Henderson — Diz o captor de Nora ao agressor de Rosa. — Encontramos vocês dois lá embaixo.

O homem obedece, saindo da sala enquanto entendo a revelação.

Henderson?

Claro. É *disso* que se trata.

Como um rato encurralado, o inimigo de Peter foi ao ataque.

Ainda estou digerindo as implicações quando um flash de cabelo loiro na porta captura meu olhar.

Meu batimento cardíaco salta.

Eu tinha esquecido completamente da Yulia.

Eles não a encontraram, mas ela *estava* no quarto ao lado do meu.

Tenho apenas um milissegundo para processar sua aparência seminua – e a arma na mão dela – porque no instante seguinte, as portas do inferno se abrem.

Suavemente, sem qualquer hesitação, Yulia dispara contra o captor de Nora, acertando-o no rosto.

Então, ela aponta a arma para o meu.

O tempo parece parar, o momento se estendendo para a eternidade. Eu vejo a concentração feroz em seus olhos azuis, sinto a tensão súbita nas mãos segurando meus braços por trás, e o pouco que eu lembro do treinamento de autodefesa de Peter entra em ação.

Levantando minhas pernas do chão, me tornei um peso morto no aperto do meu captor, fazendo minha cabeça cair uns trinca centímetros – e enquanto a arma de Yulia cospe a bala, sinto um jato quente de sangue quando a cabeça de outra pessoa explode acima da minha.

Minha bunda bate no chão, meu cóccix gritando com o impacto enquanto o corpo do meu captor cai atrás de mim.

Yulia já está se movendo novamente, apontando para o homem segurando Lizzie, mas não há necessidade.

Ele já está caído no chão, a faca do atacante de Nora enterrada na garganta dele e o bebê em segurança nos braços da mãe.

Nora agarrou a filha quando ela o matou?

Puta merda, ela é rápida.

Lutando contra o meu estado de choque, me levanto, rasgando a fita adesiva cobrindo minha boca.

— O quarto homem — Suspiro. —, ele está...

— Morto ou nocauteado — Diz Yulia, abaixando a arma. — Esmaguei seus miolos no corredor. — Sua compostura é surpreendente – aí que eu lembro que ela era uma espiã.

Estou prestes a falar sobre Henderson quando vejo outro flash de movimento na porta.

— Yulia! — Grito, lançando-me para frente, mas é tarde demais.

Um braço vestido de preto serpenteia ao redor de sua garganta com velocidade de um raio, e uma arma pressiona sua têmpora.

— Não tão rápido — O homem mais velho diz baixinho, usando Yulia como um escudo quando entra na sala. — Mova um músculo e ela morre.

eter

— POR QUE SEUS MALDITOS GUARDAS ESTÃO DEMORANDO tanto? — Eu grito para Esguerra enquanto ele furiosamente digita em seu laptop – presumivelmente dando ordens para os guardas. — Já faz dois minutos. Você sabe o que pode acontecer em dois minutos? Elas estão naquela casa, sozinhas, desprotegidas...

— Eu sei! — Esguerra ruge. Uma veia pulsa em sua testa enquanto ele fecha o laptop e se levanta. — Você não acha que eu sei? Eles estão a caminho, indo o mais rápido que podem. Os dois guardas da patrulha da casa não estão respondendo; quem quer que esteja mexendo com as câmeras e o sinal de celular já deve tê-los eliminado.

Caralho. Eu quero bater com o punho na parede,

mas é muito perigoso com todos os controles na cabine do piloto. — Tem certeza de que elas ainda estão na casa?

— Eu sei que a Nora está — Esguerra diz. — Tenho implantes de rastreamento nela, lembra? Há dois segundos, ela estava viva e no nosso quarto.

Merda. Ele está certo, esqueci desses rastreadores por um momento. Se Nora está viva, então, esperançosamente, Sara também está – o que torna ainda mais imperativo que os guardas se apressem.

— Tem que ser Henderson — Diz Kent asperamente, os nós dos dedos brancos nos controles. — Essa porra desse puto nos atraiu para fora, para que ele pudesse atacar.

— Não sabemos com certeza — Diz Yan, e percebo que ele se juntou a nós na cabine. Seu olhar verde vai para Esguerra. — Não poderia ser algum outro inimigo seu?

Eu quase soco Yan. — Porra, não importa quem é. Sara está lá, entendeu? Ela está lá dentro, com quem quer que seja.

Eu não consigo nem pensar nela com Henderson, um homem desesperado o suficiente para correr esse tipo de risco.

Um homem que não hesitou em atacar o mesmo país que jurou proteger para me enquadrar.

O que ele fará com Sara se ele realmente a tiver em suas garras? Vou chegar lá, apenas para enterrá-la e o nosso filho não-nascido... assim como eu enterrei Pasha e Tamila?

Não. Retiro o pensamento paralisante.

Não vou deixar isso acontecer.

De novo não.

— Voe mais rápido — Digo a Kent com firmeza. — E, Julian, se seus guardas não chegarem lá a tempo, eu vou estripar todos eles.

ara

Um milhão de pensamentos correm pela minha mente. Em um instante, eu vejo as armas nos homens mortos no chão – todas ao alcance, mas nenhuma perto o suficiente para pegar antes que Henderson coloque uma bala no cérebro de Yulia.

Meu olhar aterrorizado encontra Nora e vejo o mesmo cálculo condenado em seus olhos.

Mesmo se fôssemos boas de tiro o bastante para acertá-lo sem matá-la, não seríamos rápidas o suficiente.

Não com a arma de Henderson pressionada contra a têmpora dela.

— Chute essas armas — Ele ordena, e eu hesito por um segundo, então, obedeço e Nora faz o mesmo.

Não só seríamos muito lentas, mas Henderson não é muito mais alto do que a Yulia de braços compridos. Com ele usando-a como um escudo, até mesmo um atirador treinado não acertaria o tiro.

Meu olhar cai sobre o bebê apertado firmemente contra o peito de Nora. Lizzie ainda tem a fita adesiva em sua boca e vejo seu rostinho ficando vermelho enquanto ela se esforça para dar gritos abafados.

Nora está segurando-a como se nunca fosse deixá-la ir – e ela não vai, percebo, pegando em seu aperto de morte.

Não posso mais contar com a esposa de Esguerra para ajudar – não com a filha pequena que ela precisa proteger.

Uma ideia surge na minha mente, e antes que possa pensar melhor, olho para Henderson e digo calmamente: — Eu sei onde sua filha está.

Ele estremece, como se tivesse sido baleado. Recuperando-se rapidamente, ele exige: — Onde?

— Eu posso levar você até lá — Digo, ignorando o nó de medo na minha garganta. — Podemos ir agora mesmo, se você deixar as outras irem.

Eu não tenho um plano, nem nada parecido com um. Só sei que quero sua arma apontada para longe da cabeça de Yulia – e tão longe quanto possível de Lizzie e Nora. Mesmo que eu não soubesse dos crimes que ele cometeu, algo sobre o ex-general faria minha pele levantar. Não é nada externamente visível – ele está elegante e em boa forma para um homem de quase cinquenta anos, e suas feições, emolduradas por uma cabeça cheia de cabelos grisalhos, são moderadamente agradáveis.

Apesar disso, ele cheira a decadência, a podridão que se esconde embaixo.

Ante minha oferta, seus olhos se estreitam. — Você acha que eu sou um idiota? Vocês três vão me levar à minha filha. Ou eu vou atirar nesta aqui. — Ele aponta a arma para a cabeça de Yulia, fazendo-a estremecer.

Droga.

— Você não precisa delas — Tento de novo. — Você pode me usar como refém. Sua birra é com meu marido e ele fará qualquer coisa por mim.

— Bem, que doçura — Ele fala arrastadamente —, um romance para a posteridade. Talvez eu te mate mais tarde e faça-o assistir. O que acha?

Eu olho para ele sem vacilar, ignorando a náusea se espalhando através de mim.

Eu não vou mostrar a esse monstro nenhum medo.

Ele não terá essa satisfação.

Como não respondo, suas feições espelham a indignação. — Tudo bem — Diz ele —, como disse, vocês três vêm comigo. Você e aquela com o bebê — ele aponta o queixo na direção de Nora — vão na minha frente. E lembre-se, um movimento errado, e esta aqui — E ele aponta a arma para a cabeça de Yulia de novo — leva. Entenderam? Agora passem à frente.

Engolindo, eu vou na direção da porta, e Nora cuidadosamente segue, embalando Lizzie contra seu peito. Henderson volta para o corredor, ainda se protegendo com Yulia, e assim que saímos do quarto, ele nos manda descer.

— Vocês *vão* me levar para a minha filha, entenderam? — Ele diz sombriamente quando andamos para as escadas. — Se vocês tentarem qualquer coisa, qualquer coisa, eu vou atirar em cada uma de vocês, vadias, e desovar o demônio do Esguerra também.

Travando os joelhos para impedi-los de tremer, aproximo-me da escadaria larga e curva. O chão está gelado sob meus pés descalços, e meu coração parece que vai pular da minha garganta. Não sei o que fazer, como nos tirar desta situação. A filha de Henderson está sã e salva longe daqui – tudo o que Peter tem é o vídeo falso dado a ele por Bonnie – mas Henderson não acreditaria em mim se eu dissesse isso a ele. E se ele acreditasse em mim, provavelmente mataria a todas nós.

Quer ele tenha se dado conta disso ou não, não veio aqui para salvar sua família.

Ele está aqui por vingança.

No fundo, ele sabe que já está perdido, e veio nessa missão suicida para fazer Peter e os outros sofrerem antes de ele morrer.

Minhas mãos brincam com o nó do laço do meu roupão para eu não tremer enquanto desço o mais devagar que posso, com Henderson e Yulia um passo atrás de mim. Nora está andando à minha direita, seu rosto pálido enquanto segura Lizzie protetoramente na sua frente.

Ela faria qualquer coisa por sua filha, eu sei – assim como eu pela minúscula vida crescendo dentro de mim.

Uma vida que não verá a luz do dia se o homem atrás de mim fizer o que pretende.

Nós estamos no meio da escada quando vejo faróis através de uma das janelas da sala e ouço a porta da frente se abrir, seguida pela batida de botas no chão de madeira.

Meu batimento cardíaco aumenta com igual alívio e terror.

Os guardas estão aqui.

De alguma forma, eles descobriram que estamos em apuros – e, agora, Henderson está realmente encurralado.

Sozinho, sem sua equipe, ele não tem chances reais de escapar.

Eu o ouço xingar baixinho acima de mim, e um plano vago se forma em minha mente.

Continuando a descer no mesmo ritmo lento, eu puxo o nó do meu roupão, soltando-o, e o ar frio cobre minha pele nua enquanto o roupão de seda cai nas escadas atrás de mim – se embolando debaixo dos pés de Yulia e do seu captor.

Os guardas entram no saguão e eu me jogo contra Nora, empurrando-a contra o corrimão nesse momento.

Com a atenção de Henderson voltada para os guardas, ele e Yulia escorregam no roupão caído, e sua arma dispara enquanto Yulia escorrega escada abaixo atrás dele.

Sem hesitar, os guardas disparam contra Henderson, e Nora e eu nos unimos, protegendo Lizzie quando o ouvimos cair.

eter

JÁ PASSOU UM DIA DESDE QUE VOLTAMOS, E EU AINDA NÃO consigo parar de tocar Sara, não consigo parar de segurá-la. A cada dois minutos, eu também luto contra a vontade de inspecioná-la da cabeça aos pés – embora o Dr. Goldberg já a tenha examinado e a declarado, e o bebê, saudáveis.

Embalando-a no meu colo, acaricio seus cabelos e respiro seu perfume doce, um tremor percorrendo meu corpo cada vez que penso em como cheguei perto de perdê-la... como os guardas a encontraram encolhida nua nas escadas uma hora antes de finalmente entrarmos.

Ela fez Henderson tropeçar com seu roupão de seda, salvando a si mesma, Nora e Yulia no processo.

As três lutaram contra mercenários armados e venceram.

— Tudo bem. Estamos bem — Ela murmura, levantando a cabeça, e percebo que falei a última parte em voz alta. Seus olhos de avelã brilham suavemente enquanto ela curva sua palma sobre minha mandíbula. — Eu prometo a você, além do cóccix de Yulia e da mandíbula da pobre Rosa, estamos totalmente bem.

— Eu sei — Murmuro —, e é um maldito milagre. — Cobrindo a mão dela com a minha, fecho os olhos e inalo profundamente, tentando acalmar as batidas do meu coração.

Como eu, Kent e Esguerra estavam enlouquecendo quando desembarcamos, embora Diego já nos informasse que Henderson estava morto e que nossas esposas estavam seguras. Não bastava saber intelectualmente; o horrível medo permaneceu comigo até o momento em que pus os olhos em Sara.

Até que eu pudesse segurá-la em meus braços e sentir que estava viva e bem.

— Você salvou todos, você sabe — Digo, abrindo meus olhos enquanto ela retira a mão. — Não apenas nas escadas, mas antes. Kent me disse que foi seu grito que acordou Yulia a tempo de ela se esconder embaixo da cama e, depois, vir em seu socorro. Se não fosse por isso...

— Nós os teríamos derrotado de outra maneira — Sara interrompe com um sorriso calmo. — Tenho certeza de que teríamos.

A convicção em sua voz é absurda e admirável. Por

alguma razão, ao invés de traumatizá-la novamente, o ataque de ontem parece ter energizado minha ptichka de alguma forma. Eu sempre soube que ela é forte e capaz, mas ela mesma devia acreditar – até que ela lutou contra o meu inimigo e venceu.

— Às vezes, um trauma repetitivo pode ser perversamente curativo — Dra. Wessex me disse quando falei com ela hoje de manhã, depois que Sara dormiu a noite toda sem pesadelos e acordou tão otimista quanto jamais a vi. — Ao contrário do que aconteceu com seus pais, desta vez, ela foi capaz de fazer algo – e ninguém chegado a ela foi morto ou realmente ferido.

Não sei se acredito na terapeuta, foi apenas um dia, e, ainda assim, poderia atingir Sara mais tarde, mas estou cautelosamente otimista em relação ao estado mental da minha ptichka.

Já quanto a mim, tenho menos certeza disso. Ontem à noite, mal dormi, lutando contra pesadelos e suores frios.

— Eu não vou deixar você fora da minha vista nunca mais — Digo, e eu não estou brincando nem um pouco. — Não há mais missões noturnas longe de você, nenhum trabalho que nos mantenha separados por qualquer período de tempo. E eu já encomendei meu próprio conjunto de implantes rastreadores de Esguerra; assim que eles chegarem, serão implantados.

Sara não pisca, eu já falei com ela sobre os rastreadores de Nora. — Tudo bem — Diz ela. — Mas só se você usar também. Quero saber onde você está em todos os momentos também.

Eu seguro seu olhar. — Fechado.

Aceitarei qualquer coisa que minha ptichka quiser, contanto que ela esteja contente e segura.

— ESTÁ CHATEADO QUE VOCÊ NÃO TEVE A CHANCE DE matá-lo? — Ela pergunta quando estamos deitados na cama algumas horas depois. Embora tenhamos acabado de fazer sexo, eu estou acariciando-a toda, incapaz de obter o suficiente do prazer sensorial de tocá-la, de sentir sua pele quente e sedosa sob as palmas das minhas mãos. — Eu sei que era importante para você — Ela continua enquanto eu acaricio seu pescoço, inalando o perfume doce de seu cabelo.

Não quero pensar em Henderson agora, mas Sara parece determinada a falar sobre cada aspecto do que aconteceu. E quando me lembro de como foi difícil para ela discutir a morte de seus pais, não posso negar.

Se isso a ajudar a processar as coisas, vou contar a ela tudo sobre como sonho em desmembrar Henderson, célula por célula – sobre como a mera menção de seu nome traz de volta todo o momento terrível no avião.

Então, eu faço exatamente isso – digo a ela tudo, sobre o quão aterrorizado eu estive de que fosse tarde demais... que eu não iria protegê-la, como falhara com Pasha e Tamila. Descrevo os pesadelos que tive na noite passada e como ainda tremo quando penso em como eu cheguei perto de perdê-la.

Digo a ela o quanto me mata não estar lá para confrontar meu inimigo, para manter a ela e nossa criança por nascer em segurança.

Ela escuta, com a cabeça apoiada no meu ombro e os dedos brincando com o meu cabelo, e quando termino, ela diz em voz baixa: — Você nos manteve seguros. Foi o movimento que você me ensinou – levantando minhas pernas para me tornar um peso morto quando alguém me agarrasse por trás – que ajudou as três de nós a derrotar esses mercenários. E foram você, Kent e Esguerra que mandaram os guardas que mataram Henderson.

Eu aperto meus olhos fechados, meus braços apertados ao redor dela enquanto a cena se desenrola em minha mente como deve ter acontecido, com a túnica de seda e tudo. Um arrepio invade meu corpo, e ela me abraça de volta, me segurando, me tranquilizando com seu calor, sua vivacidade, sua força.

Preciso de várias respirações profundas antes que eu possa soltar meu sufocante controle sobre ela. Ainda assim, mantenho meu braço ao redor dela, segurando-a. Vou levar anos para me recuperar daquele dia, décadas até.

Isto é, supondo que alguma vez me recupere.

— E a esposa dele? — Sara pergunta, me distraindo de uma fantasia onde eu posso viajar no tempo e estrangular Henderson com seus próprios intestinos antes que ele chegue perto dela. — Você vai honrar seu acordo com ela?

Minha mão livre se aperta em um punho ao meu lado. — Ainda há dúvida se ela propositalmente nos atraiu para longe, então...

— Não, ela não atraiu — Sara interrompe, levantando a cabeça do meu ombro para olhar para mim. — Pelo menos eu não acho que fez. Henderson pensou mesmo que tivéssemos a filha dele; se sua esposa estivesse nisso, ele saberia que tudo era uma manobra. E quando aqueles homens nos capturaram, disseram algo sobre não haver nenhum sinal de vocês três, como se esperassem encontrar vocês aqui, e ficaram surpresos por não encontrá-los.

— Ah. — Com esforço, eu abro meus dedos. — Isso muda as coisas.

Se Bonnie Henderson é verdadeiramente inocente, vou deixá-la em paz, particularmente se ela entregar todas as provas de seu marido ao FBI, limpando nossos nomes.

Eu quero isso para Sara. Quero devolver-lhe uma vida normal e pacífica.

Deslizando minha mão em seu cabelo, estudo seu rosto em forma de coração, maravilhado com a sua beleza. Seus olhos olham fixamente nos meus, claros e diretos e, então, ela murmura: — Eu te amo — E se inclina para um beijo carinhoso.

Meu peito se expande com uma onda de sentimentos tão intensos que afoga a escuridão persistente. — Eu também te amo, ptichka — Digo baixinho, e quando nossos lábios se tocam, sei que não importa o que o futuro reserva, nós vamos conquistá-lo juntos.

Independentemente de como nosso amor nasceu, agora, está forte o suficiente.

ara

— PAPA! PAPA!

Eu olho do meu laptop enquanto meu filho de cinco anos corre porta adentro, suas bochechas rosadas pelo frio e suas botas largando neve por toda parte. Não me notando no sofá, ele corre direto para Peter na cozinha, lançando seu pequeno corpo contra ele a toda velocidade.

Sorrindo, meu marido se afasta do bolo de aniversário e o pega em seus braços poderosos, levantando-o para girá-lo acima de sua cabeça.

Os gritos de riso de Charlie enchem o ar, misturando-se com o latido animado de nosso cachorro, e meu peito aperta – como acontece toda vez que vejo aquele olhar no rosto sombrio e belo de Peter.

Alegria. Essa alegria irrestrita.

Eu nunca me canso de ver os dois juntos.

Meu perseguidor que virou amante, e nosso filho.

Se a felicidade pudesse ser definida em uma imagem, seria essa.

— Mãe! Charlie jogou uma bola de neve em mim e na Bella — Maya grita, correndo para a sala com neve e gelo caindo de sua jaqueta. Seu rostinho está indignado, suas pequenas mãos fechadas em punhos. — E Lizzie chamou ele de uma palavra feia!

Rindo, ponho de lado meu laptop e pego minha garota dedo-duro de três anos num abraço. — Está tudo bem, querida — Eu a acalmo, acariciando seus cachos castanhos emaranhados enquanto Toby, nosso golden retriever, corre para lamber a neve de seu casaco. — Seu irmão estava apenas brincando. Ele é um pouco apaixonado por Bella, isso é tudo.

— Não sou! — O tom indignado de Charlie coincide com o da sua irmã. — Ela é muito loira e estranha, e ela mal fala russo.

— Ei — Repreende Peter, colocando-o para baixo. — Isso não é legal.

— Bella Kent fala tanto russo como você, seu idiotinha — Diz Maya pomposamente, seu pequeno queixo subindo quando ela sai do meu abraço. Empurrando Toby para longe, ela acrescenta: — E, além disso, ela tem apenas quatro anos. Seu vocabulário vai crescer como o seu. Nem todo mundo nasce esperta como eu.

Peter e eu trocamos um olhar. Então, incapaz de segurar, começamos a rir.

Nossa aniversariante está a toda hoje.

Charlie tinha dois anos e meio quando Maya nasceu, mas no ano passado ela começou a ensinar matemática e leitura para ele - a última em inglês, russo, francês e japonês. Sua mente é como uma esponja, e seu brilho só é igual ao seu ego.

Para todos os seus cálculos informais de QI, modéstia é um conceito que seu cérebro de três anos de idade não consegue entender.

— Pensei que você tinha me dito que *não era* um gênio infantil. — Peter disse para mim com espanto quando nossa filha começou a compor música aos dois anos de idade. — Que você se tornou um médica tão jovem por causa de seus pais, não porque era insanamente inteligente.

— E isso é tudo verdade. Eu não sei de onde isso vem — Disse a ele, igualmente intrigada. — Talvez haja algum DNA genial em você.

Não que Charlie, nosso primeiro filho, não seja inteligente. Ele é brilhante, curioso e cheio de energia – tudo o que sempre quisemos num filho. Ele está prosperando em sua escola particular aqui na Suíça; de acordo com seus professores, ele é tão inteligente quanto qualquer garoto da sua idade.

Maya, no entanto, está num nível totalmente diferente.

Isso até intimidaria se ela não fosse tão fofa.

— Vá dizer aos outros para entrar — Digo, pegando-a pelo capuz da jaqueta. — É hora do bolo.

Seu pequeno rosto – uma réplica em miniatura do meu – brilha, e ela pula para fora da sala, com Charlie em seus calcanhares. Toby pula no sofá para se enrolar ao meu lado e eu uso o minuto para rever a nova música que estou compondo antes de fechar meu laptop.

Com todo mundo aqui para o aniversário de Maya, não tenho tempo para terminar hoje.

Depois que Bonnie Henderson ajudou a limpar o nome de Peter, tivemos a opção de retornar à área de Chicago e retomar nossa vida lá. No entanto, decidimos não fazer isso. Não só estaríamos sujeitos a olhares desconfiados em todos os lugares que fôssemos, graças a nossos rostos em todo o noticiário após o atentado, mas sem meus pais, não havia nada realmente me ligando a Homer Glen. Então, decidimos fazer uma nova casa nos Alpes Suíços, perto da clínica particular onde me ofereceram um emprego enquanto estávamos fugindo.

Comecei a trabalhar lá em período integral, mas em um mês, Peter e eu percebemos que com a gravidez me cansando – e como não queríamos ficar separados por mais do que algumas horas de cada vez – não era a melhor solução. Então, eu abri minha própria clínica no primeiro andar de nossa casa, onde eu podia definir minhas próprias horas e ver Peter durante todo o dia. Em pouco tempo, a clínica começou a encaminhar suas pacientes grávidas para mim, e eu me tornei a ginecologista/obstetra para mulheres com vários laços com o submundo.

Funcionou bem – principalmente porque Peter decidiu colocar suas habilidades e contatos em um novo uso: recrutar e treinar ex-soldados para trabalhar como mercenários de organizações como a de Esguerra.

Não é exatamente a vida civil pacífica que estávamos imaginando, mas é muito menos perigosa do que assassinatos de proeminentes – e muito mais interessante para Peter do que ensinar aos cidadãos comuns autodefesa básica. Quanto a mim, com meu horário de trabalho flexível, não só tenho tempo para Peter e nossos dois filhos, mas também para a minha música.

Eu não faço shows ao vivo nem tenho um canal no YouTube – depois de tudo o que aconteceu, Peter se tornou muito paranoico com minha segurança – mas tenho a satisfação de ter minhas músicas tocadas por algumas das novas estrelas mais populares, que me pagam bem como ghostwriters. Minhas letras mais sombrias são especialmente populares, com duas das minhas músicas no topo das paradas por semanas.

— Bolo! Bolo! Bolo! — As crianças explodiram como tornados cheios de neve, com Mateo Esguerra de cinco anos na liderança e Bella, Lizzie, Charlie e Maya perseguindo-o. Chiando, as crianças cercam Peter, que está colocando cerimoniosamente três velas, e Toby pula do sofá e corre até eles, latindo em excitação.

Os adultos vêm em seguida. Como de costume,

Julian com um braço ao redor de Nora, segurando-a contra ele como se tivesse medo de ela fugir. Lucas é mais circunspecto com Yulia, mas dado o padrão molhado em ambos os seus casacos, é claro que eles estavam grudados na neve, e eu só espero que tenha sido fora da vista das crianças.

Charlie, sendo um explorador intrépido de toda gente, já se deparou com eles 'brincando de médico' em sua academia em Chipre uma vez.

De qualquer maneira, estou feliz que eles estejam todos aqui. Enquanto Peter e eu visitamos os Esguerras com regularidade, Yulia está tão ocupada com seus restaurantes que eu só a vi duas vezes este ano. Felizmente, a pequena Bella Kent não está tão secretamente obcecada com o nosso Charlie – que diz odiá-la, mas nunca deixa passar a chance de chamar sua atenção – então, Lucas e Yulia não tiveram escolha a não ser comparecer à festa de aniversário de Maya.

Seu lindo anjo loiro de filha os teria odiado até a morte.

Caminhando, saúdo Nora e Yulia com um abraço. Então, todos nos reunimos em torno do bolo ao lado de nossos filhos, e enquanto Maya sopra suas velas, encontro o olhar de Peter e faço meu próprio desejo.

Eu quero que ele me persiga assim para sempre – me ame com todo o lado sombrio do seu coração.

FIM

AGRADECIMENTOS

Obrigado por ler! Espero que tenha gostado do final da história de Peter & Sara e considere deixar um comentário. Para ficar sabendo quando lançarei um livro novo, por favor, se inscreva para receber minha notificações em www.annazaires.com/book-series/portugues/.

Se você gostou desta série, você pode gostar dos seguintes livros:

- *A trilogia Perverta-me* – a história sombria de como Julian Esguerra, o chefe de Lucas, sequestra a esposa, Nora
- *Trilogia Capture-me* – A história de Lucas & Yulia
- *A trilogia de Mia e Korum* – a história de ficção científica futurista de Korum, um alienígena

poderoso, e Mia, a estudante tímida que ele está determinado a ter

- *A Prisioneira dos Krinars* – o romance envolvente entre Emily, uma mulher em perigo mortal, e Zaron, o alienígena disfarçado que salva a vida dela

Você também poderá gostar de uma obra em colaboração com meu marido, Dimas Zales:

- O Código de Feitiçaria – as aventuras de fantasia épica do feiticeiro Blaise e sua criação, e bela e poderosa Gala

E agora, por favor, vire a página para um pequeno trecho de *Encontros Íntimos* e *Perverta-me*.

Nota da Autora: *Encontros Íntimos* é o primeiro livro de minha trilogia de romance erótico de ficção científica, as Crônicas dos Krinars. Apesar de não ser tão sombrio quanto *Perverta-me*, ele tem alguns elementos que leitores de erotismo sombrio poderão gostar.

Um romance sombrio que atrairá os fãs de relacionamentos eróticos e turbulentos...

No futuro próximo, os krinars governam a Terra. Uma raça avançada de outra galáxia, eles ainda são um mistério para nós — e estamos completamente à mercê deles.

Tímida e inocente, Mia Stalis é uma universitária na cidade de Nova Iorque que sempre teve uma vida muito comum. Como a maioria das pessoas, ela nunca teve qualquer interação com os invasores. Até que um dia no parque muda tudo. Tendo atraído o olhar de Korum, ela agora deve lidar com um krinar poderoso e perigosamente sedutor que quer possuí-la e nada o impedirá de tê-la para si.

Até onde você iria para recuperar a liberdade? Quando sacrificaria para ajudar seu povo? O que escolheria ao começar a se apaixonar pelo inimigo?

Respire, Mia, respire. Em algum lugar na parte de trás da mente, uma voz racional fraca continuava repetindo aquelas palavras. Aquela mesma parte estranhamente objetiva dela notou a estrutura simétrica do rosto dele, com a pele dourada esticada sobre as bochechas altas e o maxilar firme. As fotografias e os vídeos dos Ks que ela vira não lhes faziam justiça. Parado a não mais de dez metros de distância, a criatura era simplesmente deslumbrante.

Enquanto ela continuava a encará-lo, ainda congelada no lugar, ele endireitou o corpo e começou a andar na direção dela. Na verdade, ele lentamente a perseguia, pensou ela tolamente, pois cada movimento dele lembrava o de um felino da selva aproximando-se de uma gazela. Durante o tempo todo, os olhos dele não se afastaram dos dela. Ao se aproximar, ela notou pontos amarelos individuais nos olhos dourados claros dele e os longos cílios grossos que os envolviam.

Ela olhou com descrença horrorizada quando ele se sentou no banco dela, a menos de sessenta centímetros de distância, e sorriu, mostrando dentes brancos perfeitos. Nada de presas, notou ela com uma parte funcional do cérebro. Nem mesmo traços de presas. Aquele era outro mito sobre eles, como a suposta aversão pelo sol.

— Qual é o seu nome? — a criatura praticamente ronronou a pergunta. A voz dele era baixa e suave, completamente sem sotaque. As narinas dele tremeram ligeiramente, como se estivesse inalando o perfume de Mia.

— Ahm... — Mia engoliu nervosamente. — M-Mia.

— Mia — repetiu ele lentamente, parecendo saborear o nome. — Mia de quê?

— Mia Stalis. — Ah, droga, por que ele queria saber o nome dela? Por que estava lá, conversando com ela? De forma geral, o que ele estava fazendo no Central Park, tão longe de todos os centros dos Ks? *Respire, Mia, respire.*

— Relaxe, Mia Stalis. — O sorriso dele aumentou, expondo uma covinha na bochecha esquerda. Uma covinha? Ks tinham covinhas? — Você nunca encontrou um de nós antes?

— Não, nunca. — Mia soltou o ar rapidamente, percebendo que prendera a respiração. Ela ficou orgulhosa pela voz não ter soado tão tremula quanto se sentia. Deveria perguntar? Queria saber?

Ela tomou coragem. — O quê, ahm... — Ela engoliu em seco novamente. — O que quer de mim?

— Por enquanto, conversar. — Ele parecia que estava prestes a rir dela, com os olhos dourados cintilando ligeiramente nos cantos.

Estranhamente, aquilo a deixou furiosa o suficiente para acabar com o medo. Se havia uma coisa que Mia odiava, era que rissem dela. Com a estatura baixa e magra e uma falta geral de habilidades sociais que vinha de uma adolescência desconfortável envolvendo o pesadelo de todas as garotas — aparelho, cabelos crespos e óculos —, Mia tivera experiência bastante como alvo.

Ela ergueu o queixo beligerantemente. — Ok, e qual é o *seu* nome?

— É Korum.

— Só Korum?

— Nós não temos sobrenomes, não da mesma forma que vocês. Meu nome completo é muito mais comprido, mas, se eu lhe dissesse qual é, você não conseguiria pronunciá-lo.

Bem, aquilo era interessante. Ela se lembrou de ter lido algo parecido no *The New York Times*. Tudo certo até o momento. As pernas já tinham quase parado de tremer e a respiração voltava ao normal. Talvez, apenas talvez, ela conseguisse sair dali com vida. Aquele negócio de conversar parecia seguro, apesar de a forma como ele a encarava, com aqueles olhos amarelados que não piscavam, ser enervante. Ela decidiu mantê-lo falando.

— O que está fazendo aqui, Korum?

— Acabei de falar, estou conversando com você, Mia. — A voz dele, novamente, tinha uma ponta de riso.

Frustrada, Mia soltou um suspiro. — Eu quis dizer, o que está fazendo aqui, no Central Park? Na cidade de Nova Iorque em geral?

Ele sorriu novamente, inclinando a cabeça ligeiramente para o lado. — Talvez estivesse torcendo para encontrar uma garota bonita com cabelos cacheados.

Aquilo foi a gota d'água. Ele estava claramente brincando com ela. Agora que conseguia pensar um pouco novamente, percebeu que estavam no meio do Central Park, à vista de uma infinidade de espectadores. Sorrateiramente, ela olhou em torno para confirmar aquilo. Sim, com certeza. Apesar de as pessoas estarem obviamente passando ao largo do banco onde ela e o outro ocupante de outro mundo, havia várias almas corajosas mais adiante no caminho olhando para lá. Um casal estava até mesmo filmando os dois, cuidadosamente, com a câmera do relógio de pulso. Se o K tentasse fazer qualquer coisa com ela, em um piscar de olhos estaria no YouTube e ele sabia disso. É claro que ele podia ou não se importar.

Ainda assim, partindo do princípio que ela nunca vira nenhum vídeo de ataques de Ks a garotas universitárias no meio do Central Park, estava relativamente segura. Com cuidado, ela pegou o *notebook* e ergueu-o para colocá-lo de volta na mochila.

— Deixe-me ajudá-la com isso, Mia...

E, antes que conseguisse sequer piscar, ela o sentiu pegar o *notebook* pesado dos dedos subitamente moles, encostando gentilmente neles. Uma sensação parecida com um choque elétrico percorreu Mia quando ele a tocou, deixando as extremidades nervosas formigando.

Pegando a mochila, ele cuidadosamente guardou o *notebook* em um movimento suave e sinuoso. — Pronto, muito melhor agora.

Ah, meu Deus, ele tocara nela. Talvez a teoria de Mia sobre segurança em locais públicos fosse falsa. Ela sentiu a respiração acelerar novamente e, àquela altura, a pulsação estava bem além da zona anaeróbica.

— Eu tenho que ir agora... Adeus!

Ela nunca saberia como conseguiu dizer aquelas palavras sem hiperventilar. Agarrando a tira da mochila que ele acabara de soltar, ela se levantou depressa, notando em algum lugar no fundo da mente que a paralisia anterior parecia ter desaparecido.

— Adeus, Mia. Vejo você outra hora. — A voz suavemente zombeteira dele flutuou no ar fresco da primavera quando ela saiu, quase correndo com a pressa de se afastar.

Se deseja saber mais, acesse meu site em www.annazaires.com/book-series/portugues/. Os três livros da trilogia Crônicas dos Krinars já estão disponíveis.

Nota do Autor: *Perverta-me* é uma trilogia erótica dark sobre Nora e Julian Esguerra. Todos os três livros estão disponíveis agora.

Sequestrada. Levada para uma ilha particular.

Nunca achei que isso poderia acontecer comigo. Nunca imaginei que um encontro casual na noite do meu aniversário de dezoito anos mudaria minha vida tão completamente.

Agora pertenço a ele. A Julian. A um homem que é tão implacável quanto bonito. Um homem cujo toque me deixa em chamas. Um homem cuja ternura é mais arrasadora do que sua crueldade.

Meu sequestrador é um enigma. Não sei quem ele é nem por que me sequestrou. Há uma escuridão dentro dele, uma escuridão que me assusta, mas que também me atrai.

Meu nome é Nora Leston e esta é minha história.

Chegou o anoitecer e, a cada minuto que passava, eu ficava cada vez mais ansiosa com a ideia de ver meu sequestrador novamente.

O romance que eu estivera lendo não mantinha mais meu interesse. Eu o larguei e andei em círculos pelo quarto.

Eu estava vestida com as roupas que Beth me dera mais cedo. Não era o que eu teria escolhido para usar, mas eram melhores do que um roupão. Uma calcinha branca de renda *sexy* e um sutiã combinando, um vestido azul bonito abotoado na frente. Tudo me serviu perfeitamente, de forma muito suspeita. Ele estivera observando-me por algum tempo? Descobrindo tudo sobre mim, incluindo o tamanho das roupas?

A ideia me deixou enjoada.

Tentei não pensar no que aconteceria, mas foi impossível. Eu não sabia por que tinha tanta certeza de que ele apareceria naquela noite. Era possível que ele tivesse um harém inteiro de mulheres na ilha e visitasse cada uma delas apenas uma vez por semana, como os sultões.

Ainda assim, eu sabia que ele chegaria em breve. A noite anterior simplesmente abrira o apetite dele. Eu sabia que demoraria muito para que ele se cansasse de mim.

Finalmente, a porta se abriu.

Ele entrou como se fosse dono do lugar. O que, claro, era verdade.

Fiquei novamente impressionada pela beleza masculina dele. Com um rosto daqueles, ele poderia ter sido modelo ou ator de cinema. Se houvesse alguma justiça no mundo, ele seria baixo ou teria alguma outra imperfeição para compensar aquele rosto.

Mas não tinha. O corpo era alto e musculoso, com proporções perfeitas. Lembrei-me da sensação de tê-lo dentro de mim e senti uma onda indesejada de excitação.

Ele vestia novamente calça *jeans* e uma camiseta, desta vez, cinza. Ele parecia gostar de roupas simples, o que era inteligente. A aparência dele não precisava de realce.

Ele sorriu para mim. Aquele sorriso de anjo caído, sombrio e sedutor ao mesmo tempo. — Olá, Nora.

Eu não sabia o que dizer e falei a primeira coisa que me surgiu na mente. — Por quanto tempo vai me manter aqui?

Ele inclinou a cabeça ligeiramente para o lado. — Aqui no quarto? Ou na ilha?

— Os dois.

— Beth mostrará o lugar a você amanhã. Se quiser,

poderá nadar — disse ele, aproximando-se. — Você não ficará trancada, a não ser que faça alguma tolice.

— Como o quê? — perguntei. Meu coração bateu com mais força dentro do peito quando ele parou perto de mim e ergueu a mão para acariciar meus cabelos.

— Tentar machucar Beth. Ou machucar você mesma. — A voz dele era suave e o olhar hipnótico ao olhar para mim. A forma como tocava nos meus cabelos foi estranhamente relaxante.

Pisquei, tentando me livrar do feitiço dele. — E a ilha? Por quanto tempo pretende me manter aqui?

A mão dele acariciou as curvas em volta do meu rosto. Eu me vi recostando-me na mão dele, como uma gata sendo acariciada, e imediatamente endireitei o corpo.

Os lábios dele se curvaram em um sorriso. O idiota sabia o efeito que tinha em mim. — Muito tempo, espero — disse ele.

Por algum motivo, não fiquei surpresa. Ele não teria se dado ao trabalho de me levar até a ilha se quisesse apenas dar algumas trepadas comigo. Fiquei aterrorizada, mas não surpresa.

Reuni coragem e fiz a próxima pergunta mais lógica. — Por que você me sequestrou?

O sorriso desapareceu do rosto dele. Ele não respondeu, apenas me encarou com um olhar azul inescrutável.

Comecei a tremer. — Você vai me matar?

— Não, Nora, não vou matar você.

A negação dele me reconfortou, apesar de, obviamente, ser possível que estivesse mentindo.

— Você vai me vender? — Mal consegui pronunciar as palavras. — Para ser uma prostituta ou algo assim?

— Não — disse ele em tom suave. — Nunca. Você é minha e só minha.

Eu me senti um pouco mais calma, mas havia mais uma coisa que precisava saber. — Você vai me machucar?

Por um momento, ele não respondeu. Algo sombrio passou em seus olhos. — Provavelmente — respondeu ele baixinho.

Em seguida, ele se abaixou e beijou-me, com os lábios quentes e macios tocando nos meus gentilmente.

Por um segundo, fiquei imóvel, sem reagir. Eu acreditei nele. Sabia que estava falando a verdade quando dissera que me machucaria. Havia algo nele que me assustava. Algo que me assustara desde o início.

Ele não era nada parecido com os rapazes com quem eu saíra. Ele era capaz de qualquer coisa.

Eu estava completamente à sua mercê.

Pensei em tentar lutar contra ele novamente. Seria a coisa normal a fazer na minha situação. Um ato de coragem.

Mesmo assim, não fiz nada.

Eu conseguia sentir a escuridão dentro dele. Havia algo de errado com ele. A beleza externa escondia algo monstruoso.

Eu não queria libertar aquela escuridão. Não sabia o que aconteceria se fizesse isso.

Portanto, fiquei imóvel entre os braços dele e deixei que me beijasse. E, quando ele me pegou no colo e levou-me para a cama, não tentei resistir.

Em vez disso, fechei os olhos e entreguei-me às sensações.

Todos os três livros da trilogia *Perverta-me* estão disponíveis. Por favor, visite nossa página www.annazaires.com/book-series/portugues/ para saber mais e se inscrever em minha lista de e-mail.

Anna Zaires é autora bestseller do *New York Times, USA Today,* e #1 como autora internacional de romance sci-fi e contemporâneo dark. Ela se apaixonou por livros aos cinco anos, quando sua avó a ensinou a ler. Desde então, sempre vive parcialmente no mundo da fantasia onde os únicos limites são aqueles da imaginação. Atualmente, morando na Flórida, Anna é feliz casada com Dima Zales (autor de ficção científica e Fantasia) e colabora de perto com ele em todos os seus trabalhos.

Para saber mais, por favor, visite www.annazaires. com/book-series/portugues/.